Lot Vekemans
Der Verschwundene

Lot Vekemans
Der Verschwundene

Roman

Aus dem Niederländischen
von Andrea Kluitmann

WALLSTEIN VERLAG

Originaltitel:
Lot Vekemans: De verdwenene

Diese Übersetzung wurde von der
niederländischen Stiftung für Literatur gefördert.

Nederlands
letterenfonds
dutch foundation
for literature

Bibliografische Information der Deutschen Nationalbibliothek

Die Deutsche Nationalbibliothek verzeichnet diese Publikation in der Deutschen Nationalbibliografie; detaillierte bibliografische Daten sind im Internet über http://dnb.d-nb.de abrufbar.

www.wallstein-verlag.de
Vom Verlag gesetzt aus der Stempel Garamond
Umschlaggestaltung: Eva Mutter (evamutter.com)
Druck und Verarbeitung: Pustet, Regensburg
ISBN 978-3-8353-5534-7

Prolog

Im Nachhinein erwies sich seine Vorahnung von dem Jungen als richtig. Ab dem Moment, da Simon ihn in der Ankunftshalle des Flughafens von Calgary sah, ahnte er, dass es keine gute Idee gewesen war. Der Junge hier, bei ihm. Natürlich konnte er noch nicht wissen, was sein Kommen genau bedeuten würde. Hätte er es gewusst, hätte er ihn mit dem erstbesten Flugzeug wieder nach Hause geschickt. Zurück in die Niederlande, das Land, das er vor fast fünfundzwanzig Jahren mit dem Vorhaben verlassen hatte, nie wieder dorthin zurückzukehren.

Seine Schwester hatte es für eine gute Idee gehalten, wenn ihr ältester Sohn ein paar Wochen, ein paar Monate, Gott weiß wie lange, bei ihm bliebe. Weil er »vom Weg abgekommen war«. Sie hatte es mit so einem verzweifelten Schluchzen in der Stimme gesagt. Mit einem Schluchzen, für das er empfänglich war. In Wirklichkeit meinte sie natürlich, dass sie keine Ahnung hatte, was sie mit ihrem ältesten Sohn anfangen sollte, und so ging es eher um ihr eigenes Versagen, das sie nicht mehr ertragen konnte, als um das Versagen des Jungen.

Simon war nicht begeistert gewesen. Er hatte nicht gesagt: »Soll er doch kommen. Wir werden sehen, was dabei herauskommt.« Das Letzte vielleicht, das Letzte hatte er vielleicht gemurmelt. »Wir werden sehen, was dabei herauskommt« und dann »soll er doch kommen«. Ein Fehler, der sein Leben auf den Kopf stellen sollte.

Teil 1

Der Junge saß in der Ankunftshalle auf dem Fußboden und wartete auf ihn, lässig gegen seinen Rucksack gelehnt. Er trug eine abzippbare Wanderhose und einen knallgrünen Sweater mit Kapuze, die er weit über den Kopf gezogen hatte. Mit seinem Zwei-Wochen-Bärtchen sah er deutlich älter aus als sechzehn.

Als Simon näher kam, sah er, dass der Junge Bergschuhe trug. Er seufzte. Er hatte seiner Schwester absolut klargemacht, dass sie nicht in den Bergen waren. Das hier war Calgary. Eine Stadt mit über einer Million Einwohnern, wo Männer im Anzug und Frauen mit Stöckelschuhen das Sagen haben. Eine Stadt, gebaut auf Öl und Gaseinnahmen, mit einem Zentrum voller Bürotürme, die jeden Sonnenstrahl davon abhielten, die Straße zu erreichen. Kein Mensch hier trug Bergschuhe, es sei denn, sie waren auf dem Weg in die Rockys, oder kamen zurück. Zu denen gehörte er nicht, und er hatte seiner Schwester klipp und klar gesagt, dass er nicht vorhatte, mit dem Jungen in diese Richtung zu gehen. Er hätte es übrigens nicht mal gekonnt, mit seinem kranken Bein, aber wie schlimm es war, hatte er seiner Schwester verschwiegen. Schon seit Monaten hatte er eine Wunde am Schienbein, die einfach nicht heilte, und er konnte kaum länger als zehn Minuten am Stück gehen.

Der Junge hob die Hand, als er ihn entdeckte, und rappelte sich auf. Er warf sich seinen Rucksack über die Schulter und nahm einen kleineren Rucksack und eine gelbe See-buy-fly-Plastiktüte vom Boden.

»Hallo«, sagte er, als er vor Simon stand. Sie gaben sich die Hand.

»Hattest du einen guten Flug?«, fragte Simon. Der Junge nickte. Steif standen sie sich gegenüber.

»Tja, dann werden wir mal«, sagte Simon. Er ging vor dem Jungen her Richtung Parkplatz und bemühte sich, den kleinen Hüpfer, mit dem er sein linkes Bein entlastete, möglichst gut zu verbergen. Sein Auto, ein alter Honda, stand eingeklemmt zwischen einem Jeep und einem Land Rover. Simon öffnete die Heckklappe, und mit Schwung warf der Junge sein Gepäck in den Kofferraum. Nur die gelbe See-buy-fly-Tüte behielt er bei sich.

»Ist die für mich?«, fragte Simon.

»Wenn du nett zu mir bist«, sagte der Junge.

»Das könnte noch problematisch werden.«

Der Junge grinste, als hätte er einen Scherz gemacht.

Schweigend fuhren sie über den Außenring zur Südseite der Stadt, wo er ein Apartment in einem kleinen Gebäudekomplex hatte, an der Kreuzung von zwei Ausfallstraßen. Wenn man das Wohnzimmerfenster öffnete, hörte man den ganzen Tag den rasenden Verkehr, der in die Stadt hinein oder aus ihr hinaus strömte. Das war ihm egal. Es war sein erstes eigenes Apartment, aus dem niemand ihn vertreiben konnte. Nach über zehn Umzügen in zwanzig Jahren war das die größte Beute in seinem Leben.

Unterwegs schaute der Junge aus dem Fenster zu den Autos und Verkehrsschildern. Calgary lag in einer kahlen Ebene, und von der vierspurigen Autobahn aus tauchte über der steil ansteigenden Böschung nur ab und an verstreute Bebauung auf.

Hier gab es keinerlei Spuren der spektakulären Landschaft, sicherlich nicht an dieser Seite der Stadt, wo sogar der Ausblick auf die Rocky Mountains weit weg war.

»Hast du Hunger?«, fragte Simon.

»Immer.«

Er bog bei Glenmore Landing ab. Er mochte diesen Ort. Als er seine Hunde noch hatte, ging er hier jeden Samstag spazieren. Er parkte sein Auto mitten auf dem Parkplatz. »Du hast die Wahl: Hamburger oder Pizza.«

Einen Moment später saßen sie mit einem doppelten Cheeseburger an einem Tisch am Fenster, mit Aussicht auf den Parkplatz. Der Junge zeigte auf ein Mountainbike, das draußen im Fahrradständer stand. »Das Rad da ist nicht abgeschlossen«, sagte er.

»Nichts ist hier abgeschlossen.«

Der Junge machte große Augen. »Also kann ich das einfach klauen?«, fragte er.

»Das glaube ich kaum.«

»Warum nicht?«

»Weil ich dir dann eine runterhaue.«

Der Junge ging in Deckung wie ein Boxer. »Bäng bumm«, sagte er.

»Soll ich jetzt Angst kriegen?«

Der Junge ließ die Arme sinken und nahm einen großen Bissen von seinem Cheeseburger. Er kaute kaum, bevor er schluckte.

Es wunderte ihn, wie sehr sich der Junge verändert hatte. Das letzte Mal, das er ihn gesehen hatte, war vor fünf Jahren gewesen, als er nach langem Drängen zum ersten Mal zurück in die Niederlande gekommen war, weil sein Vater fünfundsiebzig wurde. Damals war der Junge erst elf, ein schlaksiges Kerlchen mit Armen und Beinen, die sich in alle Richtungen zu bewegen schienen. Seine dunklen Locken steckten unter einer schwarzen Baseballkappe, auf der sein Name gestickt war: Daan. Jetzt war er fast einen Kopf größer als Simon.

Der Junge stand auf, um einen zweiten Becher Cola zu holen. Er hatte einen trägen, federnden Gang, als würde er im Zeitlupentempo über eine Hüpfburg laufen. Mit einem übervollen Becher kehrte er langsam zurück, um nicht zu kleckern, und er schlürfte einen ersten Schluck ab. Cola tropfte in sein Bärtchen.

»Was soll dieser Bart übrigens?«, fragte Simon.

»Was?«

»Dieser Bart.«

»Was soll damit sein?«

»Hast du den schon lange?«

»So lang ist der nicht«, antwortete der Junge.

»Lässt du den Witzbold raushängen?«

Der Junge grinste und setzte sich hin.

»Und kommt die Kappe noch runter?«

Der Junge schob die Kapuze zurück. Seine Locken waren steif vom Gel und würden wahrscheinlich abbrechen, wenn man mit den Fingern darüberstriche.

Simon schaute auf seine Armbanduhr. Es war vier Uhr, was für den Jungen bedeutete, dass es sich wie Mitternacht anfühlte. Kurz spürte er Panik, als ihm klar wurde, dass der Junge gleich wirklich bei ihm zu Hause wäre. Er hatte noch nie Logierbesuch gehabt, geschweige denn einen Mitbewohner. Bis zu diesem Moment war er immer derjenige gewesen, der aufgefangen wurde.

In den fünfundzwanzig Jahren, die Simon in Kanada lebte, war an jedem Schnittpunkt in seinem Leben unerwartet Rettung aufgetaucht. Er konnte sich nicht erinnern, jemals einen aufgelösten Eindruck hätte machen wollen, auf wen auch immer und in welcher Situation auch immer, aber dennoch war an einem Schnittpunkt immer jemand da gewesen, der ihm einen Schubs in die richtige Richtung versetzt hatte. Möglicherweise gab es auch keine richtige Richtung, und die Schubse hatten seine Richtung bestimmt, und er hatte sich wie ein Hamster bei einem Hamsterrennen so schnell wie möglich in das nächstbeste Häuschen gerettet. Es war egal. *Everything is for a reason.* Daran glaubte er schon sein gesamtes Leben lang.

Simons erster Retter war sein Onkel gewesen, und auch wenn er ihn wegen der Kacke, in die er ihn geritten hatte, jahrelang nicht hatte sehen oder sprechen wollte, wusste er, dass er ohne ihn niemals nach Kanada gegangen wäre. Er wäre zwangsläufig in einer hoffnungslosen Imitation seines Zwillingsbruders Ruud erstickt, der ihm auf Zellenniveau ähnelte wie ein Ei dem anderen, aber nur da. Schon jahrelang sprachen sie nur an ihrem Geburtstag miteinander. Zehn Minuten telefonieren, fragen, wie es geht, antworten, dass es gut geht, ein paar Höflichkeiten über Arbeit und Gesundheit austauschen und einander zum Abschluss ein gutes neues Lebensjahr wünschen. Wenn das Ritual vorbei war, legten sie auf, und es dauerte 365 Tage, bis sie sich wieder sprachen. Viele Leute fanden das seltsam. Simon nicht. Wenn er länger mit seinem Bruder redete, ergab sich eine Meinungsverschiedenheit, und nach dieser Meinungsverschiedenheit folgte ein Wortwechsel und nach diesem Wortwechsel ein Streit. Auch das war ein Ritual, das sie nicht durchbrechen konnten.

Simon wusste nicht mehr genau, wann die Idee, nach Kanada zu emigrieren, in seinem Kopf entstanden war. Er wusste nur, dass sie eines Tages da war und er sich ab diesem Moment sicher war, dass er gehen würde. Drei Jahre hatte es gedauert, ein Visum zu bekommen, und kein einziges Mal hatte er gezweifelt. Er hatte sich entschieden, und über gefallene Entscheidungen brauchte man nicht mehr nachzudenken. *You gotta walk and don't look back.*

Er hatte es keinen einzigen Tag bereut. Inzwischen war es fast fünfundzwanzig Jahre her, dass er auf Schiphol mit einem großen Koffer und einem roten Leinenrucksack mit Ledergurten eincheckte. In dem Rucksack waren ein Walkman mit fünf Kassetten mit Musik von *Cuby & Blizzards*, ein Portemonnaie mit fünfhundert kanadischen Dollar, ein Brustbeutel aus Leder mit seinem Ausweis und seinem wohlverdienten Visum, den er sich um den Hals hängen konnte, zwei Stifte, ein gebraucht gekaufter Fotoapparat, ein Heft und ein dünnes Büchlein mit dem Titel *Geheimnisvolle Kulturen*. Das Büchlein hatte er kurz zuvor auf dem Flohmarkt in Amsterdam gefunden. Der Titel hatte ihn angesprochen, und er konnte es – obwohl er noch kein Wort darin gelesen hatte – nicht zwischen den Sachen zurücklassen, die bei seiner Mutter in Kartons auf dem Dachboden landen würden. Er wollte nicht, dass die Sachen bei ihr verwahrt wurden. Er wollte die Sachen wegschaffen. Wohin, war ihm ganz egal. »Bring alles nur weg«, hatte er zu ihr gesagt. Aber sie hatte sich geweigert. Indem sie seine Sachen in Kartons auf dem Dachboden behielt, bestand noch die Chance, dass er irgendwann zurückkommen würde. Er wusste damals schon, dass so etwas nie passieren würde. Seine Mutter musste weinen am Tag seines Abflugs. Schamlos laut, sie versuchte nicht einmal, es zu verbergen. Er wusste, dass sie nicht seinetwegen weinte, sondern ihrer selbst wegen. So wie sich alles im Leben seiner Mutter um sie selbst drehte. Trotzdem umarmten sie die Menschen um sie herum, als würde ihr ein kostbarer Besitz weggenommen.

Er hatte keine einzige Träne vergossen. Er hatte auf Wiedersehen gesagt, seine weinende Mutter von sich geschoben, seiner Schwester einen Kuss gegeben, seinem Bruder die Hand gereicht und fertig.

Sein Vater war nicht da gewesen. Der wollte nicht sehen, wie er das Flugzeug nahm, um zu emigrieren. Ausgerechnet zu seinem Onkel, mit dem sein Vater schon sein Leben lang eine düstere Fehde führte und den er ohne Ausnahme »Die Firma List und Betrug« nannte. Seinen Namen, Gerard, hatte sein Vater in seiner Gegenwart niemals ausgesprochen. Dass Simon ausgerechnet zu Gerard ging, war für seinen Vater eine öffentliche Niederlage. Ein Knockout in einer einzigen Runde.

Sein Vater war davon überzeugt, dass der ganze Emigrationszirkus, wie er es nannte, Gerards Idee war. Mit dem Ziel, ihm eins auszuwischen. Simon ließ sich seiner Meinung nach ausnutzen, und sein Onkel machte ihn zur Trophäe in ihrem jahrelangen Bruderstreit. Simon fand diese Vorstellung jämmerlich. Als hätte er nicht seine eigenen Gründe, den Ozean zu überqueren. Als wäre er ein Spielball in ihrem Zerwürfnis.

Er weiß noch, wie sein Vater mit dem Rücken zu ihm gewandt dastand, als er ihn in seiner renovierten Bauernwohnung auf dem platten Land in Zeeland besuchte, um sich zu verabschieden. Hinter ihm trötete seine zweite Frau über all die tollen Chancen, die Simon in Kanada bekomme. Je schillernder sie seinen Aufbruch darstellte, desto grantiger wurde sein Vater. Halt die Klappe, hatte er gedacht, so kann er doch nichts sagen. Aber sie hielt die Klappe nicht, und sein Vater schwieg. Auch als er Simon später zum Bahnhof brachte und sie zu zweit an dem nahezu verlassenen Gleis standen und über die leeren Weiden blickten, sagte sein Vater nichts. Sie standen beide mit den Händen in den Taschen da. Simon mit offener Jacke und sein Vater mit zugeknöpfter. Es schien eine Ewigkeit zu dauern, bis sie den Zug ankommen sahen.

»Tja, dann gehe ich mal«, sagte Simon, als der Zug vor ihnen stand. Kurz bevor er sich umdrehte, nahm sein Vater die rechte Hand aus der Jackentasche und streckte sie einen halben Meter vor sich aus. Simon dachte, er wollte ihm die Hand geben. Aber statt sie weiter auszustrecken, hob sein Vater die Hand an und machte eine kurze Armbewegung, wie ein Schwenken. Dann drehte er sich um und ging zurück zu seinem Auto. Lange Zeit war dieses halbe Schwenken das erste Bild, das in ihm aufkam, wenn er an seinen Vater dachte. Als würde man ihn auswischen statt ihm nachzuwinken.

* * *

Immer zwei Stufen auf einmal nehmend ging der Junge die Treppe hinauf zum Apartment. Den Rucksack hatte er sich an einem Gurt über die Schulter gehängt. Simon dirigierte ihn zur zweiten Etage und dann zur ersten Tür rechts.

»Du schläfst da hinten«, sagte er, als sie kurz darauf im Flur standen. Er zeigte auf den schmalen Gang, der zum Badezimmer, seinem Schlafzimmer und seinem Musikzimmer voller Kartons führte. »Und ach ja, hier drinnen ziehst du diese Dinger aus.« Ohne Murren zog der Junge seine Bergschuhe aus. Er trug blaue Wandersocken mit einem roten, eingestrickten Buchstaben R am rechten und einem L am linken Fuß.

Simon hatte seine Wohnung gezwungenermaßen aufgeräumt und sein Bestes getan, die Spuren seiner schon Jahre dauernden Renovierungstätigkeiten zu minimalisieren. Der Fernseher stand wieder an seinem Platz, ebenso wie die Stereoanlage und das kleine Bücherregal, das mit einer bunten Sammlung Heimwerker- und Lehrbüchern, einem englischen Wörterbuch und einem Buch über Hunderassen gefüllt war. Auch *Geheimnisvolle Kulturen* stand noch dort. Er hatte es noch immer nicht gelesen, aber bei keinem seiner Umzüge zurücklassen oder wegtun können.

Der Junge stand im Flur und kramte in seinem Rucksack. Mit zwei Geschenken kam er ins Wohnzimmer. »Das hier ist von Oma«, sagte er und reichte ihm ein flaches Paket im A4-Format.

»Und dieses hier ist von Mama.«

Simon tastete beide Päckchen ab und legte sie aufs Sofa.

»Packst du sie nicht aus?«, fragte der Junge.

»Ich weiß eh schon, was drin ist«, sagte Simon. »In dem großen ein Fotorahmen. Wahrscheinlich ein Foto von meiner Mutter. Und das hier …« Er nahm das Päckchen seiner Schwester vom Sofa und schüttelte es. »Eine CD, schätze ich, obwohl es dafür ein wenig zu dick ist – wahrscheinlich eine Doppel-CD.«

Der Junge schaute enttäuscht.

»Okay«, sagte er. »Dann mache ich sie halt auf.« Er öffnete erst das Päckchen seiner Mutter. Es war tatsächlich ein Fotorahmen, nicht mit einem Foto seiner Mutter, sondern von der gesamten Familie.

»Das war Omas Fünfundsiebzigster«, sagte der Junge.

Seine Mutter stand in der Mitte, links von ihr der Junge und rechts sein jüngerer Bruder Jurre. Beide hatten einen Arm um die Schultern seiner Mutter gelegt. Vor ihnen kniete Lisa, die Schwester des Jungen. Links hinter seiner Mutter stand seine Schwester Hanne mit ihrem Mann Robbert, der sowohl hinsichtlich seiner Länge als auch Breite alle übertraf. Daneben sein Zwillingsbruder Ruud, rechts von ihm eine Frau, die Simon nicht kannte, bestimmt seine neue Freundin. Ruud wechselte die Freundinnen wie andere ihre Sommer- und Winterreifen. Das Foto war in Ruuds Garten aufgenommen worden. Simon erkannte das Schwimmbad im Hintergrund, das sein Bruder vor zwei Jahren hatte bauen lassen. Es war protzig groß, besonders wenn man wusste, dass sein Bruder überhaupt nicht gern schwamm. ›Relokalisierung von Kapital‹ hatte Ruud den Bau genannt, was so viel bedeutete, wie das Finanzamt übers Ohr zu hauen. Simon kapierte nicht, wie man das Finanzamt zum Narren halten konnte mit etwas, das sich so deutlich sichtbar neben dem eigenen Haus befand, aber Ruud zufolge bestand das Finanzamt ausschließlich aus Trotteln, die hinsahen, wo sie nicht hinsehen sollten, und nicht hinsahen, wo sie hinsehen müssten. Er fand die gesamte Idee der Steuererhebung sowieso blödsinnig. Menschen bestrafen, weil sie Geld verdienen, und mit dem Geld, das man ihnen abnahm, Sachen machen, die kein Mensch brauchte.

Er schaute noch immer auf das Foto. Alle waren da, außer er. Und sein Vater natürlich. Der war seit der Scheidung nicht mehr zum Geburtstag seiner Mutter gekommen. Sogar nach fünfunddreißig Jahren konnte sie nicht über ihre Opferrolle hinwegkommen.

Jahrelang hatte Simon zugeschaut, wie die Streitereien seiner Eltern entstanden, wie seine Mutter immer hysterischer wurde und sein Vater immer schweigsamer. Wie die eine die Fäuste immer öfter auf dem Tisch landen ließ und der andere sie immer tiefer in den Hosentaschen versenkte. Und obwohl sie es wahrscheinlich noch jahrelang gemeinsam hätten aushalten können – ihre Auseinandersetzungen als rituelles Suchtmittel –, änderte sich alles, als sein Vater eine andere Frau kennenlernte, die ihm nicht die ganze Zeit auf die Pelle rückte und nicht um Aufmerksamkeit bettelte. Innerhalb von drei Monaten war er aus dem Haus und ein halbes Jahr später hatte er wieder geheiratet. Seine frühere Ehefrau war als jammerndes Opfer zurückgeblieben. Eine Rolle, die sie seither mit Hingabe spielte.

»Den Rahmen hat Mama ausgesucht«, sagte der Junge, während er sich noch immer das Foto ansah. Es war ein weißer Rahmen.

»Schön«, sagte er. »Weiß. Die Farbe mag ich, das weiß deine Mutter.« Er legte das Foto neben sich.

»Wo hängst du's auf?«

»Da«, sagte er und zeigte auf die Wand gegenüber dem Fernseher. »Wenn das Wohnzimmer fertig ist.«

Der Junge schaute zu der Wand, die mit Holzlatten verkleidet war, und aus der an verschiedenen Stellen Stromkabel ragten. Simon war schon eine ganze Weile mit der Wand beschäftigt, vor allem mit der Elektrik, die er hinter Gipsplatten verschwinden lassen wollte, was viele Meter Kabel ziehen bedeutete.

Simon wickelte den Fotorahmen wieder in das Geschenkpapier und schob ihn unters Sofa. Das Päckchen seiner Schwester ließ er noch kurz liegen. Er ging in die Küche.

»Möchtest du was trinken?«

»Hast du Cola?«, fragte der Junge.

»Cola ist Gift«, sagte er.

»Dann etwas anderes?«

Er öffnete den Kühlschrank. »Bier«, sagte er. »Oder Wasser.«

»Dann eben Bier.«

Simon nahm zwei Dosen Bier und warf dem Jungen eine davon zu. Er griff daneben und die Dose fiel hinter ihm aufs Sofa.

»Lass nur liegen«, sagte Simon. »Sonst spritzt du das ganze Wohnzimmer voll.« Er nahm eine neue Dose aus dem Kühlschrank und stellte sie auf die Holztheke, die er zwischen Küche und Wohnzimmer gezimmert hatte. Der Junge öffnete die Dose vorsichtig.

»Du darfst doch Bier trinken, oder?«, fragte Simon.

»Klar«, sagte der Junge. Unbeholfen lehnte er an der Theke und trank sein Bier, als wäre es Cola.

Simon konnte noch immer nicht glauben, dass da der älteste Sohn seiner Schwester stand. Seiner kleinen Schwester, um genau zu sein, die für ihn noch immer nicht älter als zwanzig war. Eine Studentin, keine Mutter von drei Kindern, keine Frau mit einem Mann und einem Haus mit einem Kredit. Das ging ihm einfach nicht in den Kopf. Er sah noch vor sich, wie sie aus dem Haus ging, um in Rotterdam zu studieren. Er hatte ihr beim Umzug in ein Dachzimmer geholfen, in das nur ganz knapp ein Bett, ein Tisch und ein Schrank passten. Seine Schwester war entzückt gewesen. Endlich weg von zu Hause. Natürlich verstand er, dass sie erleichtert war, befreit von dem Gejammer und den Fragen ihrer Mutter. Und sich freute über ihre errungene Selbstständigkeit. Letzteres war natürlich ein Missverständnis. Niemand aus ihrer Familie war jemals wirklich selbstständig geworden. Selbstständig im Sinne von selbst stehend, unabhängig vom Rest. Er war da wahrscheinlich noch am nächsten dran, viele Jahre war es ihm sogar schlichtweg gelungen, weil er als Einziger in der Familie bereit gewesen war, den Preis für diese Selbstständigkeit zu bezahlen. Er konnte sich zum Alleinsein verhalten, und lange Zeit hatte er gedacht, das sei seine Rettung. Wissen, wie man jeden Tag allein aufsteht und allein ins Bett geht, allein aß, ohne sich zu beratschlagen, seine eigenen Entscheidungen traf. Er hatte Übung darin bekommen. Über fünfundzwanzig Jahre lang. Alleinsein war seine zweite Natur geworden.

Der Junge drückte seine Bierdose zusammen und rülpste.

»Sorry«, sagte er. »Ich habe zu schnell getrunken.« Er hielt die zusammengedrückte Dose hoch.

»In der Küche ist ein Mülleimer.«

Er ging in die von Neonlicht erleuchtete Küche und warf die Dose brav weg. Danach wusch er sich die Hände.

»Wenn du duschen möchtest«, sagte Simon.

»Nein, geht schon«, sagte der Junge.

»Etwas anderes?«

Er zuckte die Achseln.

»Oder möchtest du schon schlafen gehen?«, fragte Simon.

»Vielleicht später. Man sagt ja, man sollte am besten möglichst lange aufbleiben.«

»Wer sagt das?«

»Ich weiß nicht. Ich hab's gegoogelt.«

»Was?«

»Wie man einen Jetlag am besten vermeidet.«

Er schüttelte den Kopf. Machten Sechzehnjährige sich heutzutage darüber Gedanken?

Simon stand auf. »Komm, ich zeig dir mal dein Zimmer.«

Er ging vor ihm her zu seinem eigenen Schlafzimmer. Es war ein mittelgroßer Raum mit einem kleinen Doppelbett und zwei umgedrehten Holzkisten, die als Nachtschränkchen dienten. Sonst standen nur noch ein alter Ledersessel mit einem Riss in einer der Armlehnen dort und ein großer weißer Kleiderschrank. Den hatte er für den Jungen leergeräumt. Der Inhalt stand in drei aufeinandergestapelten Kartons in der Ecke. Das Zimmer hatte lange nicht mehr so aufgeräumt ausgesehen.

»Schlafe ich hier?«

»Nicht gut?«

»Doch, ja, total gut, sehr gut, ausgezeichnet sogar.« Er schwieg einen Moment, bevor er fragte: »Aber wo schläfst du denn?«

»Ich schlafe auf dem Sofa.«

Simon hatte lange über die Schlafplätze nachgedacht und schließlich beschlossen, dass er die meiste Bewegungsfreiheit hätte, wenn er das Wohnzimmer zu seinem Reich erklären würde.

Der Junge stellte seinen Rucksack aufs Bett.

»Dann lass ich dich mal in Ruhe, okay?« Ohne seine Antwort abzuwarten, drehte Simon sich um und ging zurück ins Wohnzimmer. Er hörte, wie der Junge die Schlafzimmertür schloss. Ein Luftstrom entwich Simons Mund. Zu klein für einen Seufzer, aber zu groß, um ihn nicht zu bemerken. In Gedanken sah er sich einen Strich an die Wand malen.

* * *

Am ersten Morgen hatte er dem Jungen erklärt, wie er mit dem C-Train ins Zentrum fahren konnte und ihm Tipps für ein paar Sachen gegeben, die sich lohnten. In Wirklichkeit gab es nur wenig in Calgary, das sich lohnte, aber Simon fand, dass er das selbst entdecken sollte. Der Junge hörte ihm kaum zu. Als Simon abends nach Hause kam, saß er noch immer im Schlafanzug auf dem Sofa und spielte Games auf seinem Handy.

»Noch was unternommen?«, fragte Simon.

»Ich war müde.« Einen Moment lang ließ der Junge von seinem Handy ab.

Simon ging in die Küche und nahm eine Dose Bier aus dem Kühlschrank. »Hast du deine Mutter angerufen?«

»Sie lässt dich grüßen«, sagte der Junge.

»Hat sie sonst noch was gesagt?«

»Glaub nicht.«

Er nahm einen Schluck Bier und realisierte, dass er dem Jungen genau dieselben Fragen stellte, die ihm vor fünfundzwanzig Jahren bei seiner Ankunft in Vancouver gestellt worden waren.

Seine Cousine Cynthia hatte ihn abgeholt und ihn umarmt wie einen lieben Bruder, obwohl sie sich kaum kannten. Zu seinem großen Erstaunen ließ sich sein Onkel nirgends blicken. Ursprünglich sollte er die ersten Monate bei ihm bleiben. Cynthia zufolge war ihr Vater an diesem Morgen unerwarteterweise für Geschäfte nach Winnipeg gerufen worden. Simon würde vorläufig bei ihnen bleiben. Sie hatte ihn mitgenommen zu ihrem Haus in Richmond mit einem Vorgarten, einer Auffahrt und einer Terrasse mit blau glasierten Pflanzentöpfen. In seinem Zimmer standen ein Schreibtisch aus Walnussholz und ein Ledersessel, und auf seinem Bett lagen zwei Handtücher mit einem Lavendelsäckchen darauf. All seine Sachen hoben sich armselig ab gegen die Sachen in diesem Zimmer. Genau wie sein heutiges Apartment sich armselig abhob gegen alles, was der Junge gewöhnt war. Das Apartment glich dem Haus seiner Schwester in keinerlei Hinsicht. Bei ihr bekam man das Gefühl, in eine Wohnzeitschrift zu steigen.

Simon nahm Möhren, Zwiebeln, Knoblauch, Tomaten und holte Hackfleisch aus dem Kühlschrank. Mit der Klinge eines großen Kochmessers zerdrückte er den Knoblauch und schnitt Zwiebeln in perfekte Ringe. Er musste an seine erste eigene Bleibe in der Nähe der Druckerei denken, bei der er über Cynthia einen Job als Wartungsmonteur bekommen hatte. Zwei Zimmer im Kellergeschoss eines Hauses. Im Schlafzimmer war neben dem Einzelbett eine Art begehbarer Schrank aus Pappe mit einer Dusche gebaut worden. Die Schimmelflecken weichten allmählich Löcher in die falschen Fliesenwände. Im Wohnzimmer stand eine uralte Küche mit einer elektrischen Kochplatte. Er lernte zahllose Eintöpfe darauf zuzubereiten. In seiner Erinnerung war er glücklich, obwohl sein Onkel es bei seinem ersten Besuch eine Spelunke genannt hatte.

Simon rührte mit einem Kochlöffel durch das gebratene Hackfleisch mit Zwiebeln und gab dann die Tomaten und Möhren hinzu. Der Junge hing quer über dem Sofa, seine Füße berührten die Sitze nur knapp nicht.

»Gefällt dir das Zimmer?«, fragte er.

»Ganz in Ordnung«, antwortete der Junge ohne aufzusehen.

Als sie kurze Zeit später mit einem Teller Nudeln nebeneinander an der Küchentheke saßen, sprachen sie kein Wort. Sie schauten vor sich hin zu den schmutzigen Töpfen auf der Anrichte. Simon durchbrach die Stille.

»Was machst du morgen?«

Der Junge hob die Schultern.

»Ich kann dich auf dem Weg zur Arbeit irgendwo absetzen.«

Wieder hob der Junge die Schultern, während er endlos Spaghetti auf seine Gabel drehte. Kleine Tröpfchen Tomatensoße spritzten über seinen Tellerrand. Simon wischte sie mit seiner Serviette weg.

»Was für Arbeit machst du eigentlich?«, fragte der Junge.

»Ich fräse Bohrgestänge«, brummte Simon. »Nichts Besonderes.«

Er arbeitete schon seit ein paar Jahren in einer Maschinenfabrik, wo er Bohrrohre für Ölbohrer auf genau den richtigen Durchmesser fräsen musste. Er arbeitete allein, und wenn es gut lief, bekam er alle drei Tage zwei fertig. Seine Kollegen waren allesamt Koreaner, die kein Wort Englisch sprachen, oder jedenfalls nicht mit ihm. Ihr hektisches Gequake nervte ihn oft, und er war froh, dass sie ihn in Ruhe ließen. Nie setzte sich beim Mittagessen jemand zu ihm an den Tisch, nie grüßte ihn jemand. Und genau so hatte er es gern. Er kam zum Arbeiten dorthin, und das war alles.

»Klingt langweilig«, sagte der Junge.

»Was möchtest du denn später arbeiten?«

Der Junge dachte kurz nach. »Sowas wie Onkel Ruud könnte ich mir vorstellen.«

»Nennst du das Arbeit?« Simon nahm die Teller von der Theke und stand auf. Ruud produzierte Jingles für deutsche Werbung. Liedchen, die bis in alle Ewigkeit hängen bleiben sollten. Simon fand sie alle gleich schrecklich. Während er den Abwasch erledigte, blieb der Junge auf seinem Hocker sitzen. Simon konnte seine Laschheit nur schwer ertragen. Selbst hatte er sein ganzes Leben lang fast nichts anderes gemacht als zu arbeiten. Urlaub kannte er nicht. Das war ein Wort, an das er sich nur aus seiner Jugend erinnerte. Wenn er einen Tag lang nicht arbeitete, bekam er kein Geld, und weil er es sich nicht leisten konnte, einen Tag nichts zu verdienen, arbeitete er immer. Es gab Zeiten, da er drei Jobs hatte, um sich über Wasser halten zu können. Er hatte sich nie darüber beklagt. Nicht jammern, hatte er oft zu sich selbst gesagt.

Er trocknete die Teller und Töpfe ab und stellte alles zurück in den Schrank. Als er sich umsah, starrte der Junge schon wieder auf sein Handy.

»Was machst du bloß die ganze Zeit auf diesem Ding?«

»Nichts Besonderes, daddeln eben«, antwortete der Junge.

Simon schüttelte den Kopf und blätterte durch die Reklameblättchen, die jede Woche in seinem Briefkasten lagen. Jedes Mal wieder staunte er über die Angebote von Toilettenpapier, Erfrischungsgetränken, Raumspray, abgepacktem Fleisch. Wie konnten die Leute, die daran gearbeitet hatten, um Himmels willen noch etwas verdienen? Die Armen hielten die Armen arm und die Reichen machten die Reichen reich. So lief es überall und immer.

»Du kannst besser in dein Zimmer gehen«, sagte er zu dem Jungen. »Ich möchte gern schlafen. Ich muss morgen wieder früh raus.«

»Okay«, sagte der Junge nur und schob sich von seinem Barhocker.

Simon nahm sechs Scheiben Brot aus dem Tiefkühlfach und bestrich sie mit Butter. Das Messer schabte über die gefrorene Fläche. Er belegte zwei mit Käse, zwei mit Salami und bestrich zwei mit Erdnussbutter. Er legte die Brote in eine Plastikdose, die er in den Kühlschrank stellte. Danach schlich er ins Badezimmer, um sich die Zähne zu putzen. Erst zwei Tage vorbei, dachte er, als er danach im Dunkeln auf dem Sofa lag. Er war noch nie so froh gewesen, am nächsten Tag zur Arbeit gehen zu können.

* * *

Simon war ein geregeltes Leben gewohnt, in dem er sich an den Ritualen festhielt, die ihm Sicherheit gaben, und sich in die Routinen fügte, die von ihm verlangt wurden.

Reinheit, Ruhe und Regelmäßigkeit, so lauteten die drei Rs, erinnerte er sich. Jeden Tag arbeitete er von acht bis vier in der Fabrik und kaufte danach bei Co-op ein. Er kochte jeden Abend, darauf war er stolz. Samstags verdiente er sich als Monteur etwas dazu. Die verbleibende Freizeit verwendete er für die Renovierung seines Apartments, ebenso wie das Geld, das von seinem Gehalt übrigblieb. Er wusste, dass seine beste Zeit hinter ihm lag. Das war kein Selbstmitleid, sondern eine objektive Tatsache. Seine Gesundheit würde sich nur noch mehr verschlechtern, wodurch er immer weniger würde arbeiten können und weniger verdienen würde. Die Chance auf irgendeine Liebe, die sich sowieso nie als groß erwiesen hatte, nahm jedes Jahr exponentiell ab. Die Ankunft des Jungen machte ihm das alles mehr denn je klar. Er hielt ihm unbeabsichtigt einen Spiegel vor, der ihm die Falten und die Augenränder und das immer schütterer werdende Haar zeigte. Seine Augenlider waren im Laufe der Jahre immer schlaffer geworden und ähnelten Sonnenschirmen, die das gesamte Licht zurückhielten und Schatten über seine Zukunft warfen. Er realisierte, dass er nicht mal mehr an die Zukunft dachte. Er hatte keine Wünsche oder Sehnsüchte. Er lebte, wie er bei seiner Arbeit bezahlt wurde, Tag für Tag. »Carpe diem«, hatte Ruud letztes Jahr auf seinen linken Oberarm tätowieren lassen. Simon hatte ihn ausgelacht. »Du bist bestimmt wieder an so einem jungen Ding hängen geblieben«, hatte er gesagt. Ruud hatte zustimmend gelacht. Simon hatte nie begriffen, was junge Frauen anziehend fanden an älteren Männern mit Bauch und zurückgehendem Haaransatz. Sie konnten doch nicht alle auf der Suche nach einer Vaterfigur sein. Bei Ruud erlebten sie dann sowieso einen Reinfall. Mit ihm holte man sich eher ein kleines Kind als einen Vater ins Haus.

Ruud, der sich mit seinem Spielzimmer brüstete, in dem ein Billardtisch, ein Flipperautomat und ein Tischfußballspiel standen. Eine Welt, in der eine schöne junge Frau lediglich als Pin-up-Girl willkommen war. »Mann, du bist einfach nur neidisch«, erwiderte Ruud höhnisch in ihrem letzten Telefongespräch. »Wann gibst du das endlich mal zu? Dass ich lebe wie ein junger Gott und du wie ein gescheiterter Migrant.«

Gescheiterter Migrant. Die Worte waren schmerzhaft kleben geblieben, wie eine Fliege, die sich unheilvoll in einem Netz verfangen hatte. Simon hatte seine Emigration immer als ein Husarenstück betrachtet. Einen mutigen Sprung ins Ungewisse. Er wärmte sich am Moment seines Fortgangs. Das erste Kapitel der Geschichte, in der er die Hauptrolle spielte und nicht Ruud. All die Jahre hatte er sich niemals gefragt, ob seine Geschichte gelungen war, ob es eine gute Geschichte war, die die Leute gern hören wollten. Eine gute Geschichte ist eine Geschichte, für die man seine Pisse anhält, hatte ihm sein Onkel beigebracht. Bei einer schlechten Geschichte flüchten sich alle auf die Toilette. Das interessierte Simon nicht. Leute wollten nur eine gute Geschichte hören, um ihre eigene miese Geschichte zu vergessen. Und jeder, der gern eine gute Geschichte erzählen wollte, tat das, um seine eigene miese Geschichte zu vertuschen. Er hatte es bei seinem Onkel gesehen. Der geborene Geschichtenerzähler, immer zum Lachen aufgelegt, der mit seinen Geschichten leicht Freunde fand. Es dauerte fast acht Jahre, bevor Simon entdeckte, dass seine Geschichten lediglich Rauchschwaden waren, um seine üblen Taten zu verschleiern. In der Hinsicht hatte sein Vater recht behalten. »Die Firma List und Betrug« hatte letztendlich auch an seine Tür geklopft. Simon hatte es seinem Vater nicht erzählt. »Hab ich's dir nicht gesagt!«, hätte der nur gerufen. Die ganze Angelegenheit hätte fast in seine Privatinsolvenz gemündet, aus der lediglich durch die Hilfe einer freundlichen Rechtsanwältin kein lebenslanger Bankrott geworden war. Sie war eine echte Retterin gewesen. Nicht sein Onkel. Der hatte Simon nur geholfen, um ihn benutzen zu können. Das schien eine nicht auszurottende Gewohnheit von ihm zu sein, durch die es in seinem Leben inzwischen mehr Menschen gab, die ihn lieber nicht mehr sehen wollten. Simon hatte sich oft gefragt, woher dieser Drang kam. Oder war es sein Schicksal? War sein Onkel auch in eine Form gepresst, aus der er nicht herauskonnte? Simon wusste es nicht. Er wusste nur, dass er es hasste, ein Opfer zu sein. Er behielt alles gern selbst im Griff.

* * *

Schon nach ein paar Tagen wurde klar, dass sich der Junge fürchterlich langweilte und keine Ahnung hatte, wie er die Zeit totschlagen sollte. Wenn Simon morgens zur Arbeit ging, lag er noch im Bett, und kehrte er am späten Nachmittag zurück, hockte er auf dem Sofa und spielte auf seinem Handy. Jedes Mal, wenn Simon ihn fragte, was er gemacht hatte, zuckte er die Achseln, und auf die Frage, was er machen wollte, antwortete er: »Ich will in die Rockys.« Er hörte nicht auf, diesen Wunsch zu wiederholen, als würde er dadurch letztendlich in Erfüllung gehen.

Nach ein paar Tagen bekam Simon einen Anruf von seiner Schwester Hanne.

»Wie läuft's?«, fragte sie.

»Er langweilt sich.«

Einen Moment lang war sie still. »Was macht er denn?«

»Nichts.«

»Nichts?«

»Naja, nicht gerade viel.«

»Dann lass ihn eben was machen«, sagte sie empört.

»Was denn?«

»Irgendwas, ist egal.«

»So einfach ist das nicht.«

»Du kannst ihn doch wohl irgendwas machen lassen, verdammt, Simon, er soll wirklich nicht bei dir genauso schlapp auf dem Sofa rumlungern wie hier.«

»Ich bin nicht sein Babysitter«, sagte er genervt. »Außerdem habe ich einen Job, weißt du. Ich muss arbeiten. Ich arbeite.«

»Gib ihn mir mal kurz«, sagte Hanne. »Ich werde ein Wort mit ihm reden.«

»Deine Mutter.«

Wenig begeistert nahm der Junge das Telefon an. Er hörte ihn unwirsch ein paarmal ja und nein murmeln. Nach einer Weile legte er auf.

»Wollte sie nicht noch mit mir sprechen?«

»Nein«, sagte der Junge.

Am nächsten Morgen wachte er vom Summen des Wasserkochers in der Küche auf. Der Junge stand schon vollständig angezogen an der Anrichte.

»Ist was passiert?«, fragte Simon.

Der Junge erschrak von seiner Stimme.

»Sorry«, sagte er. »Ich wollte dich nicht wecken.«

»Musst du irgendwohin?«

»Nein«, sagte der Junge. »Ich war einfach wach.«

Simon schob den Vorhang ein wenig zur Seite und schaute raus. Die Sonne war gerade erst aufgegangen. Die Wolken hingen als violette Schleier am graublauen

Himmel. Er schlug die Bettdecke von sich und stand vom Sofa auf. »Was machst du heute?« Der Junge zuckte die Achseln. Es wirkte eher wie eine instinktive Geste als eine Antwort, als wäre das Achselzucken eine automatische Reaktion auf jede Frage, die ihm gestellt wurde.

»Vielleicht zum Calgary Tower. Ich habe gelesen, dass man von dort oben eine schöne Aussicht über die Stadt hat und sogar die Rockys liegen sehen kann.«

Simon wollte entgegnen, dass er sich von den Rockys lieber nicht allzu viel versprechen sollte, dass sie ein verschwommener Streifen am Horizont waren, aber er hielt sich zurück. Stattdessen schlug er vor, mitzukommen. Es war sein freier Sonntag. Der Junge reagierte nicht sehr begeistert, stieg aber ein paar Stunden später doch zu ihm ins Auto.

Im Calgary Tower nahmen sie den Aufzug zur Aussichtsplattform. Es gab einen Glasboden und wenn man darauf stand, konnte man zwischen den Füßen den Verkehr auf der Ninth Avenue beobachten. Ohne das geringste Zaudern hatte sich der Junge an den Rand des Glasbodens gestellt. Höhenangst hatte er ganz bestimmt nicht. Neben ihm standen zwei Teenager-Mädchen und kreischten. Ein drittes war am Rand des Betonfußbodens stehengeblieben, zu verängstigt, einen Fuß auf das Glas zu stellen. Der Junge streckte die Hand nach ihr aus, aber das Mädchen ließ sich nicht verführen. Er sprang ein paarmal auf dem Glasboden auf und ab, um ihr zu zeigen, dass es wirklich sicher war. Das Mädchen blieb stehen. Gespielt enttäuscht warf er die Arme in die Höhe.

Während sie über die Plattform gingen, erklärte Simon, was sie sahen. Er zeigte auf die weißen Dächer des Talisman-Zentrums und den Saddledome vom Stampede

Park und erzählte vom weltberühmten Rodeo-Festival im Juli und den Olympischen Winterspielen von 1988, wo Yvonne van Gennip drei Goldmedaillen gewonnen hatte.

»Wofür?«, fragte der Junge.

»Eisschnelllauf natürlich, was sonst«, sagte Simon. »Dein Vater ist doch Eislauffanatiker?«

»Ich kann damit nichts anfangen«, sagte der Junge.

Simon erzählte von den Calgary Flames, dem Eishockeyteam der Stadt, auf das jeder Calgaryaner stolz war, auch wenn sie es die letzten vier Jahre schon nicht mehr durch die Play-offs geschafft hatten. Der Junge hörte kaum zu und schien vor allem von den gigantischen Wolkenkratzern beeindruckt zu sein. Simon benannte nacheinander den Bow, das Suncor Energy Centre und die Twin Towers von Bankers Hall. Allesamt Bürogebäude, in denen die größten Öl- und Gasgesellschaften Kanadas ihren Hauptsitz haben, und keiner von ihnen wollte dem anderen nachstehen. Der Junge zeigte auf den Bow und fragte, wie viel die Mitarbeiter in diesem Gebäude verdienten. Simon hatte nicht die geringste Ahnung. Geld, Status, Jahreseinkommen, Boni, Dividende, Zinsen. Er hatte dafür nur Spott übrig. Seine Cousine Elisabeth meinte, mit diesem Spott würde er das Geld noch mehr von sich wegjagen. Geld wollte gehätschelt werden. Genau wie Menschen, hatte sie hinzugefügt. Simon konnte mit beidem nicht gut umgehen. Elisabeth war die jüngste Tochter seines Onkels Gerard. Ab und zu besuchte er sie. Sie lebte mit ihrem Mann in Okotoks, einem beliebten Städtchen für die Reichen, ein wenig südlich von Calgary. Ihr Mann machte irgendetwas Wichtiges bei Petrol Oil. Er wusste, dass sie Geld wie Heu hatten. Elisabeth war Psychologin und hatte ein besonderes Interesse an ihm, das vermutlich vor allem beruflicher Natur war.

Während der Junge die Zahl der Stockwerke der Bürogebäude der Ölmagnate zu zählen versuchte, ging Simon zurück zu der Stelle, von der aus man über die Südseite der Stadt blickte. Dort irgendwo, circa zehn Kilometer weiter, lag sein Apartment. Klein und nicht im beliebtesten Viertel, aber es erfüllte all seine Bedürfnisse. Jedenfalls solange er allein war.

Am Tag nach ihrem Besuch im Calgary Tower kam Simon mit zwei Plastiktüten voller Einkäufe nach Hause. Der Junge saß wieder auf dem Sofa und zappte. Er stellte die Tüten auf den Boden, nahm ihm die Fernbedienung aus den Händen und schaltete den Fernseher aus. Mit vor der Brust verschränkten Armen schaute ihn der Junge an.

»Ich habe nicht das Gefühl, dass das hier funktioniert«, sagte er.

Der Junge sagte nichts.

»Ich glaube, es ist für uns beide besser, wenn du irgendwas tust, meinst du nicht auch?«

Der Junge nickte zögernd.

»Hast du selbst eine Idee?«

Er schüttelte den Kopf.

»Ich kann dir einen Job besorgen.«

»Ich dachte, ohne Visum dürfte ich nicht arbeiten«, sagte der Junge.

»Offiziell nicht, aber inoffiziell geht alles. Ich habe eine gute Freundin, die Hundezüchterin ist und immer Hilfe gebrauchen kann.«

Der Junge sah ihn erschrocken an.

»Was ist?«

»Ich habe Angst vor Hunden.«

»Es sind kleine Hunde.«

Der Junge schwieg.

»Du musst doch irgendwas machen«, sagte Simon. »Oder willst du hier jeden Tag auf dem Sofa hocken bleiben?«

»Ich will in die Rockys«, sagte der Junge.

»Wir gehen nicht in die Rockys, das habe ich dir schon hundertmal gesagt.«

Simon gab ihm die Fernbedienung zurück, hob die Tüten hoch und ging in die Küche. Während er die Einkäufe einräumte, starrte der Junge verstört vor sich hin. Er hatte den Fernseher nicht wieder eingeschaltet.

»Hat dir deine Mutter nicht gesagt, dass ich nicht mit dir in die Rockys gehe?«

»Doch«, sagte der Junge.

»Du könntest zum Englischunterricht«, sagte Simon.

»Mein Englisch ist prima. Das einzige Fach, in dem ich keine 5 hatte.«

»Dir wird doch wohl irgendwas einfallen, was du tun könntest?«

Der Junge zuckte die Achseln. »Kann ich dir nicht im Haus helfen, mit Anstreichen oder so?«

»Anstreichen? Siehst du hier etwas, was angestrichen werden müsste?«

»Oder bei was anderem?«

»Das ist, glaube ich, keine gute Idee.«

Simon konnte sich nicht vorstellen, dass der Junge zu etwas Nützlichem in der Lage war. Er hatte ihn noch nicht bei irgendeiner anderen Aktivität als auf einen Bildschirm schauen erlebt.

»Bist du ein wenig handwerklich geschickt?«, fragte er den Jungen.

»Keine Ahnung.«

»Aber anstreichen kannst du, ja?«

»Das kann doch jeder?«

Simon schüttelte den Kopf. Er kannte den Unterschied zwischen zwei linken und zwei rechten Händen. Als Ruud und er als Kinder ihrem Vater beim Bau eines zusätzlichen Dachzimmers helfen durften, stellte sich heraus, dass Ruud noch keinen Nagel gerade in eine Holzlatte schlagen konnte, während Simon alles, was sein Vater tat, tadellos nachmachen konnte. Er lernte es, indem er zuschaute. Er bezweifelte, dass der Junge diese Fähigkeit besaß.

»Du könntest mal anfangen zu kochen. Ich bin es ein wenig leid, so zu tun, als wäre das hier ein Hotel-Restaurant.«

»Ich kann nicht kochen.«

»Dann lernst du's eben.«

Der Junge schaute erschrocken. Wahrscheinlich konnte er nicht mal ein Spiegelei braten.

»Auf diesem Handy, da gibt es bestimmt auch Kochfilme«, sagte Simon. »Und wenn es schief geht, kannst du immer noch Tiefkühlpizza holen.«

Als er am nächsten Abend nach Hause kam, lagen zwei Tiefkühlpizzen im Kühlschrank. Und beim nächsten Mal, als der Junge kochen sollte, lagen wieder zwei da.

»Wir machen es anders«, sagte Simon, als er zum dritten Mal eine Tiefkühlpizza hinunterwürgte. »Zu unserem eigenen Wohl.«

Er stand auf und holte eine kleine Metallkiste aus dem Schrank unter dem Fernseher und stellte sie vor den Jungen auf die Küchentheke. Die Kiste hatte ein Schloss, das sich vorn mit einem Schlüsselchen öffnen ließ. Er drehte ihn und hob den Deckel hoch. Die Kiste war leer.

»Hier legst du jeden Tag zehn Dollar rein«, sagte er. »Als Beitrag zum Haushaltstopf. Ich erledige dann die Einkäufe und koche, du machst den Abwasch und räumst die Küche auf. Von immer nur Pizza kriege ich schlechte Laune.«

Der Junge musste lachen.

»Ich meine es ernst«, sagte Simon. »Nichts ist umsonst.«

»Und von welchem Geld mache ich das?«

»Das ist dein Problem.«

»Aber ich habe kein Geld.«

»Dein Problem, sagte ich bereits.«

Der Junge trat gegen die Holzvertäfelung unter der Küchenbar. Das Holz knarrte unter seinem Schuh.

»Meine Eltern bezahlen dich doch!«, sagte er laut.

»Das heißt noch längst nicht, dass das hier ein Hotel ist.«

Der Junge zerknüllte seine Papierserviette und warf sie auf den Tisch.

»Warum um Himmels willen haben sie mich zu dir geschickt?«, rief er mit Tränen in den Augen.

Simon war still. Er wollte ihm eine Hand auf die Schulter legen. Es war als freundliche Geste gemeint, aber der Junge duckte sich, als würde er geschlagen.

»Ich will nach Hause«, sagte er.

Simon wollte erst sagen, dass er denselben Wunsch hatte, aber er hielt sich zurück. Es wäre besser, ihm Mut zuzusprechen, zu sagen, dass die erste Zeit immer am schwierigsten ist und es danach besser wird. Oft. Manchmal. Er sagte es vor allem zu sich selbst.

»Wir werden uns gegenseitig ein wenig helfen müssen, okay?«, sagte er. »Dann schaffen wir das zusammen schon.«

Er legte ihm die Hand auf die Schulter und gab ihm ein paar sanfte Klapse. Dieses Mal ließ der Junge es zu. Er wischte sich die Tränen vom Gesicht und zog die Nase hoch.

»Soll ich dann mal abwaschen?«

Simon nickte.

Der Junge nahm die leeren Teller. In der Küche ließ er das Spülbecken mit heißem Wasser volllaufen und drückte viel zu viel Spülmittel hinein. Simon wollte eine Bemerkung dazu machen, aber er ließ es bleiben. Nicht nach jeder Mücke schlagen. Er stellte die Kiste auf den Kühlschrank. Aus einem der Küchenschränke nahm er zwei Aspirin, um die Schmerzen in seinem linken Bein zu lindern. Sie halfen nur mäßig.

Er ließ sich aufs Sofa fallen und schaute zu der schwarzen Mattscheibe. Es war Monate her, dass er sich zuletzt etwas angesehen hatte. Die ganze Zeit hatte der Fernseher in einem Karton im Schlafzimmer gestanden. Er wollte ihn erst wieder aufhängen, wenn das Wohnzimmer ganz fertig wäre, aber jetzt, da der Fernseher doch an der Wand hing, konnte er genauso gut wieder schauen. Er schaltete ihn ein und zappte durch die Sender, auf der Suche nach Sport – das Einzige, was er im Fernsehen ertragen konnte, alles andere machte ihn früher oder später wütend – und blieb hängen bei einem Eishockeyspiel zwischen Edmonton und den Winnipeg Jets, in dem die Jets gerade das erste Tor gemacht hatten.

»Hast du Lust, mitzuschauen?«, fragte er, als der Junge mit dem Abwasch fertig war. Der Junge warf einen Blick auf den Fernseher. »Ich hab nicht so viel mit Eishockey am Hut.« Simon drängte nicht weiter. Kurze Zeit später hörte er ihn im Badezimmer. Sie gingen getrennte Wege.

»Gute Nacht«, rief der Junge, als er wieder aus dem Bad kam.

»Gute Nacht«, brummte Simon.

Am nächsten Tag fand er zehn Dollar in der Kiste.

* * *

Es dauerte nicht lange, bis der Junge zu ihm kam, um sich doch nach dem Job bei der Hundezüchterin zu erkundigen. Simon rief Nancy an. Sie züchtete Welsh Corgi Pembrokes, eine Hunderasse, die in Kanada sehr beliebt war. Die Hunde waren ihre Kinder, und es verging keine Stunde, da sie nicht mit ihnen zugange war. Ihre einzigen Ausflüge waren die Hundeausstellungen, die sie mit ihren Corgis besuchte. Sie wohnte im Osten von Calgary am Ende eines Asphaltwegs, weit weg von Nachbarn, die sich an dem Bellen stören könnten. Ab und zu kam sie bei ihm vorbei auf eine Tasse Kaffee oder ein Bier, wenn sie auf dem Weg von einem Corgi-Besitzer zum anderen war. Sie reagierte begeistert, als Simon sie fragte, ob der Junge bei ihr aushelfen könnte. »Genug zu tun.«

Als er dem Jungen sagte, er könne zu Nancy, schien der sich aufrichtig zu freuen. Gott weiß, was in ihm vorging. Vielleicht störte Simon ihn genauso sehr wie er Simon.

Am Ende der ersten Arbeitswoche brachte Nancy den Jungen nach Hause. Simon war gerade zurück von der Arbeit und stand am Wohnzimmerfenster und schaute hinaus, als Nancy mit ihrem dunkelgrünen Kleintransporter im weiten Bogen auf das Gelände fuhr und genau unter seinem Fenster parkte. Beim Aussteigen entdeckte sie ihn. Simon winkte und bedeutete ihr, auf ein Bier raufzukommen. Sie hob den Daumen. Der Junge kletterte mühsam aus dem Wagen. Muskelkater. Nancy hatte ihn offensichtlich anständig rangenommen. Er grinste.

Kurze Zeit später saß Nancy mit einem Bier auf Simons Sofa. Ihr graublondes Haar hatte sie mit einem Gummi zu einem Pferdeschwanz zusammengebunden, und ihr kariertes Holzfällerhemd hing offen. Ihr war warm. Ihr war immer warm, wenn sie drinnen war. Ihr Körper war zum

Überleben gemacht, sagte sie oft. Simon hatte nicht das Bedürfnis, ihr zu widersprechen, dachte aber eher, dass es an ihrer nicht geringen Fettschicht lag. Der Junge stand unter der Dusche. Simon hörte den Heizungskessel anspringen.

»Wie ist es diese Woche gelaufen?«, fragte er.

»Guter Kerl, dein Neffe.«

»Er hat glaube ich Muskelkater.«

»Daran ist noch niemand gestorben«, sagte Nancy. Sie tickte ihre Bierdose gegen seine und nahm einen Schluck. »Ich sehe, der Bursche hat einen guten Einfluss auf dich.«

»Wieso?«, fragte er.

»Du hast aufgeräumt.«

Er nickte. Als Nancy das letzte Mal bei ihm gewesen war, ähnelte seine Wohnung eher einer Baustelle. Man konnte kaum zwei Schritte machen, und er hatte einen Sitzplatz auf dem Sofa freiräumen müssen.

»Habt ihr noch Pläne fürs Wochenende?«, fragte Nancy.

»Nein«, sagte er.

»Er will in die Rockys«, sagte Nancy.

»Das weiß ich.«

»Er sagt, dass du nicht willst.«

»Du weißt, dass ich mit meinem Bein nicht kann.«

»Weiß er das?«

»Mehr oder weniger.«

Er stand auf. Es hatte keinen Sinn, mit Nancy über die Rocky-Sehnsüchte des Jungen zu reden. Der Junge sollte froh sein, dass er bei ihm bleiben durfte. Wenn er mehr wollte, musste er das eben selbst organisieren.

»Redest du ab und zu mal mit ihm?«

»Wieso?«, fragte Simon erstaunt. Normalerweise mischte sie sich nicht in sein Leben ein. Sie sprachen über die Hunde, über die Shows oder über die Rüden, die sie im

Auge hatte, um ihre Hündinnen zu decken. Ab und zu redeten sie über ihre Kunden, wer in Ordnung war und wer nicht, und über die Sachen, über die alle redeten, die Nachrichten, das Wetter. Wirklich persönlich wurden sie nicht, wenn es nicht nötig war. Und wenn es nötig war, verstand Nancy ihn mit wenigen Worten. Wie damals, als er seine Hunde zu ihr zurückbrachte, weil er es wegen der Schmerzen in seinem Bein nicht mehr schaffte, länger als fünf Minuten mit ihnen zu laufen. Nancy hatte seine Hunde zurückgenommen, beide, obwohl Zita nicht mal aus ihrem Zwinger stammte. Er war nach Hause gefahren, mit einer leeren Rückbank. Später am Abend hatte sie ihn angerufen, um zu fragen, wie es ihm ging. Er wusste nicht mehr, was er geantwortet hatte, ob er gelogen hatte oder nicht, aber er würde niemals vergessen, dass sie am Ende ihres kurzen Gespräches sagte, dass Zita und Bo immer seine Hunde blieben. Seine Hunde.

»Wusstest du, dass er drogensüchtig war?«, fragte Nancy. Ihre Bemerkung fiel wie Taubenkacke vom Himmel. Sie sah ihn an, ihr Blick war kritisch, als wollte sie prüfen, ob ihn der Junge interessierte. »In Holland«, sagte Nancy. »Darum hat seine Mutter ihn hierhergeschickt.«

Er hatte keine Ahnung, wovon Nancy sprach. »Tja, er wird bestimmt mal einen Joint geraucht haben«, sagte er. »Das würde ich nun nicht direkt drogensüchtig nennen.« Er setzte sich die Bierdose an den Mund und nahm einen großen Schluck.

»Kein Joint«, sagte Nancy. »Pillen.«

Er verschluckte sich. Bier tropfte an seinen Mundwinkeln hinab über sein Kinn. Er wischte es mit dem Hemdsärmel ab.

»Ecstasy«, fügte Nancy hinzu. »Er sagte, es hätte auf einer Party angefangen, und innerhalb von sechs Wochen konnte er nicht mehr ohne. Er hat mir alles Mögliche erzählt, schreckliche Geschichten. Einmal hat er in ein Glas gebissen, weil er dachte, es wäre ein Apfel, und sein ganzer Mund war voller Glas, bevor er es merkte. Sie haben ihn mit einem Krankenwagen ins Krankenhaus gebracht. So sind seine Eltern dahintergekommen.«

Simon ging in die Küche und stellte seine Bierdose auf die Spüle. Warum hatte seine Schwester nichts davon gesagt? Und warum hatte der Junge es nicht ihm erzählt, sondern Nancy? Es war, als hätte ihm jemand eine Ohrfeige verpasst.

»Du wusstest es nicht, oder?«, sagte Nancy.

Der Ton ihrer Bemerkung irritierte ihn. Wollte sie ihn spüren lassen, wie wenig er von dem Jungen wusste? Wie wenig er mit ihm redete? Und wenn schon? Er hatte nicht um seine Gesellschaft gebeten. Er hatte ihm eine Bleibe geboten; ein Bett, eine Mahlzeit, eine heiße Dusche. Damit hatte er sich selbst schon reichlich übertroffen. Er brauchte nicht auch noch sein Sozialarbeiter zu sein.

»Worüber redet ihr sonst noch so?«, fragte er.

Nancy zuckte die Schultern. »Über alles Mögliche.«

Über alles Mögliche. Hier bekam der Junge den Mund nicht auf und mit Nancy redete er über alles Mögliche.

»Auch über mich?«, fragte er.

»Nicht wirklich.«

»Wohl nicht interessant genug?«

»Das hier hat nichts mit dir zu tun, Simon.«

»Nein, natürlich nicht.«

Nancy stand vom Sofa auf und ging zu ihm. Er stand noch immer an der Spüle, vornübergebeugt, auf seine Hände gestützt. Etwas an dieser Situation hing ihm mächtig zum Hals heraus. Nancy stellte sich neben ihn und legte ihm die Hand auf die Schulter. Instinktiv drehte er sich weg von ihr.

»Lass mich dir helfen, Simon.«

»Helfen?«, rief er aus. »Helfen? Womit solltest du mir helfen müssen?«

Nancy sagte nichts, blieb aber stehen. So verdammt nah hinter ihm, dass er sich nicht rühren konnte. Auf keinen Fall würde er sich zu ihr drehen. Er hatte das Gefühl, von seiner Mutter in die Enge getrieben zu werden. Er musste an seine letzten drei Jahre zu Hause denken. Die Jahre, in denen er allein mit seiner Mutter in ihrem Haus wohnte. Das Haus, in dem er den größten Teil seiner Schulzeit gewohnt hatte, und das erst sein Vater, dann seine Schwester und danach sein Bruder verlassen hatte. Das Haus, das auch er verlassen wollte, nichts lieber als das, aber in dem er dennoch geblieben war. Das Haus, in dem es immer schwieriger wurde, sich zu verstecken; je leerer es wurde, desto mehr wurde er gesehen. Von seiner Mutter, die immer unverhohlener klagte, dass alle sie im Stich gelassen hätten. Es war bitter, dass sie ausgerechnet mit ihrem am wenigsten geliebten Kind zurückbleiben musste. Bitter für sie und für ihn. »Du bist für mich ein Buch mit sieben Siegeln«, hatte sie mal zu ihm gesagt. Er war vierzehn und hatte keine Freunde, keine Hobbys und interessierte sich für nichts. In der Schule lief es nicht besonders gut, nicht, weil er nicht intelligent genug war, wie der Konrektor seinen Eltern versichert hatte, sondern weil er nichts mit dieser Intelligenz anfangen wollte. Er war da anderer Meinung. Er weigerte sich einfach, etwas von Leuten anzunehmen, die nicht wussten, wovon sie sprachen. Leuten, die keine Fragen wollten, sondern Antworten. In seiner Schule gehörten die meisten Lehrer zu dieser Gruppe. Er fand es nur logisch, nicht auf sie hören zu wollen.

»Ich weiß nicht, was ich falsch mache!«, rief seine Mutter seinem Vater nach einem Elternabend in der Schule zu. Er lag oben im Bett. Ruud lag an der anderen Seite des Zimmers auch im Bett und holte sich deutlich hörbar mithilfe einer Zeitschrift, die einer seiner älteren Freunde in einem Sexshop gekauft hatte, einen runter. Unten weinte seine Mutter laut. In diesem Moment brach Simons Herz, aber im Nachhinein zeigte sich, dass sie gar nicht ihn gemeint hatte, sondern seinen Vater, der kurz davor seiner neuen Liebe begegnet war und wie ein Floß in einer Stromschnelle von seiner Mutter abtrieb. Ab diesem Moment wurde das Leben seiner Mutter ein egoistischer Leidensweg, in dem sich ihre hypochondrische Veranlagung rasend schnell ausprägte. Manchmal stieg sie plötzlich aus der Rolle der Frau mit dem gebrochenen Herzen aus und schaute ihn verwirrt an, als würde ihr plötzlich bewusst, dass es ihn gab. Dann stellte sie sich ganz nah zu ihm und wollte ihn umarmen – was er unter keinen Umständen zuließ – und sagte so etwas wie: »Du weißt doch, dass ich dich liebe?« Und manchmal sagte sie: »Du weißt doch, wie sehr ich dich liebe?« Das war ihr Superlativ von Liebe, aber er dachte nur: Du liebst mich überhaupt nicht, du liebst Ruud, aber der ist nicht hier, und darum darf ich seine Portion in Empfang nehmen. Um ihren Anfall vorgetäuschter Liebe abzuwehren, blieb er weiterhin mit dem Rücken zu ihr gewandt stehen. Aber jetzt stand Nancy hinter ihm in der Küche. Er kannte Nancy. Nancy war okay. Nancy war nicht seine Mutter. Nancy war das Gegenteil seiner Mutter. Aber er bekam ihren Ton in den falschen Hals und seine Wut entfachte wie ein Papierpfropfen, der Flammen leckte, das Feuer schoss in seinen Körper, pumpte das Blut in seine Adern, seine Muskeln spannten sich. Er hätte gerne etwas kaputtgeschlagen, aber stattdessen blieb er wie erstarrt stehen. Als hätte ihn jemand festgenagelt. Ich muss weg, dachte er.

»Simon?«

Er spürte Nancys Hand auf seiner Schulter. Ihre Berührung wirkte wie ein Katapult. Er drehte sich um, schob sie grob zur Seite, um wegzukommen, rannte aus der Wohnungstür, die Treppe hinunter, drückte die Stahltür des Gebäudekomplexes auf und rannte auf den Parkplatz. Es dauerte nur ein paar Schritte, bevor der Schmerz in seinem linken Bein ihn zum Stehenbleiben zwang. Fluchend beugte er sich vor, die Hände auf den Knien. Er fluchte und fluchte und fluchte. Als er den Rücken wieder streckte, sah er Nancy in seine Richtung kommen. Sie ging mit kurzen Schritten, und ihre Hände bewegten sich energisch an ihren Hüften hin und her. Als sie vor ihm stand, stemmte sie die Hände in die Seiten, die Finger weit gespreizt, als wären es die Federn eines Flügels.

»Was zum Teufel ist hier los?«, sagte sie.

»Nichts«, sagte er. »Ich brauche einfach etwas Luft.«

»Mich hältst du nicht zum Narren, Simon.«

»Ach nein?«

»Nein«, sagte Nancy, und sie vergrub die Finger noch ein wenig tiefer in die Seiten. »Du hast verdammt nochmal echt Probleme, Simon, und die verschwinden nicht, wenn du nicht hinschaust.«

»Und woher willst du das wissen?«, sagte er.

»Ich habe Augen im Kopf, und ich benutze sie, was ich in diesem Moment von dir nicht gerade behaupten kann.« Sie sah ihn scharf an. »Es wird Zeit, dass du aufhörst, der ganzen Welt übel zu nehmen, dass sie sich nicht um dich kümmert.«

»Ich will überhaupt nicht, dass sich jemand um mich kümmert.« Der Satz kam piepsig aus seinem Mund.

»Ja«, sagte Nancy. »Und ich mag Babys mit vollgekackten Windeln.« Sie zog ihre Autoschlüssel aus der Tasche.

»Was machst du?«, fragte er.

»Ich fahre nach Hause«, sagte sie. »Die Hunde müssen gefüttert werden.« Sie sah ihn streng an. »Du musst was mit dem Jungen unternehmen.«

Er zuckte die Schultern.

»Er ist totunglücklich, wenn er nichts zu tun hat. Man muss kein Psychiater sein, um das zu sehen.«

»Nicht mein Problem«, sagte er.

Nancy blieb reglos stehen. Er schaute sie an, nur ganz kurz. Sie hatte Tränen in den Augen.

»Was ist?«, sagte er.

Sie ging zu ihrem Wagen. Die Tür an der rechten Seite war heller als der Rest. Die hatte sie ersetzen müssen, nachdem ein Pick-up auf einem Parkplatz eine mächtige Delle hineingefahren hatte, als hätte ein Kugelstoßer seinen besten Wurf darauf geübt. Nancy setzte langsam zurück und als sie an ihm vorbeifuhr, nickte sie nicht einmal.

Er blieb auf dem Parkplatz stehen. Er hörte den Verkehr über den Macleod Trail hinwegrasen. Es war Stoßzeit auf den Ringstraßen. Alle wollten ins Wochenende. Gegen Ende des Nachmittags wurde es kühler. Die Sonne ließ einen leicht glauben, es wäre noch Sommer, aber die Kälte konnte jeden Moment einsetzen. Genau wie der Schnee. Sie würden ihn überfallen, wie jedes Jahr. Egal, wie früh oder spät auch immer sie kamen.

Er schaute in den Himmel, der sich von Blau zu Orange färbte, und sah die weißen Spuren, die die Flugzeuge gezogen hatten. Der Junge war erst zwei Wochen bei ihm und es fühlte sich an wie eine Ewigkeit. Weil er selbst nicht weggehen konnte, gab es keine andere Möglichkeit, als den Jungen wegzuwünschen. Sein Apartment wieder für sich allein zu haben, sein Leben wieder so einzurichten, wie er es gewohnt war.

Drinnen saß der Junge auf dem Sofa vor dem Fernseher. Die Haare nass und zerzaust. Er lächelte Simon an, aber es fiel ihm auf, dass er sich dabei ein wenig duckte. Als wäre er ein Hund, der jeden Moment geschlagen werden konnte und sich nach Kräften bemühte, gefügig und gehorsam zu sein.

»Hast du Lust auf Lasagne?«, fragte Simon.

Der Junge nickte.

Er nahm eine getöpferte Auflaufform aus dem Kühlschrank, in der noch zwei Portionen Lasagne waren und wärmte sie in der Mikrowelle auf. Ein paar Minuten später saßen sie mit den Tellern auf dem Schoß nebeneinander auf dem Sofa. Sie schauten Sport. Er hatte das Gefühl, dass sich der Junge entspannte.

»Du musst gleich deine Sachen packen«, sagte er, während er reglos zum Fernseher schaute. Erschrocken legte der Junge seinen Löffel hin.

»Wir fahren am Wochenende in die Rockys.«

* * *

Es war noch dunkel, als Simon hörte, wie der Junge über den Flur ins Badezimmer schlich und kurze Zeit später die Spülung zog. Es war sechs Uhr. Viel zu früh zum Aufstehen. Am Abend zuvor hatte der Junge seinen Rucksack schon gepackt. Simon staunte über seine professionelle Wanderausrüstung: solide Bergsportsachen von der Unterhose bis zur Regenjacke.

Der Junge zeigte ihm sein neu gekauftes Multitool. »Hat sogar eine Säge.« Simon nahm das hellblaue Messer und wog es in der Hand. Es war nicht gerade leicht. »Hundertneunzig Gramm«, sagte der Junge. Simon klappte das

Multitool aus und betrachtete alle Funktionen. Nicht nur eine Säge, sondern auch eine Feile und mehrere Schraubenzieher.

»Fünfzehn Funktionen«, sagte der Junge.

»Schön«, sagte er und gab ihm das Messer zurück. »Gut zu wissen, dass wir in den Bergen auf jeden Fall überleben werden.«

Der Junge strahlte.

Simon hatte dem Jungen nicht wirklich erzählt, wie hoffnungslos der Zustand seines linken Beins war. Er hatte nur gesagt, er habe eine chronische Verletzung, durch die er nicht lange gehen könne. Eine Bergwanderung sei für ihn nicht drin. Der Junge hatte verständnisvoll genickt.

In den vergangenen Monaten hatte Simon allerlei Arten von Medikamenten bekommen. Medikamente zur Senkung seines Cholesterins, Schmerzmittel, Antibiotika, Tavonin, Venoruton, alles ohne hinreichendes Ergebnis. Als letzte Option hatte sein Hausarzt eine Operation an den Krampfadern genannt, aber dazu musste die Wunde erst geheilt sein. Es fühlte sich an wie ein Teufelskreis.

Manchmal wachte er nachts vor Schmerzen auf und war davon überzeugt, dass sein Unterschenkel amputiert werden müsste. Er musste sich dann beherrschen, den Druckverband nicht abzuziehen, um nachzusehen, ob sich die Wunde unvermutet entzündet hatte. Sein Hausarzt hatte ihm empfohlen, bei dieser Art von Panikanfällen seine Temperatur zu messen – wenn die stimmte, war alles in Ordnung. Eine nicht heilende offene Wunde »in Ordnung« zu nennen, fand Simon ein Understatement und aus dem Mund eines Arztes ziemlich abschätzig. Er hatte sich immer darüber gewundert, dass das Fach Medizin dasselbe war wie das Wort für Medikamente. Wenn sie keine Medizin dafür hatten, wussten sie nicht, was sie tun sollten. Ja, schneiden, das war natürlich immer noch eine Alternative. Nach der Medizin kam das Schneiden. Danach der Tod. Es war eine deprimierende Schlussfolgerung, die ihn nicht beruhigte.

Vor zwei Tagen war er bei seinem Hausarzt gewesen, um die Wunde an seinem Bein säubern zu lassen. Mit einer Pinzette hatte er vorsichtig die Honig-Gaze abgezogen. An den Rändern heilte die Haut allmählich, aber in der Mitte war noch immer eine nasse, eiternde Stelle sichtbar.

»Wird es nicht Zeit für eine Operation? Ich warte nicht gern, bis es zu spät ist.«

»Vorläufig behalten wir es noch eine Weile im Auge«, hatte der Hausarzt seinen Vorschlag abgewehrt.

Mit geschlossenen Augen hatte Simon monoton deklamiert: »Ich werde nie vergessen, dass ich weder Laborwerte oder einen Tumor behandele, sondern einen kranken Menschen, dessen Krankheit sich auf die Familiensituation und die wirtschaftliche Stabilität dieser Person auswirken kann. Meine Verantwortung umfasst auch diese Probleme, wenn ich für die Kranken sorgen will.«

»Sie haben den Hippokratischen Eid studiert?«

»Ja«, antwortete Simon. »Sie nicht?«

Sein Hausarzt lächelte. »Sie finden, dass ich für Ihre wirtschaftliche Lage verantwortlich bin?«

»Ich finde, dass Sie verpflichtet sind, mir eine Behandlung zu geben, die meine wirtschaftliche Stabilität gewährt. Mit anderen Worten; eine Behandlung, die dafür sorgt, dass ich weiterhin arbeiten kann.«

»Ich möchte Ihnen die Behandlung durchaus verschreiben«, sagte der Hausarzt, »aber ich weiß, dass Sie sogar mit einem ärztlichen Attest nicht ausreichend versichert sind, und das macht diese Operation effektiv unbezahlbar.

Noch ganz abgesehen von der Frage, ob sie überhaupt sinnvoll ist. Was ich bezweifle. Und damit trage ich sehr wohl zu Ihrer wirtschaftlichen Stabilität bei. Ich verhindere nämlich, dass Sie insolvent werden wegen einer Behandlung, die nichts bringt.«

Bei dem Wort ›insolvent‹ blinzelte Simon kurz. Den Bruchteil einer Sekunde sah er die Gerichtsvollzieher vor sich, als sie in Nanaimo alle Sachen in dem Copyshop gepfändet hatten, den er zusammen mit seinem Onkel gegründet hatte. Aber er erholte sich schnell. »Finden Sie nicht, dass wir kein Gesundheitssystem hätten aufbauen dürfen, in dem die adäquate Pflege zum Erhalt der wirtschaftlichen Stabilität zur Insolvenz führen kann? Beißt sich hier nicht die Schlange in den Schwanz, um mal in der Bildsprache Ihres Eides zu bleiben?«

»Angenommen, Sie haben recht?«

»Ich habe recht.«

»Aber Sie wissen dennoch, dass es nicht so funktioniert.«

Simon lachte wohlwollend. »Es funktioniert nicht so, weil wir es nicht wollen. Es gibt Kulturen, in denen ein Arzt die Aufgabe hat, zu verhindern, dass seine Patienten krank werden …«

Der Arzt hob die Hand, um ihn zu unterbrechen.

»Es tut mir leid, Simon, ich habe noch mehr Patienten. In zwei Wochen sehen wir wieder weiter.« Er hatte ein Wiederholungsrezept ausgestellt und Simon zur Tür begleitet. Die Wunde war gereinigt und seine Aufgabe somit erledigt.

Simon hörte die Wohnungstür ins Schloss fallen. Draußen war es inzwischen hell. Als er ins Badezimmer ging, sah er die Schlafzimmertür offenstehen. Auf dem Bett stand der Rucksack des Jungen schon bereit. Simon hatte noch keine Ahnung, wohin genau sie gehen würden. Er hatte noch nie in den Rockys übernachtet, seine Ausflüge hatten niemals länger als einen Tag gedauert, und weiter als Canmore war er nicht gekommen. Der Eintrittspreis des National Parks hatte ihn immer entmutigt.

Er war gerade dabei, ein paar Sachen in eine Wochenendtasche zu stopfen, als der Junge zurückkam. Er trug zwei Papiertüten vom Supermarkt, gefüllt mit Müsliriegeln, Schokolade, Chips, Nudeln, Trinkbouillon und drei Packungen Schokokeksen.

»Hast du Angst, dass wir Hunger kriegen?« Simon zog den Reißverschluss der Wochenendtasche zu. Viel brauchte er nicht, ein Set saubere Wäsche, einen dicken Pulli, Waschsachen und seine Pillen. Er erwog, seine schwarzen Stiefel mit den Stahlzehenkappen mitzunehmen. Er trug sie in der Fabrik und im Winter, wenn es schneite. Wahrscheinlich würde er sie nicht brauchen. Für dieses Wochenende war gutes Wetter vorhergesagt worden.

»Bist du dir sicher, dass du alles hast?«, fragte er, als der Junge im Flur bereitstand, den Rucksack geschultert, seine Bergschuhe an den Füßen. »Denn wenn sich auf halber Strecke herausstellt, dass du was vergessen hast, kehren wir nicht um.«

»Alles okay«, antwortete der Junge aufgekratzt.

Teil 2

Der Highway von Calgary nach Canmore ähnelte einer breiten, langen Auffahrt zu den Rocky Mountains. Ab dem Moment, da die Bergkette am Horizont erschienen war, blieb sie ständig in Sichtweite. Wie eine Filmkulisse aus Pappe warteten die Berge auf sie. Man bekam das Gefühl, sie jeden Moment anfassen zu können, jeden Moment in sie hineinzufahren, aber die Nähe täuschte. Sie waren noch mindestens sechzig Kilometer von den Bergen entfernt.

Der Junge schrie wie ein Kind, als sich die Rockys zum ersten Mal zeigten. Er zückte sein Handy und machte Fotos. Der Himmel war strahlend blau, und das Autothermometer zeigte vierzehn Grad an. Absurd hoch für Oktober. Auf der Straße war mehr los, als Simon gedacht hatte. Vor ihm fuhr ein Auto mit einem Kajak auf dem Dach.

Es dauerte nicht lange und am Straßenrand tauchten große Reklameschilder von Hotels, Urlaubsanlagen und Skigebieten auf.

»Kann man schon Ski fahren?«, fragte der Junge begeistert.

»Kannst du denn überhaupt Ski fahren?«

»Ich kann es lernen.«

Es hatte diesen Herbst noch nicht geschneit. Nur Anfang September, es war noch Sommer gewesen, wurde Calgary vollkommen vom Winterwetter überrascht. In weniger als vierundzwanzig Stunden sank die Temperatur von fünfundzwanzig Grad auf den Gefrierpunkt, und es fielen zwanzig Zentimeter Schnee in drei Tagen. Am Sonntag hatte Simon ein T-Shirt getragen, am Montag seine Winterjacke. Er hatte Schneemänner mit Blumen als Augen und Nasen gesehen, und in einem Leuchtbalken vorn auf einem Stadtbus sah er den Text MERRY CHRISTMAS. Überall waren durch das Gewicht des Schnees auf den noch voll belaubten Bäumen Zweige abgebrochen. SUMMER SUCKS stand auf einem Schild, das ein Schneemann festhielt. Eine Woche später war der gesamte Schnee wieder verschwunden.

»Ich sehe einen Fuchs«, rief der Junge plötzlich. »Einen wilden Fuchs!«

Er zeigte auf den Acker. Simon schaute nach rechts, aber er sah nichts. Sie fuhren durch nahezu flache Felder mit braunen Stoppeln, Reste von Getreidehalmen, ein Stück weiter war ein Bauer noch dabei, sie zu Strohballen zu verarbeiten. Calgary lag zwanzig Minuten hinter ihnen, aber nichts erinnerte an die Nähe der Millionenstadt.

Der Junge holte einen Notizblock und einen Stift aus seinem Rucksack, der zwischen seinen Füßen stand. Darin notierte er, was er soeben gesehen hatte: wilder Fuchs. Stolz schaute er zu ihm hinüber.

»Füchse sind immer wild«, sagte Simon. Der Junge grinste, klappte den Notizblock wieder auf und strich das Wort »wilder« durch.

Simon war kein Mann der Natur, noch nie gewesen. Als Kind hatte er auf dem frisch angelegten Gehweg oder auf dem Asphalt der ruhigen Sträßchen hinten in ihrem Viertel gespielt. Nicht wirklich eine Umgebung, um über Gräben zu springen oder Frösche zu fangen. Ein einziges Mal hatte er mit seinem Bruder eine Hütte gebaut, auf dem brachliegenden Gelände der abgebrannten Lagerhalle von

Bogaard. Die Halle wurde zum Bau von Karnevalswagen benutzt, war aber irgendwann mal in Brand geraten, als eine Gasflasche explodiert war. Danach war das Gelände abgesperrt worden, und sie durften dort nicht spielen, aber Ruud hatte ein Loch im Zaun entdeckt und schlug vor, eine Hütte zu bauen. Oder eigentlich schlug er vor, dass Simon die Hütte bauen sollte. Ruud sammelte die Bretter und klaute Werkzeug und Nägel und Eisendraht aus dem Schuppen ihres Vaters. Als die Hütte fertig war, riss Ruud sie sich unter den Nagel und machte ein geheimes Clubhaus für seine Freunde aus der Nachbarschaft daraus. Alle, die er auswählte, bekamen einen Codenamen und ein Geheimwort. Simon durfte nur dabei sein, weil er die Hütte gebaut hatte. Er hatte bestens dafür gedankt. Ganz selten ging Simon allein dorthin, wenn er sicher wusste, dass Ruud nicht dort sein konnte. Dann drehte er den Eisendraht auf, mit dem das Holzbrett vor der Tür zugebunden war, und setzte sich drinnen auf den Boden. Er tastete die blaue Plastikplane ab und folgte den Unebenheiten auf dem Untergrund mit den Fingern. Es war dunkel und still.

Die Straße machte ein paar Kurven und führte allmählich in die Höhe. Die Motordrehzahl fiel ab, und Simon musste zusätzlich Gas geben, um das Tempo zu halten. Zum ersten Mal fuhren sie im Schatten der Berge. Sie waren fast in Canmore, dem ersten Touristenort der Rockys, noch vor dem offiziellen Eingang des National Park. Amüsiert zeigte der Junge auf ein Schild am Straßenrand. DEAD MAN'S FLATS.

In Canmore war viel los. Alle wollten noch das schöne Wetter genießen, jetzt, da vorhergesagt worden war, dass es später in der Woche umschlagen würde. »Nächste

Woche könnt ihr hier Ski fahren«, hatte der Mann an der Hotelrezeption beim Einchecken gesagt.

Sie waren zum Mittagessen in einen Lunchroom gegangen und hatten in der Schlange auf einen freien Tisch gewartet. Auf der überfüllten Terrasse saßen Leute im T-Shirt.

»Wann fängt der Winter eigentlich an?«, wollte der Junge wissen, als sie sich endlich hinsetzen konnten.

»Kann man nicht sagen«, antwortete er.

»Ist es möglich, dass man nächste Woche schon Ski fahren kann?«

»Alles ist möglich.«

Am Nachbartisch saßen drei junge Leute vor einem späten Frühstück. Zwei Frauen und ein Typ. Vor Gesundheit strotzend. Lachend. Er fing Gesprächsfetzen ihrer lauten Konversation auf. Woher kam das nur, dass Mittzwanziger immer dachten, die Welt gehöre ihnen? Eines der Mädchen trug eine weiße Wollmütze mit einem Bommel.

»Der ist sicherlich kalt«, meinte der Junge. Das andere Mädchen war ständig mit ihrer Sonnenbrille zugange. Aufsetzen, absetzen, auf, wieder ab. Der junge Typ, der ein ähnliches Bärtchen trug wie der Junge, redete ständig. Nach jedem Satz lachte er, als hätte er einen Witz erzählt. Er erinnerte ihn an Ruud. Die Art und Weise, wie er mühelos den Raum einnahm. Mädchen mögen Jungs, die viel lachen, das bringt sie selbst auch zum Lachen. Das war eine Lektion, die Ruud ihm schon beizubringen versucht hatte, als sie noch sehr jung waren. »Und wenn es nichts zu lachen gibt?«, hatte er gefragt. »Dann machst du eben was, das zum Lachen ist, Simon«, hatte Ruud geantwortet. Aber hierzu hatte er erwiesenermaßen kein Talent.

Der Junge beugte sich über eine Broschüre mit Ausflügen in der Umgebung. An den Tisch zu ihrer anderen

Seite setzte sich ein Mann mit drei Kindern. Ein Junge und zwei Mädchen. Das kleinere Mädchen hielt einen Heliumballon in der Hand, den ihr Vater an ihren Stuhl gebunden hatte. Als sein Blick Simons kreuzte, grüßte er jovial.

»Was für ein Tag, was?«, sagte der Mann.

»Nicht übel«, antwortete Simon.

Das ältere Mädchen trat mit den Füßen gegen das Tischbein. »Wo ist Mama?«, fragte sie gebieterisch.

»Die kommt gleich, Schatz.« Wieder trat sie gegen das Tischbein. Der Mann sah ihn an und hob entschuldigend die Schultern. Simon zwang sich zu einem Lächeln.

»Ist da was dabei?«, fragte er den Jungen. Der Junge schob ihm die Broschüre zu und zeigte auf eine Autofahrt zu einem weitläufigen See.

»Spray Lakes Reservoir«, las Simon laut vor. Die Fahrt dauerte eine Stunde. »Naja, dann sollten wir mal los«, sagte er.

Der Junge sprang auf und nahm seinen Rucksack. Der Mann am Nachbartisch wünschte ihnen einen schönen Tag. Simon nickte. Das ältere Mädchen saß mit steif verschränkten Armen da. Der Mann würde es bestimmt nicht leicht haben.

Sie fuhren zu Spray Lakes, das vierhundert Meter oberhalb von Canmore lag und über den touristischen Smith Dorrien Trail zu erreichen war. In der Broschüre wurde die Route als »malerisch« beschrieben. Sie überquerten den Bow River Richtung Nordic Centre. Nach fünf Kilometern wurde aus der Asphaltstraße ein schmaler Schotterweg. Der Staub der Wagen vor ihnen bildete Wölkchen, und er hörte die Steinchen gegen die Unterseite seines Autos klackern. Schon bald war Canmore außer Sichtweite, und der Weg wurde von rasch ansteigenden

Bergflanken eingeschlossen. Sie kamen an zwei kleineren Seen vorbei, und manchmal, wenn die Nadelbäume am Straßenrand kurz verschwanden, öffnete sich ein Panorama auf weitere Berge. Der Himmel war blau, und die hellgrauen Berge hoben sich unwirklich scharf gegen ihn ab. Der Junge wippte vor Begeisterung auf seinem Sitz hin und her, wie ein Hund, der die Wälder roch. Nach einer halben Stunde hielten sie auf einem Parkplatz am Anfang von Spray Lakes. Überall standen große Geländewagen, Allradfahrzeuge und Pick-ups.

Der Junge studierte eine Karte und sprach die Namen der Berggipfel laut aus, die vor ihnen lagen. The Big Sister, Goat Mountain, Lougheed. Es klang sehr selbstsicher.

Simon ging nach unten Richtung See. Vier Mountainbiker saßen am Ufer auf dem Boden und picknickten. Der See regte sich nicht, ab und zu glitt ein Kräuseln über das Wasser wie zum Beweis, dass ein wenig Wind stand, aber ansonsten war es eine einzige große blaue Spiegelfläche. Simon nickte den Mountainbikern zu. Höflich sein, das war der kanadische Umgangscode. Als er gerade erst im Land war, hatte er sich ab und zu darüber geärgert. Er fand es künstlich, amerikanisch. Er war noch nie in den Vereinigten Staaten gewesen, aber als er später ein paarmal dorthin musste, um an einer Fortbildung für die Instandhaltung eines neuen Typs Druckerpresse teilzunehmen, musste er diese Meinung ändern. Kanadier waren höflich, Amerikaner taten höflich.

Der Junge kam zu ihm, die Karte flatterte in seiner Hand. »Vom Parkplatz aus führt ein Pfad nach oben. Ist es okay, wenn ich ein Stückchen da rauf gehe?«

»Du weißt, was sie gesagt haben«, sagte er.

»Nie allein«, sagte der Junge.

Simon schwieg.

»Dann kann ich nie eine Wanderung machen.« Er sagte es klagend. Der Junge hatte recht. Er durfte nie allein eine Wanderung machen und da Simon nicht mitkonnte, würde er nicht wandern können. Es war eine strikte Regel seiner Mutter und eine starke Empfehlung des Parks.

»Es tut mir leid«, sagte Simon.

»Es tut dir überhaupt nicht leid. Du bist froh, dass ich nicht allein nach oben kann! Wenn ich nämlich nicht da rauf kann, geht mir das alles hier total am Arsch vorbei, und wenn es mir total am Arsch vorbeigeht, können wir schnell wieder zurück nach Hause.« Ruckartig faltete er die Karte zusammen und schob sie in seinen Rucksack. »Sollen wir dann mal wieder gehen?« Er drehte sich um und ging zurück zum Auto. Simon schaute ihm erstaunt nach.

Als er kurze Zeit später wieder am Auto war, stand der Junge mit dem Rücken gegen die Tür gelehnt da, die Arme verschränkt, seinen Rucksack vor sich auf dem Boden. Simon stellte sich neben ihn. »Möchtest du weiter oder möchtest du zurück?«, fragte er.

Der Junge sagte nichts.

»Wir sind hier nicht wegen mir. Ich nehme an, dass dir das klar ist.«

»Glaubst du wirklich, mir passiert etwas, wenn ich hier ein paar hundert Meter nach oben gehe?«

»Nein«, sagte er. »Das glaube ich nicht, aber wenn etwas passiert, dann ...« Er konnte seinen Satz nicht beenden. Der Junge nahm seinen Rucksack und ging weg von ihm, Richtung Pfad, der vom Parkplatz aus deutlich sichtbar war.

»Daan!«, rief er.

Der Junge hob den Mittelfinger. Simon beschloss, ihn gehen zu lassen. Er hatte recht, was konnte ihm auf den paar hundert Metern schon passieren. Er setzte sich ins Auto, kurbelte das Fenster ein Stück runter und schaltete den CD-Player ein. Klaviergeklimper ertönte und nicht viel später die Stimme von Harry Muskee.

So many roads to travel
So many ways to go
Even if I travelled a hundred thousand miles
Baby I still don't know where to go

Es war eine der CDs aus dem Päckchen seiner Schwester. Ein Sammelalbum von *Cuby & Blizzards*. Er wunderte sich darüber, dass sie noch wusste, dass er Fan war. Als seine Schwester sich *Doe Maar* anhörte und *Gruppo Sportivo* und *Spargo*, legte er nur Platten von *Cuby* auf. Tagein, tagaus. Er hatte alle Platten von ihnen, die er auf einem kleinen roten Plattenspieler in seinem Dachzimmer endlos abspielte. Er hatte damals gerade erst ein eigenes Zimmer besessen. Nach dem zigsten Streit mit Ruud beschlossen seine Eltern, auf dem Dachboden einen zusätzlichen Raum zu bauen, damit Ruud und er sich kein Zimmer mehr teilen mussten. Als das Dachzimmer fertig war, wurde per Los bestimmt, wer es bekommen würde. Das fand seine Mutter am gerechtesten. Sie wollte jeglichen Anschein vermeiden, einen von ihnen vorzuziehen. Er war davon überzeugt, dass er verlieren würde – er verlor immer, wenn es etwas zu verlosen gab – aber er hatte Glück. Das Dachzimmer ging an ihn. Im Nachhinein zeigte sich, dass Ruud eh im Zimmer unten bleiben wollte und Simon also nicht wirklich gewonnen hatte. Eher nicht verloren.

Das Dachzimmer war kleiner als das Schlafzimmer unten, aber er fand es perfekt. Es lag unter dem Schrägdach, wenn es regnete, hörte man das Prasseln, und es hatte nur ein einziges kleines Fenster, das zur Straße rausging. Zwischen zwei Häuserblöcken hindurch erhaschte sein Blick gerade eben den Grasstreifen, der an den Gleisen entlanglief. Und im Winter, wenn die Bäume all ihr Laub verloren hatten, konnte er die Oberseite der Züge sehen, die für die Einfahrt in den Bahnhof ein paar hundert Meter weiter bereits die Geschwindigkeit drosselten. In diesem Zimmer, dank dieses Plattenspielers, entdeckte er zum ersten Mal, dass es Musik gab, die er verstand, oder nein, dass es Musik gab, die ihn verstand. Und das waren nicht Bowie oder *Queen*, oder die *Rolling Stones*, oder Phil Collins, oder irgendeine andere Musik, die sich seine Mitschüler anhörten. Es war eine Band aus der Provinz Drenthe, die ihren Höhepunkt bereits hinter sich hatte. Die Stimme eines Sängers namens Harry Muskee. Simon konnte immer noch mitsingen.

I travelled highways
Don't you know that I travelled the byways too

In einem Versuch, mit dem Klaviergeklimper mitzuhalten, trommelte er auf das Armaturenbrett. Im Rückspiegel sah er die Gruppe Mountainbiker raufkommen. Sie setzten ihre Helme auf, stiegen mit fließenden Bewegungen auf ihre Räder und fuhren den Schotterpfad zur südlichen Bergflanke hinauf. Er drehte die Musik leiser und schaute zur nördlichen Bergkette, deren Namen er schon wieder vergessen hatte. Dort irgendwo musste der Junge gehen. Er spähte nach Bewegung auf den grauen Felsen über den Tannen. Er hatte keine Ahnung, wie lange er wegbleiben würde und spürte eine leichte Irritation in sich aufsteigen, jetzt, da der Junge auch sein Alleinsein bestimmte.

* * *

An der Hotelrezeption bekamen sie Gutscheine für zwei Erfrischungsgetränke im Hamburger- und Steakrestaurant nebenan. Draußen saßen ein paar Leute mit Zigaretten und Bier unter großen Sonnenschirmen auf der beheizten Terrasse. Drinnen war es voll. Sie mussten warten, bis eine Kellnerin sie zu einem freien Tisch auf der ersten Etage führte. Sie stellte sich vor als Sharon und würde sie heute Abend bedienen. Wenn ihnen etwas fehlte, bräuchten sie nur zu winken. Simon wusste, dass das nicht stimmte. Das Einzige, was Sharon tun würde, war ständig fragen, ob sie noch etwas trinken wollten und am Ende auf ein dickes Trinkgeld hoffen. Sie bestellten zwei Steaks mit Pommes und einen Salat. Das Essen kam schnell. Der Junge wirkte entspannt. Die Wanderung am Nachmittag hatte ihm sichtlich gutgetan. Als wäre mit der Bewegung endlich seine Energiequelle aktiviert worden. Nach ein paar Bissen sah Simon den Mann die Treppe heraufkommen, der ihn nachmittags im Lunchroom angesprochen hatte. Von den drei Kindern hatte er nur das älteste noch dabei, einen etwa zwölfjährigen Jungen. Als der Mann ihn entdeckte, winkte er, als wären sie alte Freunde. Simon nickte nur. Sharon führte die beiden zu einem Tisch am anderen Ende des Raumes, aber der Mann wollte es anders. Er zeigte auf den Tisch neben Simon. Da stand ein Reserviert-Schildchen drauf, was jedoch bedeutungslos war, denn Sharon nahm es ohne Zögern weg und legte zwei Speisekarten hin. Der Mann setzte sich auf den äußeren Stuhl an den Tisch, wodurch nur ein schmaler Gang sie trennte. Sein Sohn schob sich schüchtern auf die Bank ihm gegenüber. Sharon fragte, was sie trinken wollten.

»Ich möchte eine Cola«, sagte der Sohn.

»Du weißt, dass deine Mutter nicht will, dass du Cola trinkst.«

»Mama ist nicht hier«, sagte das Kind bockig.

Sharon wartete am Tisch, bis Vater und Sohn sich endgültig entschieden hatten, ihren elektronischen Bestellblock im Anschlag.

»Okay, dann nehmen wir dieses eine Mal Cola, wenn du versprichst, deiner Mutter nichts zu sagen, okay?« Er sah Simon an, zuckte die Achseln und bestellte eine Cola und ein Guinness. Sharon eilte zurück zur Bar. Der Mann streckte die Hand aus und stellte sich vor als Chris. Er hatte kurz geschnittene blonde Haare, ein wenig abstehende Ohren und einen muskulösen Nacken, der in seine Schultern überging, woraus Simon schloss, dass er durchtrainiert war. Er schätzte ihn auf Anfang vierzig. Sein Sohn hieß Quinn und nahm sich neben seinem muskelbepackten Vater ziemlich mager aus.

Die beiden machten Männerurlaub. »Morgen werden wir mal zusammen die Berge bezwingen, was?«

Quinn schaute nicht sehr begeistert.

»Und was macht ihr?«, fragte Chris.

»Wir sehen uns mal in Banff um«, erwiderte Simon.

»Das ist total öde«, sagte Chris. »Ihr müsst in die Berge. Banff ist mit Touristen übervölkert, vor allem mit Chinesen in letzter Zeit, die rennen einem ständig vor die Füße. Wir laufen den Hoodoos Trail. Einfach und trotzdem großartig, und am Ende hat man eine schöne Aussicht über das Tal bei Banff. Solltet ihr auch machen. Aber, warum kommt ihr nicht einfach mit?«

Simon sah den hoffnungsvollen Blick des Jungen, aber er hatte keine Lust, Chris von der Wunde an seinem Bein zu erzählen. Sharon brachte das Bier und die Cola und nahm die Essensbestellung von Chris und Quinn auf.

»Sonst lass mich eben allein mitgehen«, flüsterte der Junge.

»Ich gebe dich nicht einfach so Fremden mit.«

»Ich bin kein Kind.«

»Ist das Niederländisch?«, fragte Chris.

Simon nickte.

»Ich dachte schon, die Sprache zu erkennen«, sagte Chris. »Die Mutter meiner Frau kommt aus Holland. Nicht, dass sie auch nur ein Wort holländisch spricht, meine Frau, meine ich, meine Schwiegermutter natürlich schon. Die höre ich manchmal am Telefon Niederländisch sprechen, wenn sie mit ihren Schwestern telefoniert, von denen hat sie sechs. Himmel, ich habe Mitleid mit dem Vater. Stell dir vor, du hast sieben Töchter!« Chris lachte laut. »Hast du Schwestern?« fragte er den Jungen.

»Eine.«

»Und du?« Jetzt sah Chris Simon an.

»Er hat auch eine«, antwortete der Junge. »Meine Mutter.«

»Mann oh Mann, ihr seid gesegnet. Ich habe fünf Schwestern und keinen einzigen Bruder. Und einen Vater, der immer auf Reisen war, naja, dann weiß man Bescheid. Ich bin mit einem Überschuss an weiblichen Hormonen um mich herum aufgewachsen.«

»Ich habe einen Bruder«, sagte der Junge. »Er ist drei Jahre jünger als ich.«

»Und wie heißt er?«

»Jurre.«

Chris verdrehte die Augen und versuchte, den Namen richtig nachzusprechen, aber er sprach das R aus wie seine Cousinen aus Baarn es früher taten. Als hätte er eine heiße Kartoffel im Mund. Der Junge lachte und sagte den Namen seines Bruders ein paarmal hintereinander. Chris unternahm ein paar leidenschaftliche Versuche, das R rollen zu lassen, gab es aber schließlich mit einem dröhnenden Lachen auf.

Für Chris und Quinn wurden zwei Steaks auf den Tisch gestellt. Sharon fragte Simon, ob sie noch etwas trinken wollten. Er bestellte Kaffee, der Junge wollte heißen Kakao. Quinn schien Schwierigkeiten mit dem Schneiden seines Steaks zu haben. Chris nahm seinen Teller und schnitt das Fleisch in kleine Stücke. »Und jetzt essen, okay?« Quälend langsam aß Quinn weiter.

Simon stand auf. »Mal kurz pissen«, sagte er zu dem Jungen.

Als er wiederkam, sah er, dass Chris sich an ihren Tisch gesetzt hatte. Er saß dem Jungen gegenüber auf seinem Platz. Quinn saß allein mit einem halben Teller voller Essen vor der Nase da und starrte vor sich hin. Es wirkte, als wäre er woanders.

»Hör zu, Simon«, sagte Chris, als Simon neben dem Tisch stand. »Daan und ich haben gerade besprochen, dass er morgen mit uns kommen kann. Er sagt, dass dich die Berge völlig kalt lassen, und Daan ist zufällig ganz verrückt danach, und ich auch, und ich verstehe, dass du ihn lieber nicht allein gehen lässt, du darfst ihn nicht allein gehen lassen, das ist leichtsinnig, das wissen wir alle, aber wie ich schon sagte, Quinn und ich laufen morgen den Hoodoos Trail, und der ist wirklich supergut machbar und wir können Daan doch nicht zurück nach Holland gehen lassen, ohne dass er in den Rockys gewandert ist. Also, was sagst du?«

Der Junge schaute ihn erwartungsvoll an.

»Ich werde gut auf ihn achtgeben«, sagte Chris, »als wäre er mein eigener Sohn.«

Simon wusste nicht, ob ihn diese Bemerkung beruhigte. Ehrlich gesagt machte er sich nicht so sehr Sorgen um

Chris' väterliche Qualitäten, sondern ärgerte sich über die Art und Weise, wie sie sich das in ein paar Minuten hinter seinem Rücken ausgeheckt hatten. Er hasste es, wenn jemand anderes für ihn Entscheidungen traf, aber wenn er sich weigerte, würde es aussehen, als würde er dem Jungen seinen Bergausflug nicht gönnen. Er musste daran denken, wie unwirsch der Junge am Nachmittag den Berg raufgegangen war. Er hatte keinen Moment Angst gehabt, es könnte ihm etwas passieren. Und sogar dann würde er sich deshalb nicht schuldig fühlen. Der Bursche war sechzehn. Dem konnte man doch nicht mehr erzählen, was er zu tun und zu lassen hatte? Aber irgendwie genoss er die Tatsache, dem Jungen etwas auftragen zu können, wie diesen Zehner am Tag in das Metallkistchen zu stecken oder bei Nancy zu arbeiten. Und noch mehr, dass er ihm Sachen verbieten konnte. Sein Leben lang hatte noch nie jemand etwas sein lassen, weil er es verbot. Es war eine unbekannte Art von Macht, die er bekommen hatte. Eine Macht, die dem Jungen nicht gefiel, aber auf die er in Calgary lediglich mit Apathie zu reagieren gewusst hatte. Seit sie in den Rockys waren, schien es, als wäre diese Macht verschwunden.

»Also?«, hakte Chris nach.

»Und ich?«, fragte er, als könne er nicht mit dem Alleinsein umgehen.

»Du kannst mit nach Banff«, sagte der Junge.

»Und dann über die Chinesen stolpern? Nein, vielen Dank. Dann bleibe ich eben hier.«

»Ist das ein Ja?«, fragte er.

Er nickte. Chris gab dem Jungen einen Klaps auf die Schulter. »Hab ich's nicht gesagt?«

Der Triumph in Chris' Stimme und auch seine eigene Nachgiebigkeit widerten ihn an. Chris würde denken, er habe kein Rückgrat, und der Junge würde ab jetzt bei allem aufmucken, was ihm nicht passte. Er lag nicht mehr an der Spitze.

* * *

Um acht Uhr wurde der Junge von Chris abgeholt, der einen funkelnagelneuen roten Range Rover Sport fuhr. Bewundernd ging der Junge um ihn herum und strich über das mattschwarze Dach. »Warte nur ab, bis du da drinsitzt«, sagte Chris.

Simon verbrachte den Tag allein in Canmore. Morgens ging er ein wenig an den Schaufenstern in der Eighth Street entlang und wunderte sich über die vielen Kunstgalerien und Geschäfte mit teuren Möbeln und hippem Wohnzubehör. Alles in Canmore war auf den Strom der Städter ausgerichtet, die den Ort am Wochenende besuchten oder dort sogar ein zweites Haus besaßen. Auf dem Hinweg hatte er Reklameschilder gesehen, auf denen Luxusapartments nahe am Fluss angepriesen wurden. Darauf waren Leute mit einem Glas Wein in der Hand zu sehen, die von ihrem Balkon aus auf die Berge schauten, während auf der Straße andere Leute ihren Hund ausführten. Das Leben ikonisch glücklich dargestellt. Das Einzige, was man dazu brauchte, war ein Batzen Geld. Es war nicht schwierig, sich vorzustellen, dass hier Leute mit Geld noch mehr Geld verdienten an anderen Leuten mit Geld. »Der Teufel scheißt immer auf den größten Haufen«, hatte sein Vater oft gesagt.

In der Mittagszeit aß er einen Bagel mit Rahmkäse, und danach ging er zurück in sein Hotelzimmer, um sich hinzulegen. Gegen drei Uhr schrak er aus einem unruhigen Schlaf auf. Er wusch sich das Gesicht mit kaltem Wasser und betrachtete sich im Spiegel. Er sah älter aus als seine fünfzig Jahre. Das Haar auf seinem Kopf war dünn, und die Falten in seinem Gesicht waren immer tiefer geworden. Das war ein großer Unterschied zu Ruuds Gesicht, das rund und pausbäckig war, wodurch die Furchen der Zeit ihm weniger anhaben konnten. Simons Gesicht wurde aufgezehrt, Ruuds Gesicht voller.

Er dachte an das seltsame Standbild am Anfang der Hauptstraße von Canmore; ein riesiger kahler Männerkopf, der bis zum Mund im Boden versunken war. Um ihn herum lagen Kieselsteinchen. Es sah aus, als würde er in den Sand beißen. Simon konnte ihn nicht ansehen, ohne Atembeklemmungen zu bekommen. Als wäre der Kopf dazu verdammt, in einem Moor aus Kieselsteinen zu ersticken.

* * *

Vom Hotel aus ging er zum Fluss am Rand von Canmore. Ein sorgfältig gepflegter Pfad, auf dem sich händchenhaltende Pärchen, Leute mit Hunden und Jogger tummelten, führte am Wasser entlang. Ein wenig hinter einer alten verzinkten Brücke, dort, wo der Fluss einen Bogen machte und sich teilte, setzte er sich auf eine Bank. Die Sonne war gerade noch nicht hinter den Bergen verschwunden und wärmte sein Gesicht angenehm. Genau vor ihm lag eine Bergkette, die sich zu beiden Seiten ausstreckte, soweit er schauen konnte. Plötzlich bewegte sich gegenüber auf der anderen Flussseite etwas im Gebüsch. Nicht viel später sah er den Kopf eines Wapitis. Simon spürte, dass er den Atem anhielt, als würde er etwas Besonderes sehen. In Wirklichkeit gehörten Wapitis zu den am häufigsten gesichteten Tieren in den Rockys. Er tastete in seiner Jackentasche nach seinem Handy, hatte es jedoch vergessen. Der Wapiti war inzwischen aus dem Gebüsch gekommen und schritt über einen schmalen silbergrauen Muschelstrand zum Wasser. Schon bald folgten dem Tier ein zweites und ein drittes. Nicht viel später standen zehn Wapitis ihm gegenüber am anderen Ufer. Manche starrten ihn an, so wie er sie anstarrte. Bewegungslos. Andere hatten ihm ihre weißen Hinterteile zugewandt und knabberten an den niedrigen Sträuchern. Sie wähnten sich in Sicherheit. Vielleicht, weil Wapiti Nummer elf sich nun zeigte. Ein Männchen mit einem gigantischen Geweih, das ihn scharf im Auge behielt.

Er hatte einen heiligen Respekt vor allem, was wild war und größer, schneller und stärker als er. Niemals würde er auf die Idee kommen, sich einem Wapiti zu nähern, um ein Foto zu machen. Und auch Bären, Kojoten, Pumas, Dickhornschafe und Bergziegen sah er sich lieber nicht aus der Nähe an, sondern aus sicherer Distanz durch ein Fernglas. Das einzige Tier, das er liebte, war der Hund, und dann nicht einmal alle Hunde, sondern eigentlich nur seine eigenen. Er dachte an Zita und Bo und spürte ein Ziehen im Bauch. Er vermisste Zita, die nachts dicht neben ihm lag und überall, wo Simon war, ihren warmen Leib gegen seinen drückte. Zita war kontaktsüchtig, witzelte er gegenüber Nancy. Manchmal wurde es ihm zu viel, wenn sie wieder hinter ihm herlief, sobald er zur Toilette ging oder sich hinter ihm in die Küche legte, während er kochte. Er fiel dann fast über sie, wenn er einen Schritt zurücktrat. In diesen Momenten schob er sie grob weg. Zita schaute dann aus der Entfernung mit einem traurigen Blick zu ihm, durch den er sich mies fühlte, aber trotzdem zu sich sagte, dass er noch einmal über das Vieh fallen würde. »Ich breche mir noch mal das Genick deinetwegen. Ist es das, was du willst?«, wiederholte er in Richtung Zita, die ihren Disneyblick so lange aushielt, bis er sagte: »Ja, na komm schon.« Und dann ging sie mit hängendem Kopf und wedelndem Schwanz zu ihm, und er streichelte sie, und sie leckte seine Hand, bis es ihm wieder reichte. Bo schaute sich solche Szenen aus der Entfernung an. Bo war wie er. Kontaktarm. Auch darüber scherzte er mit Nancy, die nie etwas dagegen einwandte.

Bo war sein erster Hund. Er kam erst mit sechzehn Wochen zu ihm. Er stammte aus einem Wurf, der eine Woche zu früh geboren worden war. Als Einziger hatte er die Geburt überlebt. Nancy fiel es schwer, ihn wegzugeben, als wollte sie den Verlust der Welpen mit ihm kompensieren.

Als Simon zum ersten Mal bei Nancy war, um zu schauen, ob er einen passenden Hund finden würde, hatte Bo sofort seine Aufmerksamkeit erregt. Unerschütterlich saß er in seinem Zwinger, während überall um ihn herum gebellt und gejault und gesprungen wurde. Nancy hatte Simon einen Schäferhund empfohlen. Einer, der gut erzogen war, aber zurückgekommen, weil sein Herrchen gerade gestorben war. Er weiß noch, wie er vor dem Käfig des Hundes stand, während Nancy seine ganze Geschichte vortrug, und nur dachte: Du wirst es nicht.

»Und?«, fragte Nancy, als sie mit ihrer Verkaufstirade fertig war. »Ist der was für dich?«

»Ich will eigentlich diesen da«, sagte er, und zeigte auf Bo.

»Den?«, hatte Nancy abwehrend gefragt. Sie gingen zu Bos Ecke. Er saß noch immer ganz hinten und schaute Simon an, als würde er ihn mustern, statt umgekehrt. »Der hier ist ein wenig speziell«, sagte Nancy.

Eine Stunde später fuhr er mit Bo auf der Rückbank weg. Er lag in einem mit zwei Handtüchern ausgelegten Pappkarton, in dem auch noch ein Spiel und ein Kauknochen waren. Nancy hatte ihm eine Tüte Futter mitgegeben, für die erste Woche. Wenn etwas war, durfte er sie jederzeit anrufen.

Ein paar Wochen später hörte Simon über seine Schwester, dass Ruud in demselben Monat auch einen Hund gekauft hatte. Manchmal benahmen sie sich, als wären sie eine ungeteilte Eizelle.

Seine Schwester hatte mal gefragt, wann der Streit zwischen ihm und Ruud angefangen habe. »Wir haben keinen Streit«, hatte er geantwortet. »Was denn dann?« Er wusste es nicht. Sie konnten einander einfach nicht ertragen. Oder er konnte Ruud nicht ertragen. Oft hatte Simon das Gefühl, dass Ruud die bessere Fassung von ihm selbst war. Dass er alle guten Eigenschaften abbekommen hatte und er die schlechten. Dass er sozusagen an der falschen Seite der Eizelle gesessen hatte, an der zurückgedrängten Seite. Vielleicht hatte Ruud sich bei seiner Geburt gegen ihn gestemmt, um als Erster zum Vorschein zu kommen. Als Erster bewundert, berührt, abgenabelt, in die Höhe gehalten und gepriesen. Ruud war ein Weltwunder, Simon das, was danach kam. Ruud war der Hauptgast eines Festmahls, Simon der Kübel für die Reste.

* * *

Nach der Rückkehr von dem Ausflug war der Junge voller Geschichten. Im letzten Moment hatten sie beschlossen, nicht die geplante Wanderung oberhalb von Banff zu machen, weil dort Bären gesichtet worden waren. Im

Informationszentrum ein wenig außerhalb von Canmore hatte man ihnen davon abgeraten. Chris hatte sich für eine Route entlang des Lake Minnewanka entschieden. Am Start der Wanderung hatten auch dort Schilder gestanden, aber dem Informationszentrum zufolge ging es dabei um eine allgemeine Bären-Warnung und lagen keine aktuellen Meldungen vor. Wenn sie Bärenspray bei sich trugen, war es im Prinzip sicher. Chris trug die Spraydose am Gürtel. Die gehörte zu seiner Standardausrüstung.

Sie saßen zu viert in der Pizzeria am Rande von Canmore. Der Junge zeigte ihm Fotos einer Gruppe Dickhornschafe, die sie unterwegs gesehen hatten. Simon wollte von den Wapitis am Fluss erzählen, aber er beschloss, den Mund zu halten. Schließlich hatte er keine Fotos zum Beweis.

»Wenn du möchtest, maile ich dir meine Fotos«, sagte Chris zu dem Jungen. Chris besaß eine Spiegelreflexkamera. »Dann schicke ich dir einen Downloadlink.« Der Junge schrieb seine E-Mailadresse auf eine Serviette und schob sie Chris zu. »Du auch?«, fragte Chris Simon. Der schüttelte den Kopf. Er wüsste nicht, was er mit dem Foto eines Dickhornschafs anfangen sollte.

Chris fing von einem seiner zig Bergabenteuer an, ermutigt von zahllosen Fragen und bewundernden Blicken des Jungen. Was hatte der Junge in seinem Leben erlebt, fragte sich Simon. Nicht viel, wenn er seiner Schwester glauben sollte. Ihre jährlichen Urlaube am Lago Maggiore in Italien liefen immer gleich ab. Und die Woche mit seinen Freunden in Lloret de Mar vergangenen Sommer war vielleicht wild gewesen, aber eben ganz anders als hier in den Rockys.

Während Chris ihnen eine Geschichte nach der anderen auftischte, wanderten Simons Gedanken zu ihren Ferien früher, als Familie, als seine Eltern noch zusammen waren. Die stickig heiße Fahrt zu dritt hinten im Auto auf dem Weg zu einem Campingplatz an der Ardèche, wo sie jedes Jahr dieselben Leute trafen und in demselben Bereich an derselben Stelle das Bungalowzelt aufstellten. Und jedes Jahr gerieten seine Eltern in einen Streit über die Route bei Lyon – sein Vater wollte den Stau vermeiden, seine Mutter wollte die kürzeste Strecke nehmen –, und wenn sie dann angekommen waren, bauten Simon und sein Vater zusammen das Zelt auf und packte seine Mutter alle Sachen aus. Seine Schwester kümmerte sich um die Luftmatratzen und Ruud tat nichts. Gelangweilt stand er da und schaute zu, wie ihr Vater mit einem Gummihammer die Heringe in den Boden schlug und quengelte, mit irgendeinem Freund Fußball spielen zu wollen.

Die Pizzen wurden auf den Tisch gestellt.

»Übrigens«, sagte der Junge, während er sein erstes Stück abschnitt. »Ab heute heiße ich hier Dan.«

»Dan?«, sagte Simon.

»Dan«, wiederholte der Junge. Er schaute zu Chris, der den Daumen hob.

»Ich liebe Dan«, sagte Chris.

Simon nahm an, dass er den Namen meinte.

Die ganze Zeit saß Quinn schweigend am Tisch. Er hatte wieder Schwierigkeiten mit dem Schneiden, als hätte er zwei linke Hände.

»Soll ich dir helfen?«, fragte Simon.

»Quinn kann das prima selbst«, sagte Chris, und er klopfte seinem Sohn auf den Arm. An diesem Klopfen war etwas, das ihn befremdete. Er konnte es nicht einordnen.

Zurück in ihrem Hotelzimmer fragte Simon den Jungen, ob irgendwas mit Quinn war.

»Wieso?«, fragte der Junge.

»Mit ihm stimmt was nicht.«

»Ich wüsste nicht, was.« Der Junge zog sich aus und warf seine Sachen auf einen Stuhl. Seine Handlungen gingen jetzt mit einer gewissen Lässigkeit einher.

»Ihr habt ja alle Paranoia«, sagte er.

»Ihr?«

»Du und Mama, alle. Wir brauchen nur mal einen Fehler zu machen, und ihr dreht total durch.«

»Wie meinst du das?«

Der Junge antwortete nicht, sondern machte das Geräusch einer Bombe nach, die pfeifend durch die Luft surrte und mit einem Knall explodierte. In Unterhose ging er dabei ins Badezimmer, der Knall fiel genau mit dem Moment zusammen, da er die Tür hinter sich zuzog.

Simon fragte sich, ob der Junge seine Ecstasy-Abhängigkeit meinte. Er hatte noch nicht mit ihm darüber gesprochen und vermutlich hatte der Junge keine Ahnung, dass er es wusste. Wenn er versuchte, sich vorzustellen, wie es sich anfühlte, in ein Glas zu beißen, konnte er das Blut in seinem Mund schmecken. Simon fragte sich, ob der Junge Narben davongetragen hatte. Er stellte sich verdicktes Narbengewebe vor, das sich wie Würmchen in seine Wangen genestelt hatte.

Während der Junge im Badezimmer war, packte Simon seine Tasche ein. Es war ihre zweite Nacht im Hotel. Morgen würden sie nach Calgary zurückfahren. Er hatte dem Jungen ein Wochenende versprochen, weiter nichts.

* * *

»Ich komme nicht mit«, sagte der Junge, als Simon am nächsten Morgen mit seiner Wochenendtasche zur Tür ging, um auszuchecken. Er saß auf dem Bett, sein Rucksack lag offen, noch nicht eingepackt, am Fußende. Simon drehte sich um, die Tasche in der Hand, und sah ihn an.

»Du hast bekommen, was du wolltest, oder?«, fragte er.

»Und das wäre?«

»Die Berge!« Er streckte den Arm Richtung Fenster aus, dort, wo die verdammten Berge lagen.

»Ich habe eine einzige Wanderung gemacht.«

Simon stellte die Tasche ab und setzte sich aufs Bett, mit dem Rücken zu dem Jungen. Am liebsten würde er ihn hier zurücklassen, aber er wusste, dass er das Versprechen an seine Schwester nicht brechen konnte.

»Ich verlasse mich darauf, dass du auf ihn achtgibst«, hatte sie gesagt. »Was glaubst du denn?«, hatte er geantwortet. »Dass ich ihn bei den wilden Bären zurücklasse?«

Der Junge starrte auf den Teppich.

»Was soll ich deiner Meinung nach machen?«, fragte Simon.

Der Junge gab keine Antwort.

»Hast du einen Vorschlag?«, fragte Simon nach einer Weile.

Zaghaft teilte der Junge ihm seinen Plan mit. Als hätte er Angst, dass zu viel Begeisterung seine Chancen verderben würde. Er hatte sich schon alles ganz genau überlegt. Chris und Quinn würden heute nach Jasper fahren, Chris zufolge eine der allerschönsten Autofahrten der Welt. Wenn sie zusammen gingen, konnte der Junge mit Chris und Quinn wandern, und dann hatte Simon Zeit für sich. Das wollte er doch so gern?

Hoffnungsvoll schaute der Junge ihn an. Was sollte er sagen? Dass er zurück zur Arbeit musste? Dass er dort nicht fehlen durfte? Dass er Krach mit seinem Chef bekam, wenn er einen Tag nicht erschien? Simon wusste, dass nichts von all dem stimmte. Wenn er einen Tag nicht auftauchte, bekam er kein Geld. Das war alles. Niemand würde ihn vermissen.

»Du glaubst also, dass ich einfach so von meiner Arbeit wegbleiben kann?«

»Du kannst doch krank sein?«

»Sehe ich krank aus?«

»Oder was anderes.«

Simon seufzte. Es war nicht so, dass er dem Jungen die Fahrt nicht gönnte, es war so, dass er seine eigene Grenze erreicht hatte. Er wollte zurück in seine Routine; die tägliche Autofahrt zur Arbeit, einkaufen beim Co-op. Sich nicht ziellos an Orten herumtreiben, die nicht für ihn gemacht waren.

Der Junge hielt den Blick wieder gesenkt. Simon konnte schon vermuten, wie es in ihm tobte. Er erinnerte sich daran, wie er selbst als Sechzehnjähriger gewesen war. Den Schulabschluss knapp nicht geschafft, weil er sich weigerte zu tun, was andere von ihm verlangten. Der verzweifelte Blick seiner Mutter, die enttäuschte Predigt seines Vaters, der dachte, aus der Ferne noch irgendeinen Einfluss auf Simon zu haben.

»Also gut«, sagte er.

Der Junge schnellte vom Bett auf.

Fünf Minuten danach checkten sie zusammen im Hotel aus und gut eine Stunde später waren sie zu viert auf dem Weg nach Jasper. Chris in seinem Auto mit den beiden Jungen und Simon in seinem eigenen Auto dahinter. Am Eingang des National Park bezahlte er murrend sechzig Dollar.

Vor der Abfahrt hatten sie gemeinsam Kaffee getrunken, um die Fahrt durchzusprechen. Chris breitete die Karte auf dem Tisch aus und umkreiste alle Must-sees mit rosa Textmarker. Das waren ziemlich viele. Der Plan war, überall anzuhalten und an zwei Stellen eine kleine Wanderung zum See zu machen. Die Pfade waren diese Woche noch alle offen, und wegen des schönen Wetters würden sie gut begehbar sein.

»Er kann nicht laufen«, sagte der Junge und zeigte auf Simon.

Chris sah ihn abwartend an.

»Verletzung an meinem linken Bein«, sagte er.

Einen Moment war es still.

»Okay?«, sagte Chris in einem Ton, der um eine weitere Erklärung bat, aber er hielt den Mund, und der Junge zum Glück auch.

»Wir können die Wanderung unterwegs auch fallen lassen«, sagte Chris. »Entlang der Strecke gibt's genug Schönes. Und Lake Louise ist mit dem Auto erreichbar.«

»Für mich brauchst du nichts zu ändern«, sagte Simon. »Ich warte einfach.«

Der Junge lächelte ihn an und zum ersten Mal hatte er das Gefühl, dass es ein dankbares Lächeln war, und mit dieser Dankbarkeit bekam er etwas von dem Gefühl der Kontrolle zurück.

* * *

Der Parkplatz am Lake Louise stand voller Autos und Reisebusse. Simon parkte sein Auto neben einem Bus, aus dem gerade eine Gruppe Chinesen stieg. Sie trugen alle dieselben Sneaker und rote Kappen mit dem Logo des Reiseveranstalters, wodurch sie wie ein wandelndes Werbeschild wirkten. Eine Gruppe Senioren hatte die Arme ineinander gehakt und hielt sich gegenseitig in der Senkrechten. Sie redeten hektisch und schnell. Als Simon ausstieg, wartete der Junge ungeduldig auf ihn. Chris und Quinn waren schon außer Sichtweite.

Lake Louise hatte eine unwirklich perfekte Ausstrahlung, er sah aus wie eine Filmkulisse. Alle wollten ein Foto von sich vor dem berühmten See. Ein Stück weiter wurde das Fotoritual mit dem Fairmont Château im Hintergrund wiederholt, einem Hotel, das eine ganze Reihe reicher und berüchtigter Gäste beherbergt hatte, zu denen Marilyn Monroe und Winston Churchill zählten.

Er fragte sich, wie viele Touristen sich den See wirklich anschauten, oder ob sie seine Perfektion erst zu Hause beim Betrachten ihrer Fotos entdecken würden. Dann erst würden sie sehen, wie die bewachsenen Bergkämme das türkise Wasser wie zwei Arme umschlossen, und dass genau an der Stelle, wo sie sich berührten, die steinige Spitze einer Gletscherzunge sichtbar war. Das Bild wurde von einer Bergkette mit schneebetupften Gipfeln vollendet. Er musste zugeben, dass die Natur hier ein perfekt harmonisches Bild geschaffen hatte.

Chris wollte ein Foto von Simon und dem Jungen machen, den See im Hintergrund. Simon wehrte ab, er mochte keine Fotos, auf denen er selbst war, aber Chris meinte, man könne den am häufigsten fotografierten See Kanadas ohne so ein Foto nicht verlassen. Auf seine Bitte hin hoben sie beide den Daumen. Und so machen wir aus der empfundenen Wirklichkeit eine gewünschte Wirklichkeit, dachte Simon, während er den Daumen in die Höhe hielt und sich zu so etwas wie einem Lachen zwang.

»Sehen wir Bären?«, fragte der Junge, als sie zum Auto zurückkehrten.

»Kann gut sein«, sagte Chris. »Die meisten machen sich jetzt bereit für den Winterschlaf und sammeln noch möglichst viel Nahrung.«

»Seht nur zu, dass aus dir kein Wintervorrat wird«, scherzte Simon.

»Bären fressen kein Fleisch«, sagte Chris. »Nur in großen Ausnahmefällen. Eigentlich greifen sie auch nicht an, es sei denn, man stößt mit ihnen zusammen oder gerät zwischen ein Muttertier und ihr Junges. Oder man begegnet ihnen in dem seltenen Fall, dass sie doch gerade Fleisch fressen. Dann denken sie, man wolle ihnen ihre Mahlzeit wegnehmen.«

Chris erzählte von einem Mann, der vor ein paar Jahren in eine Situation mit allen drei Varianten geraten war. Mit dem Mountainbike war er fast über einen Grizzlybären gefahren, der sich gerade an einem Hirsch gütlich tat. Um die Katastrophe perfekt zu machen, war er auch noch zwischen der Bärin und ihren beiden Jungen gelandet. Der Mann hatte nicht die geringste Chance gehabt.

Der Junge sah Chris mit großen Augen an. »Haben sie ihn wiedergefunden?«

»Als zerfetzten Fußball«, antwortete Chris. »Sein Schädel war dreimal durchgebissen worden.« Chris hielt sichtlich viel von solchen Geschichten. »Ich habe da noch ein paar auf Lager«, sagte er. Bevor Simon entgegnen konnte, dass eine ihm völlig genügte, fing Chris schon an, von einem Wapiti zu erzählen, der einen Fotografen auf die Hörner genommen hatte, als er sich näherte, von Pumas, die in Jasper gesehen worden waren, auf der Suche nach essbaren Abfällen, und von einem jungen Kerl, der abends mit Freunden auf einem Bergkamm ein paar Bier getrunken hatte und vom Berg gefallen war, als er beim Pinkeln ein wenig zu weit nach vorn getreten war. Bei der letzten Geschichte hatte der Junge geschwiegen.

Simon folgte Chris, als er von der Hauptstraße abbog zum Peyto Lake. Über einen Schotterweg fuhren sie zu einem Parkplatz, von dem aus ein Wanderpfad zu dem über fünfzig Meter höher gelegenen See führte. Simon wartete im Auto. Chris meinte, sie würden nicht lange wegbleiben. Nach oben dauere es höchstens eine Viertelstunde, dann würden sie ein paar Fotos machen und in weniger als einer Viertelstunde wieder unten ankommen.

Er stieg aus dem Auto und ging zu dem Holzgebäude mit den Toiletten auf dem Parkplatz. Danach sah er sich das Informationsschild über den Peyto Lake und die Umgebung sorgfältig an. Sie waren noch eine ganze Ecke von Jasper entfernt. Er fragte sich, wie lange die Reise dauern würde, wenn sie bei jedem Bergsee und jedem Aussichtspunkt anhielten.

Zurück im Auto schaltete er den CD-Player ein. *Cuby & Blizzards* lag noch darin. Die Musik fing mitten in einem Lied an.

Sitting in a chair
Of my home
Looking for a way
To be the one who I am

Jemand hatte mal über Muskee gesagt: »Wenn Harry traurig ist, dann ist er auch wirklich traurig.« Darum beneidete er ihn. Wo Muskee Musik machte, um den Blues zu vertreiben, hörte er sich Muskees Musik an, um Traurigkeit zu empfinden.

It's useless to cry
For the things I want to know
Thinking it will come back

And reach my home
It's like a distance
Like a distance face
It's like a shadow
On my wall

Was bei Muskee aus ihm herauskam, floss bei ihm in ihn hinein. Sein Bruder hatte das nie verstanden. Für Ruud war Blues eine Fremdsprache, die er weder sprach noch verstand. Bei Simon verlieh der Blues den Empfindungen Klang, die er tief innen verspürte. Er machte etwas tastbar, ohne dass er es zu benennen brauchte. Er glaubte nicht, dass es sinnvoll war, in sich danach zu fahnden, warum man sich fühlte, wie man sich fühlte. Das war mehr was für Frauen, fand er. Wie seine Schwester, die immer wissen wollte, warum. Warum machst du das? Warum sagst du das? Es kam ihm plausibel vor, dass keiner wirklich wusste, warum wir die Dinge tun, die wir tun. Alle Warum-Fragen lassen wir uns im Nachhinein einfallen. Seine Cousine Elisabeth hatte mal gesagt, es sei ein menschliches Bedürfnis, aus unserem Leben eine stimmige Geschichte zu machen. Eine Geschichte mit Logik, die wir begreifen und weitererzählen können. Dass wir Kontext brauchen, weil uns das Halt gibt. Er fand es eine lausige Theorie.

It's useless to cry
For the things I want to know
Thinking it will come back
And reach my home
It's like a distance
Like a distance face
It's like a shadow
On my wall

Er erkannte das Gefühl. Wenn er versuchte zu begreifen, warum die Dinge in seinem Leben schief gegangen waren, schob sich ein Schatten über ihn. Eine dunkle Wolke, in der er am liebsten verschwinden wollte. Wie nach dem Konkurs, als er sich zurück in Vancouver wochenlang im Kellergeschoss im Haus einer alten Dame verschanzt hatte. Unauffindbar für die Außenwelt. Das Haus blätterte ab, wie auch die alte Frau. Sein Zimmer war ein ehemaliger Lagerraum ohne nennenswertes Tageslicht. Es gab keine Heizung und kein warmes Wasser, aber das störte ihn nicht weiter. Die Finsternis gefiel ihm, und es war warm genug, weil der Heizungskessel dort stand. Wochenlang hatte er den Raum kaum verlassen. Über ein schmales Oberfenster hatte er den Winter allmählich verschwinden und das junge Grün an den Bäumen zum Vorschein kommen sehen. Und als die ersten Knospen der Kirschblüten sichtbar wurden, fasste er den Mut rauszugehen. Nicht mehr lange, und die Straße wäre in eine sanftrosafarbene Glut gehüllt. Er hatte seine Sachen zusammengerafft. Er wusste, dass das, was er in Nanaimo verloren hatte, niemals zurückkehren würde. Das Einzige, was ihm übrigblieb, war ein Neuanfang. Am selben Abend bezahlte er zum letzten Mal seine Wochenmiete, und am nächsten Morgen fuhr er raus aus der Stadt, Richtung Calgary. Die aufgehende Sonne schien ihm voll ins Gesicht. Nach anderthalb Stunden Fahrt lag alles, was Stadt war, hinter ihm. Er musste an Ruud denken. Ruud, der nur Erfolg zu haben schien und das lauthals verkündete. Es fühlte sich an wie ein lästiges Steinchen in seinem Schuh, das allmählich die Haut aufscheuert.

Simon hatte keine Vorstellung davon gehabt, was er in Calgary vorfinden würde. Über seinen früheren Chef hatte er einen Job in der Druckerei bekommen können, die kanadische Banknoten herstellte. Näher dran ans große Geld kommst du nicht, hatte sein Chef gescherzt. Die Arbeit war unregelmäßig und nicht gut bezahlt, aber es war ein Startpunkt. Mehr brauchte Simon nicht. Nicht zurückschauen. Er hatte befürchtet, den Hafen von Vancouver zu vermissen. Es hieß, dass Emigranten immer auf der Suche nach einer ähnlichen Landschaft wie die ihrer Jugend sind. Simon war sich da nicht sicher. In der Landschaft seiner Jugend hatte es weit und breit keinen Hafen gegeben, und dennoch war der Hafen das, was ihn am meisten anzog. Der Ort, an dem einen Moment lang alles Mögliche zusammenkam, um anschließend wieder die Richtung zu wechseln. Der Umschlag; der Bruchteil der Zeit, in der etwas auf eine neue Bestimmung wartete. Unterwegs in einem Schiffscontainer zu einem anderen Kontinent oder im Laderaum eines Binnenschiffes, immer weiter hinein ins Festland.

Chris klopfte auf sein Autodach. Er fuhr hoch.

»Schlechtes Gewissen?«, fragte Chris, als er die Autotür öffnete. Er rang sich ein Lachen ab. Der Junge stand mit warm-geröteten Wangen neben Chris, die Jacke um die Taille geknotet. »Dein Neffe ist eine echte Bergziege«, sagte Chris und legte ihm einen Arm um die Schulter. »Ich habe noch nie jemand so schnell einen Berg rauf und wieder runterkommen sehen.« Verlegen schaute der Junge auf den Boden. »Ich glaube, wir sind ein gutes Wanderteam.«

Quinn kam über den Parkplatz zu ihnen und blieb ein paar Meter hinter seinem Vater stehen, die Schultern ein wenig vorgekrümmt, die Arme stramm am Körper. Seine Fäuste waren geballt, das obere Glied seines Mittelfingers stach ein wenig hervor. Keine Kämpferfäuste. Kurz kreuzte sein Blick Simons.

»Alles okay?«, fragte er.

Chris drehte sich zu seinem Sohn, der keine Antwort gab.

»Natürlich ist alles okay.« Er ging zu Quinn und schob ihn mit sanfter Hand Richtung Auto. Im Trippeltrab lief Quinn vor ihm her. Der Jeep öffnete sich mit aufblinkenden Lichtern. Quinn suchte seinen Platz auf der Rückbank. Den Platz auf dem Beifahrersitz hatte er schon an den Jungen verloren.

Der nächste Halt war Icefield Centre. Ein hässliches kahles Gebäude. Eher eine Kantine mit einem Souvenirshop, in dem man Becher, Mützen, Kappen und Schlüsselanhänger mit dem Landessymbol Kanadas und der Aufschrift COLUMBIA ICEFIELD kaufen konnte. Im Laden machte sich der Junge auf die Suche nach einer Mütze und Handschuhen. Chris hatte gesagt, es könne bei den Wanderungen schon morgens ziemlich kalt sein. Endlos stand er vor den Ständern mit Mützen, probierte jedes Modell auf, machte dann ein Foto von sich und betrachtete das Ergebnis.

Quinn stand an einem Regal voller kleiner dunkelbrauner Holz-Totempfähle mit grimmigen Vogelköpfen und seltsamen roten Lippen. Er hob einen hoch und fragte seinen Vater, ob er ihn haben dürfe, aber Chris nahm ihm das Ding aus der Hand und stellte es zurück ins Regal.

Endlich hatte der Junge seine Wahl getroffen, eine dunkelblaue Strickmütze mit Norwegermuster und Ohrenklappen, an denen zwei Kordeln baumelten. Es sah idiotisch aus.

Einen Moment später saßen sie zu viert im Restaurant. Ein paar Tische weiter teilte sich ein älteres Paar einen Teller Pommes. Mehr Gäste waren nicht da. Simon löffelte eine Hühnerbrühe in sich hinein. Chris sah sich die letzten Fotos auf dem Bildschirm seiner Kamera an.

Der Junge aß einen Hotdog und schaute halb mit. Quinn spießte ab und zu eine Pommes auf seine Gabel, ließ sie langsam durch den Ketchup kreisen und führte sie dann mit äußerster Präzision zum Mund.

Simon aß eilig. Nach seinem letzten Löffel stand er auf, um rauszugehen. Das schrammende Geräusch der hölzernen Stuhlbeine über den gefliesten Fußboden ließ das ältere Paar erschreckt aufschauen. Als hätte er mit einem Hustenanfall die Stille während eines Gottesdienstes zerstört. Der Junge sah ihn verwirrt an. Die Mütze mit den Kordeln hatte er sich schon aufgesetzt.

»Ich geh schon mal raus«, sagte Simon.

Auf dem Parkplatz betrachtete er das Fahrzeug, mit dem Touristen auf die Gletscher gebracht wurden. Ein rotes Ungetüm, das aussah wie ein Zugwaggon auf Rädern, mit Reifen, so hoch wie die eines Traktors und so breit, wie sein Arm lang war. Einen Moment später kam Chris mit Quinn und dem Jungen nach draußen. Der Junge lief neugierig auf das Monsterfahrzeug zu.

»Diese Dinger sind für Weicheier«, rief Chris. »Echte Bergwanderer gehen selbst den Gletscher rauf.«

Simon sah das Interesse des Jungen schwinden.

»Wie lange dauert es eigentlich noch bis nach Jasper?«, fragte Simon, bevor sie alle wieder einstiegen.

»Das hängt davon ab, wie oft wir noch anhalten wollen.«

»Mit wir meinst du dich, nehme ich an?«

Chris lächelte. »Wenn du schon mal weiterfahren möchtest, ist das kein Problem. Wir sind in der Marmot Lodge. Links am Ende der Durchgangsstraße in Jasper. Kann man nicht verfehlen. Dann machen wir noch einen kurzen Halt an den Athabasca Falls. Die will unser Dan bestimmt nicht verpassen.« Chris legte einen Arm um den Jungen, der sofort den Rücken durchdrückte und um

Zentimeter größer wirkte. Wie Busenfreunde standen sie Simon gegenüber. Es war klar, dass die Karten neu gemischt wurden und er der Schwarze Peter war.

»Dann sehe ich euch dort«, brummte er.

Noch bevor er sein Auto starten konnte, fuhr Chris schon hinter ihm vorbei. Er hörte das tiefe Motorbrummen des Jeeps, als er auf die Straße auffuhr.

* * *

Unterwegs nach Jasper verengte sich die Landschaft und die Berge drängten sich immer mehr nach vorn. Erst kurz vor Jasper wurde das Tal breiter, und er bekam allmählich wieder Luft. Es war halb sechs. Der Himmel färbte sich rot. Die Berge verloren ihre scharfen Umrisse, niedrige Wolken ergriffen Besitz von den Gipfeln.

Die Marmot Lodge lag am Ende der Straße durch Jasper. Es war ein großer Komplex mit eigenem Restaurant und Schwimmbad. Chris hatte dort ein Zimmer für drei Nächte gebucht und es geschafft, Simon an diesem Morgen davon zu überzeugen, auch für ihn einen guten Deal rausschlagen zu können. Schließlich war das Wochenende vorbei, sämtliche Zimmer standen leer. Aber als Simon selbst versuchte, sich schon mal mit der jungen Frau an der Rezeption zu verständigen, sah sie ihn nur lächelnd an. Die Hochsaison sei leider noch immer nicht vorbei, sagte sie. Das »leider« war für ihn bestimmt. Er sagte, ein Freund von ihm würde auch drei Nächte hierbleiben, zusammen mit seinem Sohn, und der hatte gesagt … Aber sein Satz blieb stecken. Die junge Frau sah ihn noch immer freundlich an. »Na ja, dann warte ich auf sie«, sagte er und setzte sich auf eines der Sofas in der Lobby.

Eine knappe Stunde später kam Chris mit den Jungs ins Hotel. An der Rezeption stand inzwischen ein junger Mann. Chris ging zu ihm, schüttelte ihm die Hand und sprach mit jovialer Stimme, als würden sie sich seit Jahren kennen. Das kumpelhafte Auftreten hatte Effekt. Mit unbewegter Miene überreichte Chris ihm die Schlüsselkarte von Zimmer 103 und sagte: »Halber Preis.«

Das Zimmer war groß und bestand aus einem Wohnzimmer mit Schlafsofa, einer Küchenzeile und einem gesonderten Schlafzimmer mit einem kleinen Balkon. Als Simon die Balkontüren öffnete, schaute er gegen einen dunklen Berghang. Er müsste froh sein über den vergangenen Tag. Er hatte die schönste Autostrecke der Welt zurückgelegt, seine Augen müssten ihm vor lauter Naturschönheit übergehen, sein Geist müsste gereinigt und seine Lungen gefüllt sein mit der reinsten Luft auf diesem Globus. Stattdessen aber war er unruhig und gereizt. Er hatte das Gefühl, als wäre der gesamte Raum, den er in den vergangenen fünfundzwanzig Jahren für sich erobert hatte, innerhalb von ein paar Wochen aus seinem Leben gedrückt worden, als hätte man ihn in eine Vakuumtüte gestopft und den Staubsauger eingeschaltet.

Chris hatte vorgeschlagen, im Hotelrestaurant etwas zu essen. Er wollte sie gern einladen. Es war dort nahezu ausgestorben. Nur am Kamin saßen ein paar lärmende Männer auf den Ledersofas. Sie tranken Kaffee mit Cognac. Ihren prahlerischen Sprüchen nach war es nicht der erste Drink an diesem Abend. Ein Ober kam auf sie zu. Chris schüttelte ihm die Hand. Sie wurden zu einem Tisch am Fenster geführt. Simon setzte sich in die Ecke, wo er auf die Eisenbahnschienen schauen konnte. Der Junge nahm ihm gegenüber Platz. Chris setzte sich neben den Jungen und Quinn schob sich auf den Stuhl neben Simon. Die neuen Positionen waren eingenommen. Der Ober teilte die Speisekarten aus und empfahl die Rinderlende. Chris folgte seiner Empfehlung ohne Zögern und bestellte sofort eine der teuersten Flaschen Rotwein dazu. Die Jungen nahmen Hamburger mit Pommes.

Als das Essen gebracht wurde – Schälchen mit Weißkohlsalat gehörten offensichtlich dazu –, schaute Quinn, als wäre er in einem Straflager gelandet. Nach fünf Minuten hatte er noch kaum einen Bissen gegessen. Ab und zu stocherte er in seinem Hamburger herum oder führte ein paar Weißkohlstreifen zum Mund.

»Ist es zu viel?«, fragte Simon ihn.

Quinn schaute zu seinem Vater, der sich mit dem Jungen rege über die Wanderungen unterhielt, die sie morgen unternehmen konnten. Simon langte mit seinem Messer und seiner Gabel zu Quinns Teller, schnitt ein großes Stück von seinem Hamburger ab und steckte es sich in den Mund. »Schmeckt gut«, sagte er. »Soll ich noch ein Stückchen?« Quinn sah ihn mit großen Augen an. Nicht viel später hatte Simon Quinns gesamte Mahlzeit gegessen. Als Chris endlich wieder zu seinem Sohn schaute und seinen leeren Teller entdeckte, lobte er ihn überschwänglich. Simon zwinkerte Quinn zu. Verlegen blickte der nach unten.

In dieser Nacht konnte Simon wegen Wadenkrämpfen nicht schlafen. Die Krämpfe gingen über in eine Art Pulsieren, als würden die Adern in seinem Bein im Takt seines Herzens mitklopfen und wummernd um Aufmerksamkeit quengeln. Er spürte einen leichten Druck auf der Brust, das Zeichen, dass Panik sich dort aufbaute.

Er ging ins Badezimmer und nahm den Druckverband

von seinem Bein, rollte die Netzbinde herunter und entfernte die trockene Wundauflage, die über der Honigkompresse lag. Vorsichtig drückte er auf die Haut. Er wusste, dass er die Kompresse noch über eine Woche lang drauflasen sollte, aber er wollte wissen, wie die Wunde aussah, und zog die Gaze vorsichtig ein wenig los. Die Wunde sah gut aus, ohne Eiter oder übermäßig viel Wundfeuchtigkeit. Die gelbliche Kruste in der Mitte schien sogar etwas kleiner geworden zu sein. Er drückte die Wundauflage zurück an die richtige Stelle und deckte alles wieder ab. Den Druckverband wickelte er straff um sein Bein. Wieder im Bett, konnte er noch immer nicht schlafen, aber sein Bein war jetzt ruhiger, wodurch das Panikgefühl in seiner Brust abnahm.

Er war froh, allein in diesem Zimmer zu liegen. Der Junge hatte ohne Murren das Schlafsofa im Wohnzimmer akzeptiert. Den ganzen Abend hatten sie wenig zueinander gesagt. Der Junge zeigte ihm ein paar Fotos auf seinem Handy. Schweigend sah er sich die Bilder vom Peyto Lake und den Athabasca-Wasserfällen an. Kurz danach stand er auf, um ins Bett zu gehen. Von seinem Schlafzimmer aus hörte er den Jungen ein paarmal lachen. Es gab umsonst WLAN, und das nutzte er dankbar.

* * *

Der Stadtplan von Jasper sah aus wie ein Stückchen Spinngewebe zwischen Bergen und Fluss. Das Städtchen verdankte seine Beliebtheit dem umliegenden Naturpark, der großzügiger geschnitten, abwechslungsreicher und herausfordernder war als der Banff-Nationalpark, jedenfalls gemäß dem Flyer, der in der Hotellobby auslag.

Simon schaute ihn sich an, während Chris die letzten Sachen in einem großen Rucksack neu ordnete. Es wirkte, als würden sie eine ganze Woche unterwegs sein. Die Wahl war auf die Fünf-Seen-Route gefallen. Der Junge war aufgekratzt. Das hier wurde sein erster Tagesausflug in den Rockys. Dem Informationszentrum zufolge war die Route sicher, obwohl vor Pumas gewarnt wurde. Chris meinte, das sei eine Standardwarnung; Pumas seien scheu und vermieden Menschen, und außerdem seien sie tagsüber nicht aktiv. Die Chance, einem zu begegnen, war praktisch null, zur großen Enttäuschung des Jungen, der von seiner Wildliste bisher lediglich das Dickhornschaf hatte streichen können. Oben auf der Liste stand natürlich der Bär. Schwarz oder Grizzly, das war ihm egal. Danach in Reihenfolge der Wichtigkeit: Puma, Kojote, Wolf, Elch, Bergziege und Wapiti. Der Junge hatte ihm seine Liste gezeigt, einschließlich der Kästchen zum Abhaken, säuberlichen Quadraten, die er gezeichnet hatte. Simon hatte sein Bestes getan, seine aufgekratzte Begeisterung nicht mit seinem Nörgelzynismus zu verderben. Das war nicht einfach. Die spöttischen Bemerkungen biwakierten auf seiner Zungenspitze und rollten als erstes heraus, sobald er den Mund aufmachte. Der Widerwillen gegen seine eigenen versauerten Worte hatten aus ihm einen schweigsamen Menschen gemacht. Nicht, weil er nichts zu sagen hatte, sondern weil er sich selbst nicht gern zuhörte.

Chris schnallte seinen Rucksack zu. Das Zeichen, dass sie zur Abfahrt bereit waren. Simon ging mit den anderen zum Auto und schaute ihnen nach, als sie den Parkplatz verließen. Quinn winkte von der Rückbank aus, er winkte zurück. Der Junge war mit wilden Gebärden mit Chris im Gespräch. Es war in den vergangenen beiden Tagen ganz klar geworden, dass er Chris' Gesellschaft der Simons vorzog. Lediglich aus Notwendigkeit gingen sie noch miteinander um. Schließlich teilten sie sich ein Zimmer.

Und folglich kehrte der Junge am Ende des Tages wieder brav zu ihm zurück. Schweigend hängte er seine Winterjacke an die Garderobe und huschte geräuschlos zum Duschen ins Badezimmer. Simon hörte das Wasser in die Duschwanne prasseln. Als der Junge kurze Zeit später an seine Zimmertür klopfte, um zu fragen, ob er mitkomme zum Essen, wollte Simon nichts lieber als »Nein« sagen. Aber er rollte sich vom Bett und sagte, er werde kommen.

Sie fuhren mit Chris zu einem Italiener in der Patricia Street. Zum vierten Mal hintereinander saßen sie miteinander am Tisch. Chris erzählte wieder unaufhörlich Geschichten, der Junge zeigte Fotos, Quinn konnte wieder keinen Bissen herunterbekommen.

Niemand erkundigte sich nach Simons Tag. Es würde sie wahrscheinlich auch nicht interessieren. Er hatte sich am Bahnhof auf eine Bank am Gleis gesetzt, wo gerade der Zug aus Edmonton angekommen war, der nach einem Aufenthalt von anderthalb Stunden weiterfahren würde nach Vancouver. Leute stiegen aus, um sich die Beine zu vertreten oder eine Zigarette zu rauchen. Er spürte den Drang, mitzufahren. Er würde in Vancouver gern zum Hafen gehen, wo er früher sonntags gestanden und geschaut hatte, wie die Kreuzfahrtschiffe aus der ganzen Welt anlegten. Das Anlegen verlief perfekt kontrolliert. Oft ging er danach bis zur Spitze des Kais, um zu beobachten, wie die Frachtschiffe von kleinen Lotsenbooten flink in den Hafen geführt wurden. Kapitäne auf Zeit.

Danach trank Simon zwei Tassen Cappuccino im Waschsalon *The Snowdome*, wo es Chris zufolge den besten Kaffee in ganz Jasper gab. Der Waschsalon befand sich in einem Souterrain. Er setzte sich an einen kleinen Tisch. Rechts von ihm drehten sich Waschmaschinen und hinter ihm Wäschetrockner. Als er durch das Fenster schaute, sah er nur Unterleibe durch die Straßen gehen. Ab und zu kam jemand die Treppe herunter. Nicht wegen der Wäsche, sondern wegen des Kaffees, der in bunten Bechern serviert wurde oder in Kartonbechern zum Mitnehmen. Diejenigen, die die Waschmaschinen benutzten, waren ausschließlich Männer. Wahrscheinlich einsame Seelen, die in einem Hotelzimmer wohnten oder Wanderer, die für ein paar Dollar hier auch warm duschen konnten.

* * *

Erst beim Nachtisch wandte sich Chris ihm zu. Die ganze Zeit über hatte er mit dem Jungen eine geschlossene Gesellschaft gebildet. Quinn und er wirkten wie zwei zufällig hinzugestoßene Gäste. Sie waren Zuschauer eines Gesprächs und nickten und schwiegen und pflichteten höflichkeitshalber bei, aus dem Abseits.

»Ich habe gehört, dass du die Hälfte eines Zwillingspaars bist«, sagte Chris plötzlich.

Simon war überrascht und schaute zu dem Jungen, der den Kopf wegdrehte.

»Sogar eineiig.« Chris sah ihn an. »Und dass ihr in allem das Gegenteil voneinander seid.«

»Schön, dass es dich interessiert«, sagte er und nahm einen Löffel seiner aufwändig dekorierten Panna Cotta mit weißer Schokolade.

»Sorry Mann, ich konnte ja nicht ahnen, dass das ein heikles Thema ist.«

»Das ist es nicht.«

»Erfolgreiche Brüder sind immer schwierig, was? Wenn ich sehe, wie mein älterer Bruder auf mich reagiert, nur weil ich in einem Range Rover fahre und er in so einem Mini-Kia. Was natürlich Unsinn ist. Als würden unsere Autos uns zu dem machen, wer wir sind. Das sage ich ihm immer. Es könnte durchaus sein, dass er glücklicher ist als ich. Auch das sage ich ihm immer. Nicht, dass ich das in seinem Fall glaube, aber im Prinzip könnte es durchaus so sein.«

»Du bist also glücklich, Chris?«, fragte er.

»Ja, natürlich. Du nicht?«

»Glück wird durch eine Substanz im Gehirn verursacht und ich finde es nicht klug, davon abhängig zu sein.«

Chris lachte laut. »Der ist gut, den muss ich mir merken.«

Chris schaute zu dem Jungen, der zögerlich mitlachte. Quinn hielt den Kopf ängstlich gesenkt.

»Isst du deinen Nachtisch nicht?«, fragte Simon den Jungen und langte quer über den Tisch in sein Eis. »Dich brauche ich ja nicht zu fragen«, sagte er zu Quinn und nahm auch von seinem Schokoladeneis.

»Du weißt, dass er seinen Teller selbst leer essen soll«, sagte Chris.

»Mir soll's egal sein«, sagte Simon und legte den Löffel hin. »Aber hättest du aufgepasst, hättest du gesehen, dass ich schon zwei Abende lang seinen Teller leer gegessen habe. Aber ich glaube, du warst zu sehr mit meinem Neffen beschäftigt.«

Der Junge sah ihn wütend an.

»Was ist dein Problem, Mann?«, fragte Chris.

»Ich habe kein Problem.«

»Ich kümmere mich wenigstens um den Jungen.«

»Man könnte ja glatt denken, du willst was von ihm.«

Chris sah ihn giftig an. »Was soll das heißen?«

»Nichts.«

»Erzähl nicht so einen Stuss!«, sagte der Junge wütend.

»Ich verstehe nicht, dass du diesem Muskelprotz wie ein Groupie hinterherläufst.« Simon zeigte mit seinem Löffel auf Chris.

»Was sagt er?«, fragte Chris den Jungen. Er hatte ihr Niederländisch nicht verstanden.

»Wenn ich es nicht besser wüsste, würde ich denken, dass du sein Liebhaber bist. Oder sein Playboy.«

»Was sagt er?«, fragte Chris noch einmal.

»Nichts«, sagte der Junge.

»Hast du gerade gesagt, ich wäre ein Playboy?« fragte Chris.

»Ich habe gesagt, es sähe so aus, als wäre er dein Playboy.«

Einen Moment lang herrschte eisiges Schweigen am Tisch.

»Halt doch die Klappe!«, rief der Junge.

»Ist schon okay, Dan. Ich werde schon mit ihm fertig.« Chris legte seine Hand auf den Arm des Jungen.

»Du wirst mit mir fertig? Pah! Du kannst ja nicht mal deinen eigenen Sohn dazu bringen, anständig zu essen.«

Simon nahm einen weiteren Bissen von Quinns Eis. Langsam führte er ihn zum Mund, aber bevor er dort ankam, hatte Chris ihm den Löffel aus der Hand geschlagen. Klirrend fiel er auf die Fliesen. Das Schokoladeneis wurde ins Restaurant katapultiert und landete auf dem Kleid einer älteren Frau. Sie stieß einen spitzen Schrei aus, der Kellner eilte herbei. Mit einer Serviette versuchte er, das Eis von ihrem Kleid zu tupfen. Chris stand auf, warf seine Serviette auf den Stuhl und verließ das Restaurant.

»Hey, was soll das?«, rief Simon ihm nach. »Das hier ist dein Problem. Und jetzt einfach so weglaufen? Asshole!«

Quinn und der Junge sahen Simon erschrocken an. Der wandte sich an die Frau, um sich zu entschuldigen, aber sie wollte nicht zuhören. Der Kellner kniete auf dem Boden und wischte das Schokoladeneis auf. Simon entschuldigte sich abermals und bot an, die Reinigung zu bezahlen, aber die Frau jammerte nur immer weiter, dass der Fleck nie wieder rausgehe.

»Was wollen Sie dann? Dass ich Ihnen ein neues Kleid kaufe?« Der Kellner ermahnte ihn zur Ruhe, aber er hatte keine Lust mehr, sich den Mund verbieten zu lassen. »Geben Sie dieser Person doch ein Taschentuch«, sagte er, »und stecken Sie es ihr in den Mund.« Der Chefkoch kam ins Restaurant, um zu sehen, was los war. Die Frau zeigte auf Simon, als hätte er gerade ihre Juwelen geklaut. »Er war's. Es ist seine Schuld.« Sie sagte es ein paarmal hintereinander. Dem Chefkoch war nicht an Simons Version des Vorfalls gelegen.

Er fühlte sich, als wäre er in eine Straße gefahren, die sich als Sackgasse entpuppte, wie früher in den neuen Wohnvierteln. Keine Chance, einfach wieder aus der Straße rauszufahren. Der Chefkoch bat ihn eindringlich, das Restaurant zu verlassen. Selbstverständlich, nachdem die Rechnung beglichen worden sei.

Kurze Zeit später gingen die drei hinaus in die kalte und dunkle Nacht, zurück zur Marmot Lodge. Chris war nirgends zu sehen, und sein Auto war weg. Der Junge lief meterweit vor ihnen her. Simon bemerkte, dass er nicht seine eigene Mütze trug, sondern die von Chris. Jetzt teilten sie sich also auch schon Kleidungsstücke. Quinn trödelte hinter Simon her, als wäre er sich nicht sicher, ob er mit ihm gehen durfte.

»Komm, Quinn«, sagte er. »Es ist in Ordnung.« Im Hotel angekommen, nahm er Quinn mit auf ihr Zimmer, um dort auf seinen Vater zu warten. Simon setzte ihn mit einer Tasse Tee auf das Sofa vor den Fernseher. Selbst ging er in sein Schlafzimmer. Der Junge folgte ihm und schloss die Tür.

»Und jetzt?«

»Was jetzt?«, fragte Simon.

»Was machen wir jetzt?«

»Nichts. Warten, bis er Quinn abholt und dann ins Bett. Und morgen nach Hause.«

Der Junge trat gegen den Sessel in der Ecke des Schlafzimmers. »Warum hast du auch so was Schwachsinniges gesagt?«, rief er.

»Warum hast du ihm von mir und Ruud erzählt?«

»Das stimmt doch!«

Wieder trat der Junge gegen den Sessel.

»Lässt du den bitte ganz?«

»Warum machst du mir alles kaputt?« Der Junge ließ sich in den Sessel fallen und krallte die Hände um die Armlehne.

»Wenn du mit mir zurück nach Calgary willst, kannst du morgen mitfahren. Und wenn nicht, musst du selbst zusehen, wie du zurückkommst.«

Der Junge stampfte wild mit den Füßen auf den Boden.

Simon ging zu ihm und stellte sich dicht vor ihn.

»Du kannst nicht alles so haben, wie du es willst.«

»Du erlaubst mir überhaupt nichts.« Er schlug mit den Fäusten auf die Armlehnen.

»Wenn es dir nicht gefällt, dann gehst du eben wieder nach Hause.«

»Ich hasse dich!« Der Junge holte mit dem rechten Bein aus und traf Simon mit voller Wucht am Schienbein, direkt oberhalb der offenen Wunde. Simon stieß einen Schmerzensschrei aus und fiel auf den Boden. Der Junge stand auf. Simon dachte, sein grober Tritt hätte ihn selbst erschreckt und er würde ihm aufhelfen, aber stattdessen trat ihn der Junge voll in die Rippen. Wieder schrie Simon vor Schmerz auf. Der Junge stand mit offenem Mund über ihm, die Augen getrübt, als wäre er irgendwo anders. Simon war zu sehr aus der Fassung, um etwas zu sagen.

In diesem Moment klopfte es leise an der Tür.

Mit piepsiger Stimme sagte Quinn, sein Vater sei gekommen, um ihn abzuholen. Der Junge stieg über ihn hinweg und verließ das Schlafzimmer. Einen Moment später hörte er die Apartmenttür zuschlagen. Danach war es still.

Humpelnd ging Simon ins Badezimmer und wickelte den Verband ab. Eine klebrige, trübe Flüssigkeit lief an seinem Bein hinab. Er legte es über den Badewannenrand und spülte die Wunde mit Wasser aus dem Duschschlauch sauber. Dabei hechelte er den Schmerz weg wie eine gebärende Frau. Er humpelte zurück ins Schlafzimmer, um eine neue Wundauflage aus seiner Tasche zu holen. Als alles wieder verbunden war, nahm er zwei Ibuprofen und legte sich mit einem Kissen unter dem Fuß aufs Bett. Vorsichtig tastete er seine Rippen rechts ab. Vielleicht waren sie geprellt oder sogar gebrochen. Er ballte die Fäuste und grub die Fingernägel tief in die Handinnenflächen, um sich von den Schmerzen in seinem Bein abzulenken. Es half nicht. Er hatte die Aggressionen des Jungen nicht kommen sehen. Simon versuchte immer, den Überraschungen des Lebens einen Schritt voraus zu sein. Das war ihm heute Abend kläglich misslungen.

Um drei Uhr nachts klingelte das Telefon. Es war seine Schwester.

»Ich habe eine Nachricht von Daan bekommen, dass ihr euch gestritten habt.«

»Ja, nein, nichts Ernstes.«

»Wo ist er jetzt?«

»Ich glaube, er schläft. Es ist hier drei Uhr in der Frühe.«

»Oh, tut mir leid, ich habe die Nachricht gerade erst gelesen.«

»Und ich versuche auch zu schlafen, Hanne.«

»Aber es ist alles in Ordnung?«

»Alles ist in Ordnung. Wir fahren morgen zurück nach Calgary. Dann sage ich ihm, dass er dich anrufen soll.«

»Aber er schläft jetzt?«

»Ich glaube schon. Soll ich ihn wecken?«

»Nein, nein, schon gut. Wir telefonieren einfach morgen Abend.«

»Okay.«

»Gute Nacht.«

»Ja, dir auch später.«

So einfach war es, zu lügen.

* * *

Am nächsten Morgen war der Junge immer noch nicht zurück. Das Schlafsofa war unberührt und sein T-Shirt lag säuberlich zusammengefaltet auf dem Kissen. Sein Rucksack war noch da, aber der Tagesrucksack fehlte, ebenso wie sein Handy. Nur das Ladekabel hing noch in der Steckdose.

Er rief im Zimmer von Chris und Quinn an, aber da ging niemand ran. Es war halb neun. Draußen war es schon hell, aber das Hotel lag immer noch im Schatten der

Berge. Das Pochen in seinem Bein hatte ihn kaum schlafen lassen. Um seine Rippen nicht zu belasten, hatte er die ganze Nacht auf dem Rücken gelegen und die Decke angestarrt.

Er humpelte zur Küchenzeile, um Frühstück zu machen.

Aus einem der Schränke über dem Elektroherd nahm er eine Tüte Donuts und aß zwei hintereinander. Danach schenkte er sich ein Glas Milch ein. Er fühlte sich wie gerädert.

Um zehn Uhr hatte der Junge immer noch nichts von sich hören lassen. Simon hatte ihm mehrere Nachrichten auf sein Handy geschickt und immer wieder im Zimmer von Chris und Quinn angerufen. Niemand reagierte. Erst als er zum dritten Mal in Chris' Zimmer anrief, ging jemand ran. Er richtete sich auf, bereit für ein Wortgefecht, aber er war mit der Rezeption verbunden, die ihm mitteilte, die Gäste von Zimmer 66 hätten heute Morgen ausgecheckt. »Sind Sie sich sicher?«, hatte er verblüfft gefragt. »Sie hatten doch noch eine weitere Nacht gebucht, oder?« Der Rezeptionist sagte, er hätte lediglich eine Reservierung für zwei Nächte stehen. »Und mein Zimmer?«, fragte er. Sein Zimmer war für eine weitere Nacht gebucht. Der Rezeptionist beeilte sich zu sagen, dass eine Stornierung nicht mehr möglich sei. Simon legte den Hörer auf und fluchte.

Ein paar Minuten später stand er in der Hotellobby und wartete auf den Mitarbeiter, der Chris und Quinn ausgecheckt hatte. Eine asiatische junge Frau kam aus einem Seitenzimmer zur Rezeption. Auf dem Handy zeigte er ihr ein Bild des Jungen und fragte sie, ob sie ihn an diesem Morgen beim Auschecken gesehen hatte. Sie sah sich das Foto lange an und zuckte dann die Achseln. Sie wusste es nicht. Sie hatte viel zu tun gehabt, weil gleichzeitig eine Busgesellschaft auscheckte. Sie konnte sich nicht an den Jungen erinnern.

Zurück in seinem Zimmer schickte Simon eine weitere Nachricht an den Jungen, um ihn wissen zu lassen, dass er in ihrem Hotelzimmer auf ihn wartete. Er versuchte, seine Nachrichten neutral zu schreiben, ohne Wut oder Vorwürfe.

Er starrte auf seinen Bildschirm und hoffte, dass sich die beiden Häkchen blau färben würden, als Zeichen, dass der Junge sie gelesen hatte. Er starrte ein paar Minuten auf sein Handy, aber nichts geschah. Es gab nichts anderes zu tun als zu warten. Er schluckte zwei Ibuprofen und legte sich ins Bett, das Kissen unter dem Fuß und das Handy auf dem Nachttisch. Früher oder später würde der Junge schon auftauchen, sagte er sich.

Das Hotel-Telefon klingelte ihn wach. Er stand zu schnell auf, wodurch das Blut in seinem Bein nach unten schoss und er fast einen Krampf bekam. Es war der Mann von der Rezeption. Er sagte, beim Saubermachen von Zimmer 66 sei ein Brief gefunden worden, auf dem seine Zimmernummer stand. Ein paar Minuten später wurde der Brief abgegeben. Auf dem Umschlag standen ihre Zimmernummer und DAAN in großen Buchstaben geschrieben. Er zögerte, ob er den Umschlag öffnen sollte. Das würde zweifelsohne zu einem weiteren Streit mit dem Jungen führen. Er beschloss, es nicht zu tun.

Wieder schaute er auf sein Handy; es war jetzt fast zwei Uhr, und er sah, dass der Junge noch keine einzige Nachricht gelesen hatte. Konnte es sein, dass er sich allein auf den Weg in die Berge gemacht hatte? Er schüttelte den Gedanken ab. Der Junge wusste, wie unvernünftig das war.

Nicht nur Simon, sondern auch die Leute im Informationszentrum hatten das mehrmals betont. Sogar Chris hatte ihm in diesem Punkt beigepflichtet. Simon bekam Hunger, hatte aber keine Vorräte mehr. Er beschloss, ins Stadtzentrum zu fahren und dort etwas zu essen zu kaufen, damit er sein Zimmer den Rest des Tages nicht mehr verlassen musste. Sicherheitshalber hinterließ er seine Schlüsselkarte an der Rezeption. Er wusste nicht, ob der Junge seine dabeihatte und wollte vermeiden, dass er eventuell nicht reinkonnte. Bei Robinsons kaufte er belegte Brötchen, eine Packung fertige Pfannkuchen, Schokopaste, Bananen, zwei Mahlzeiten für die Mikrowelle und eine Flasche Cola. Im Spirituosenladen holte er ein Sechserpack Bier. Danach ging er in die Apotheke und kaufte eine Schachtel Ibuprofen und Wundauflagen. Als der Apotheker ihn humpeln sah, fragte er, ob alles in Ordnung sei.

Simon sagte, eine alte Wunde sei wieder aufgegangen, nichts, worüber man sich Sorgen machen müsse. Es erstaunte ihn, dass er nervös antwortete, als wäre er ein Verdächtiger, bei dem jedes einzelne Wort auf die Goldwaage gelegt wurde, um zu beurteilen, ob er schuldig war.

Zurück in seinem Zimmer gab es immer noch kein Zeichen von dem Jungen, und auch die Nachrichten – Simon hatte inzwischen sechs verschickt – waren ungelesen. In ein paar Stunden wäre es draußen dunkel und kalt. Er sagte sich, es könne nicht mehr lange dauern, bis der Junge zurückkehrte. Um sich abzulenken, schaltete er den Fernseher ein und öffnete eine Dose Bier. Er zappte zwischen über zwanzig Kanälen hin und her, bis er schließlich bei einer Sendung hängenblieb, in der zwei Typen ein altes MINI Cooper Cabrio mit verschlissener Federung in ein Auto mit den Fahr- und Bremsqualitäten eines Rennwagens umzubauen versuchten. Nach einer halben Stunde verlor der Fernseher seine ablenkende Wirkung. Er ging zum Tisch, nahm den Brief, der an Daan gerichtet war und riss ihn auf. Er enthielt eine Schlüsselkarte der Marmot Lodge. Auf einem schief geklebten Aufkleber stand die Nummer ihres Zimmers. Es gab keinen Zettel dazu.

Er nahm noch ein Bier aus dem Kühlschrank und stellte sich vors Fenster, das Aussicht auf die Hotellobby an der anderen Seite des Parkplatzes bot. Er zwang sich, nicht in Panik zu geraten. Der Junge konnte noch jeden Moment über das Gelände angeschlendert kommen. Er würde sein Auto unter ihrem Zimmer stehen sehen und danach raufschauen zu dem erleuchteten Fenster, hinter dem er stand. Er würde die Hand heben und sein Bestes tun, freundlich zu schauen. Alles, um dafür zu sorgen, dass der Junge nach oben ging und hereinkam. Alles, um dafür zu sorgen, dass sie morgen ganz normal zurück nach Calgary fahren konnten, als wäre nichts geschehen, und ab dann weitersehen.

Es war Viertel nach sechs. Die Sonne verschwand hinter den Bergen. Noch eine Stunde, bis sie wirklich unterging, und noch anderthalb Stunden, bis es wirklich dunkel wurde. Er knüllte die leere Bierdose zusammen und schmiss sie durch das Zimmer. Sie fiel kraftlos auf den Teppich und verursachte nur ein paar Spritzer auf dem Sessel.

Nachdem seine Wut abgekühlt war, spürte er zum ersten Mal Panik. Um halb acht verließ er sein Hotelzimmer, um jede Kneipe, jedes Restaurant und jedes Hotel in Jasper abzufahren. Überall zeigte er das Foto des Jungen und stellte dieselbe Frage. Niemand hatte ihn gesehen. Als seine Schwester anrief, ging er nicht ran. Nach ihrem dritten Versuch tippte er eine Nachricht: »Bin müde, gehe schlafen, ruf dich morgen an.« Zehn Minuten starrte er auf die Wörter, bevor er auf »Senden« drückte. Morgen würde der Junge zurückkommen. Morgen wäre alles wieder gut.

* * *

Sein Handy klingelte. Draußen war es still und dunkel. Er rappelte sich mühsam auf und stöhnte, seine Rippen schmerzten. Langsam beugte er sich vor, zu seinem Handy auf dem Nachttisch. Es vibrierte und das Foto auf dem Display zeigte wieder seine Schwester. Er hielt die Hand ein paar Sekunden über dem Gerät, zweifelnd, ob er ihren Anruf beantworten sollte. Er wartete noch ein paar Sekunden und ging dann ran.

»Hanne?«

»Wecke ich dich?« Seine Schwester klang schrill.

»Wie spät ist es?«, fragte er.

»Bei dir sieben Uhr, glaube ich. Ich dachte, du wärst schon wach.«

»Ich habe noch geschlafen«, sagte er. »Es ist hier noch dunkel.«

»Musst du denn nicht zur Arbeit?«

Er schwieg und schloss die Augen.

»Simon?«

»Ich bin noch in Jasper«, sagte er. »Alles ist ein wenig anders gelaufen als geplant.«

»Schläft Daan noch?«, fragte seine Schwester.

»Das weiß ich nicht.«

»Geht es ihm gut? Er hat nicht auf meine Nachrichten reagiert.«

»Er hat sein Ladekabel vergessen.«

»Wie meinst du das?«

Simon wusste nicht, was er sagen sollte. Wenn er jetzt log, gab es keinen Weg mehr zurück nach Gott-weiß-was, nach etwas, von dem er nicht endgültig entfernt sein wollte.

»Simon?« Die Stimme seiner Schwester klang drängelnder.

»Es ist etwas passiert.« Er versuchte, ganz ruhig zu klingen. »Nicht sofort in Panik geraten, wenn ich es erzähle, okay?«

Aber genau das tat sie natürlich. Sie fluchte und schimpfte ihn aus und stellte Fragen, die er nicht beantworten konnte. Wo der Junge war, mit wem er weggegangen war, sie hatten sich doch gestritten? Und obwohl er wusste, dass er ihr wenige echte Antworten gab, zu wenige, um Halt zu finden, beruhigte sie sich schließlich. Er sagte, ein paar Ideen zu haben, wo er ihn finden konnte. Wenn sie ihm noch ein wenig Zeit gab, würde alles von selbst wieder gut werden. Er musste seiner Schwester versprechen, sie jede Stunde anzurufen und sich bei jeder neuen Entwicklung, wie klein auch immer, sofort mit ihr in Verbindung zu setzen.

»Ich finde ihn«, hatte er gesagt. »Heute. Sicher.«

Als sie endlich auflegten, schlug sein Herz Paukenschläge in seiner Brust. Das Problem war benannt worden, es gab das Problem: Der Junge war weg.

Er nahm zwei Ibuprofen und zog sich mühselig an. Den Schmerzen in seinen Rippen und seinem Bein schenkte er möglichst wenig Beachtung. Er verließ sein Zimmer, ging über die Galerie, die Treppe hinunter zur Lobby, die sich im Hauptgebäude befand. Seinen linken Fuß konnte er noch immer kaum belasten. Er müsste sich irgendwo einen Stock besorgen. Oder noch besser Krücken.

Die Lobby ähnelte einer hellerleuchteten Sphinx, die am Eingang des Geländes Wache hielt. In ihrem Kopf saß ein älterer Mann an einem Schalter und las Zeitung. Er klopfte an das Glas. Der Portier schaute auf und drückte auf einen Knopf, um ihn hereinzulassen. Er faltete die Zeitung zusammen und begrüßte ihn munter. In der Lobby sah Simon sich in den Fenstern widergespiegelt. Von hier aus wirkte es draußen noch dunkler. Er sah die Rücklichter eines Pick-up-Trucks, der das Städtchen verließ. Die Eisenbahnschienen waren noch verlassen.

»Was kann ich für Sie tun?«

Simon schob sich zu ihm, sein linkes Bein schleifte wie ein toter Ast hinter ihm über den Boden.

»Ich bin auf der Suche nach einem Hotelgast, mit dem ich in den vergangenen Tagen unterwegs war. Er ist gestern Morgen abgefahren und ich merke gerade, dass er aus Versehen etwas von mir mitgenommen hat.«

»Das ist ärgerlich«, sagte der Pförtner. »Wie lautet der Name Ihres Freundes?«

Er wollte sagen, dass er kein Freund war, alles andere als das, aber er schluckte seine Wörter runter. »Chris«, antwortete er. »Er war mit seinem Sohn Quinn hier. Sie hatten Zimmer 66. Zwei Nächte. Stammgäste hier, glaube ich.«

Der Pförtner schaute auf den Computerbildschirm.

»Einen Chris hatten wir nicht in Zimmer 66. Wohl einen Dan.«

»Einen Dan?«

»Dan Vandervelde.«

Van der Velde. Der Pförtner sprach es Englisch aus. Daan van der Velde. Simon spürte, wie sein Kopf leicht wurde.

»Sind Sie sich sicher?«, fragte er. Sein Mund füllte sich mit bitterem Speichel.

»Ja«, sagte der Pförtner. »Ist alles okay?«

Simon nickte. »Hätten Sie vielleicht eine Adresse oder eine Telefonnummer für mich?«

»Solche Informationen dürfen wir nicht einfach so herausgeben.« Der Pförtner hob die Schultern und kniff die Augen ein wenig zusammen, um klar zu machen, dass er es sehr unangenehm fand. Für Simon natürlich, nicht für ihn.

»Ich sagte ja bereits, er hat was mitgenommen, was mir gehört. Etwas Wertvolles, das ich gern wieder hätte.« Er beugte sich zu dem Pförtner und versuchte einzuschätzen, ob dieser Mann mit Welpenaugen oder mit dem eindringlichen Blick eines Mafiamitglieds zu erweichen wäre. Er entschied sich für Ersteres.

»Das tut mir leid, aber dafür brauche ich erst die Genehmigung des Managers, und der ist jetzt nicht da.«

»Wann kommt er?«

»So gegen neun Uhr.«

Simon zog sein Handy aus der Hosentasche und zeigte dem Mann ein Foto des Jungen.

»Haben Sie diesen Jungen gesehen?«

Der Pförtner betrachtete das Foto eingehend, als würde sich das Erkennen in irgendeinem Detail verbergen. Dann schüttelte er den Kopf.

»Wissen Sie, wer das ist?«, fragte er.

Wieder schüttelte der Pförtner den Kopf. Simon drückte ihm das Handy unter die Nase.

»Das ist Daan van der Velde und er ist mein Neffe. Und er ist nicht derjenige, der in Zimmer 66 war. Dort hat ein blonder Mann übernachtet, Anfang vierzig. Sein Name ist Chris und er war dort mit seinem zwölfjährigen Sohn.

Daan van der Velde hat bei mir übernachtet, in Zimmer 103, und Daan van der Velde wird vermisst. Und ich persönlich denke, dass dieser Chris etwas damit zu tun hat, also schlage ich Ihnen vor, mir die Telefonnummer der Person zu geben, die tatsächlich in Zimmer 66 übernachtet hat, oder ich rufe jetzt die Polizei.« Er tat, als würde er anrufen.

»Ich würde Ihnen ja gern helfen, aber ich darf nicht.«

»Sie dürfen nicht?«

»Nein.«

»Wenn wir die Welt ausschließlich mit dem retten müssten, was wir dürfen, sind wir hoffnungslos verloren.«

»Es tut mir wirklich leid.«

»Ja, ja, ich weiß. Sie machen Ihre Arbeit, obwohl Sie jämmerlich dafür bezahlt werden, nicht versichert sind und jeden Tag abwarten müssen, ob Sie am nächsten Abend noch willkommen sind.« Er drehte sich um. »Ich komme wieder, wenn der Manager da ist.«

Als Simon über die Galerie zurück zu seinem Zimmer lief, sah er, dass der Mann wieder seine Zeitung las. Die Welt geht kaputt an Leuten, die sich an die Regeln halten, dachte er.

Ein paar Minuten nach neun rief der Manager ihn persönlich an. Kurz davor hatte Simon mit seiner Schwester gesprochen, die ihm mitgeteilt hatte, dass Robbert und sie am nächsten Vormittag nach Calgary fliegen würden. Von dort aus würden sie mit einem Mietauto nach Jasper kommen.

Er wollte sagen, dass es nicht vernünftig war, die Reise an nur einem Tag zu machen, sie war zu lang, sie würden Jetlag bekommen, die Route durch die Rockys war anstrengend und wahrscheinlich wäre Daan schon vor ihrer

Ankunft wieder da. Sie könnten sich besser ein wenig gedulden, alles würde wieder gut, aber er bekam nicht die Chance, etwas zu entgegnen.

Der Manager hatte keine Neuigkeiten über Chris. Er war nicht um einen Ausweis gebeten worden, der Mann wusste auch nicht, wie das passieren konnte. Es war auch keine Adresse und keine Telefonnummer notiert worden, und das Zimmer war bar bezahlt worden. »Und die Rechnung von Montagabend, im Restaurant?«, hatte er gefragt. Er hoffte, dass Chris sie mit einer Kreditkarte bezahlt hatte. Der Manager würde es nachsehen.

Ein paar Minuten später rief er zurück und sagte, dass die Restaurantrechnung vom Montagabend noch ausstand und auf Simons Zimmer gebucht war. Simon traute seinen Ohren kaum. Er war betrogen worden.

* * *

»Ich fürchte, mein Neffe wird vermisst.«

Er stand auf dem Polizeipräsidium von Jasper und sprach durch eine runde Öffnung in einer Glaswand, die den öffentlichen Warteraum vom Büroteil trennte, mit einem jungen Polizisten.

Der Polizist nahm einen Stift und einen Notizblock.

»Wie alt ist Ihr Neffe?«, fragte er.

»Sechzehn.«

»Und wann haben Sie ihn zuletzt gesehen?«

»Das weiß ich nicht genau, ich meine, ich weiß schon, wann ich ihn zuletzt gesehen habe, aber nicht genau, seit wann er vermisst wird.«

»Hat er gesagt, wohin er gehen würde?«

»In die Berge.«

»Wissen Sie, wo in die Berge?«

»Nein.«

»Und haben Sie dem Parkaufseher schon Bescheid gesagt?«

»Nein«, sagte er. »Sollte ich das erst machen?«

»Setzen Sie sich nur«, sagte der Polizist. »Dann hole ich jemanden hinzu.«

Simon setzte sich auf einen der Plastikstühle. An der Wand hing ein Plakat, das vor Lotteriebetrug warnte. Daneben ein knallblaues Poster mit Fotos von vermissten Kindern. Manche datiert auf das Jahr 1985. Neben ihnen klebten Fotos, wie das Kind als Erwachsener aussehen könnte. Er fragte sich, wie sie so etwas machten; so ein Foto, das tut, als wäre die Zeit unschuldig weitergelaufen. Ein Poster, das mit einer großen Abbildung einer jungen Frau, die an dem Zeug gestorben war, vor den Gefahren von Ecstasy warnte, bedeckte den Rest der Wand. Er schloss die Augen und streckte die Beine. Er war der Einzige im Wartezimmer.

Jemand klopfte an das Glas. Als Simon die Augen öffnete, sah er, dass ein älterer Polizist mit Glatze ihn herbeiwinkte und anschließend in einem Seitenzimmer verschwand. Kurz danach öffnete sich an der anderen Seite des Schalters eine Tür und der Polizist forderte ihn auf, hereinzukommen. Er gab ihm einen kräftigen Händedruck und stellte sich vor als Detective Bennet. Sein kahler Schädel glänzte wie eine polierte Billardkugel. Noch bevor Simon etwas sagen konnte, erkundigte sich Bennet, ob er etwas trinken wolle. Er bat um einen schwarzen Kaffee. Bennet verließ das Zimmer. Simon setzte sich auf eines der beiden braunen Kunstledersofas. Der Raum hatte keine Fenster. An zwei Wänden hingen Fotos der Rockys in einer Serie von drei Paneelen. Die dritte Wand wurde fast vollkommen von einer gesteppten Decke im Patchworkstil bedeckt. Die untere Spitze war umgeklappt, sodass man das Label sah. Die Tapete war gräulich beige und fein geriffelt. Sie erinnerte ihn an die Tapete früher bei seinen Großeltern.

Bennet kehrte mit einem Kaffee und einem Schreibblock zurück, an dem ein Stift klemmte. Er sagte, dass auch ein Rettungsarbeiter vom National Park kommen würde, um Fragen zu stellen. Bennet legte den Schreibblock auf den niedrigen Tisch.

»Wir sind da, um zu helfen«, sagte er.

Simon nickte. Sein Atem war schnell und flach, er versuchte, ihn zu verlangsamen und zu vertiefen, aber seine gequetschten Rippen machten das schmerzhaft.

»Der Deutlichkeit halber möchte ich Sie darauf hinweisen, dass dieses Gespräch aufgenommen wird.« Bennet zeigte auf eine Kamera rechts oben in der Ecke. »Das ist ein Standardverfahren, kein Grund, nervös zu werden. Sie sind kein Verdächtiger.«

»Nein, natürlich nicht«, sagte er und nahm einen Schluck von seinem zu heißen Kaffee, wodurch er sich fast die Lippen verbrannte.

»Sorry für den Kaffee«, sagte Bennet. »Wir haben seit kurzem einen Vollautomaten, aber der ist praktisch sofort kaputtgegangen. Jetzt brühen wir den Kaffee wieder von Hand auf. Hoffentlich schmeckt er okay. Lassen Sie uns vorn anfangen. Mein Kollege sagte, Ihr Neffe würde vermisst. Wie heißt er?«

»Daan van der Velde.«

»Könnten Sie das bitte buchstabieren?«

Während er den Namen des Jungen buchstabierte, schrieb Bennet jeden Buchstaben, den er aussprach, auf, als wäre es ein Code.

»Geburtsdatum?«

»Ich weiß es nicht genau. Er ist sechzehn und ist glaube ich im April geboren. Oder im März.« Er scherte sich nicht um die Geburtstage seiner Neffen und Nichten. Manchmal rief er zufälligerweise kurz davor oder danach an. »Rufst du an, um jemandem zu gratulieren?«, zog ihn seine Schwester auf. »Oh«, sagte er dann, »hatte mal wieder jemand Geburtstag?«

»Und jetzt erzählen Sie bitte genau, was passiert ist.«

»Es ist nichts passiert«, entgegnete er.

»Aber Ihr Neffe ist weg?«

»Ja.«

»Und Sie wissen nicht, wo er ist?«

»Nein.«

»Seit wann vermissen Sie ihn?«

Simon sagte, er habe seinen Neffen gestern um vier Uhr nachmittags zurückerwartet, und da war er nicht erschienen.

»Und wissen Sie, wohin er gegangen ist?«

»Nein.«

Bennet sah von seinem Schreibblock auf.

»Also wird er schon seit gestern Morgen vermisst?«

»Naja … Nein.«

»Ich stelle die Frage mal anders«, sagte Bennet. »Wann haben Sie Ihren Neffen zuletzt gesehen?«

Simon zögerte. »Als ich heute Morgen aufstand, da war er nicht da.«

»Haben Sie ihn weggehen hören?«

»Nein.«

»Also haben Sie ihn seit Montagabend nicht mehr gesehen?«

»Nein.«

»Wie spät sind Sie ins Bett gegangen?«

»Halb elf, glaube ich.«

»Und da war er noch bei Ihnen im Hotel.«

»Nein.«

Bennet legte seinen Stift hin.

Er nahm wieder einen Schluck von seinem Kaffee, der inzwischen kalt geworden war.

»Ich habe das Gefühl, Sie begreifen meine Frage nicht richtig. Ich möchte gern wissen, wann genau Sie Ihren Neffen tatsächlich zuletzt gesehen haben.«

Er dachte an den Kampf. Oder eigentlich war es kein Kampf gewesen, sondern ein Angriff, auf ihn. Den ersten Tritt gegen sein Schienbein könnte man noch eine unglückliche Bewegung des Jungen nennen, aber der Tritt in seine Seite, der war bewusst gewesen.

Bennet wiederholte seine Frage.

»Ich glaube so gegen Viertel nach neun«, sagte er. »In unserem Hotelzimmer.«

»Und dann ist er weggegangen?«

»Ja.«

»Wissen Sie wohin?«

Er schwieg einen Moment und schaute zu der Kamera, als ihm plötzlich einfiel, dass ihn Schweigen und Raufschauen bestimmt verdächtig machten.

»Wir hatten in Canmore Leute kennengelernt«, sagte er. »Einen Mann mit seinem zwölfjährigen Sohn. Mein Neffe verstand sich gut mit diesem Kerl. Chris heißt er, und sein Sohn heißt Quinn – oder naja, das jedenfalls denke ich, so haben sie sich vorgestellt. Sie könnten genauso gut anders heißen, weil ich glaube, dass dieser Kerl ein Betrüger ist, aber das wusste ich da natürlich noch nicht. Als sie fragten, ob wir ein paar Tage mit ihnen nach Jasper kommen würden, naja, da haben wir das gemacht. Mein Neffe wollte gerne in die Berge und ich …«

»Jetzt aber mal langsam«, sagte Bennet, »wir machen das Schritt für Schritt. Sie sagten, Sie seien in Gesellschaft eines Mannes und eines zwölfjährigen Jungen hierhergekommen?«

Er nickte.

»Wann war das?«

»Sonntagabend.«

»Und wie lauten ihre vollständigen Namen?«

Simon zuckte die Achseln. »Das ist das Problem, das weiß ich nicht. Wir haben in der Marmot Lodge übernachtet, aber heute Morgen stellte sich heraus, dass er da einen falschen Namen angegeben hat.«

»Und woher wissen Sie das?«

»Weil er den Namen meines Neffen angegeben hat. Er hat seinen Namen benutzt. Und er hat mich für ein Essen bezahlen lassen, zu dem er uns eingeladen hat.«

Bennet stand auf. »Das klingt komplexer, als ich dachte«, sagte er. »Ich hole schnell jemanden dazu, einverstanden?« Er ging wieder durch die Tür zurück zum Schalter. Simon presste die Hände gegen die Augen und brummte. Danach schaute er hoch zur Kamera und musste die Neigung unterdrücken, den Mittelfinger zu heben. Bestimmt beobachteten sie ihn, dachte er. Sein Mund fühlte sich von dem Kaffee trocken an, er hätte um ein Glas Wasser bitten sollen. Er ging zu der Tür, durch die Bennet weggegangen war, und öffnete sie. Als er das Büro betrat, eilte der junge Polizist auf ihn zu.

»Sorry, Sir, Sie dürfen hier nicht reinkommen.«

»Ich habe Durst«, sagte er.

»Ich bringe Ihnen Wasser. Wenn Sie dann bitte wieder dort reingehen.«

Der Polizist begleitete ihn zurück in den Raum und wartete, bis er die Tür hinter sich geschlossen hatte. Simon setzte sich wieder auf das Sofa. Es dauerte mindestens zehn Minuten, bis Bennet wiederkam. »Brauchen Sie kein Foto?«, wollte Simon wissen. »Müssen Sie sich nicht auf die Suche machen?«

Bennet hatte eine junge weibliche Kollegin mitgebracht. Sie stellte sich als Agent Corbo vor. Sie war klein und kräftig und hatte eine Stupsnase. Ihre schwarzen Haare waren straff zu einem Pferdeschwanz zurückgebunden. Sie würde Bennet in diesem Fall unterstützen.

Corbo setzte sich neben ihn auf das Sofa. Er rückte ein wenig zur Seite. Er befürchtete, sie könne ihm einen tröstenden Arm um die Schulter legen, sie kam ihm vor wie der Typ, der so was machte. Corbo stellte keine Fragen. Das Einzige, was sie tat, war nicken und mit den Händen über ihre Oberschenkel streichen, als würde sie versuchen, unsichtbare Flusen zu entfernen. Hoffentlich würde sie beim Anschauen der Videobilder entdecken, wie idiotisch das aussah.

Bennet stellte endlos weiter Fragen über Chris. Er wollte wissen, in welchem Auto Chris fuhr, was er angehabt hatte, ob Simon an seinem Gepäck oder seiner Kleidung etwas aufgefallen war, ob er zum Beispiel eine auffällige Armbanduhr getragen hatte oder anderen Schmuck. Er hatte das Gefühl, bei allen Antworten zu versagen und beteuerte, kein einziges Foto von Chris zu haben. Nach einer Stunde kam ein Zeichner, um ein Phantombild von ihm anfertigen zu lassen.

Fast drei Stunden saß Simon in dem fensterlosen kleinen Raum. Erst mit Bennet und Corbo und danach mit einem Karski vom Rettungsteam des Jasper National Park. Die ganze Zeit lief die Kamera mit.

Karski hatte sich zum Glück nur auf den Jungen konzentriert. Er wollte wissen, ob Simon irgendeine Idee hatte, welche Wanderung der Junge am Dienstagmorgen machen wollte. In einem Gebiet von über 10.000 Quadratkilometern konnten sie nicht ins Blaue hinein suchen. Er wollte auch wissen, ob der Junge etwas gesagt hatte, das in die Richtung eines Ziels wies, den Namen eines Gipfels oder eines Wandertrails. Simon konnte ihm nur erzählen, dass der Junge am liebsten so richtig in die Berge wollte, weg von allem. Und hoch nach oben. Karski nannte eine Reihe Gipfel und Trails, aber kein einziger Name kam ihm bekannt vor. Auf die Frage, ob der Junge etwas zurückgelassen hatte, einen Hinweis, eine Karte mit einem umkreisten Ort, etwas, was eine Richtung angab oder einen Anfangspunkt, hatte er geantwortet, dass er noch nicht danach gesucht hatte. Karski gab ihm seine Nummer. Bei jedem Hinweis, wie klein auch immer, sollte er anrufen.

Als er aufstand, um zurück ins Hotel zu gehen, war er fix und fertig. Er rief seine Schwester an, die außer sich vor Wut war, dass er drei Stunden nichts von sich hatte hören lassen.

»Ich konnte nicht anrufen«, erklärte er. »Ich war auf dem Polizeipräsidium. Sie machen sich auf die Suche nach ihm. Sie sagen, dass neunzig Prozent der Vermissten innerhalb von ein paar Tagen zurück sind. Meist liegt ein Missverständnis vor.« Er sagte es mit der größtmöglichen Überzeugung.

»Robbert und ich fliegen morgen«, sagte seine Schwester. »Kannst du in deinem Hotel ein Zimmer für uns reservieren?«

Er sagte nichts.

»Simon?«

»Ja, natürlich.«

* * *

In seinem Hotelzimmer durchsuchte er die Sachen des Jungen. Er kippte seinen Rucksack aus und legte alles auf das Schlafsofa. Es war nur Kleidung darin, hauptsächlich schmutzige. Er öffnete alle Schubladen und Schränke, schaute unter das Schlafsofa und in die Ritzen des Sessels, aber er fand nichts. Mit den Fingern tastete er über das obere Blatt des Notizblocks vom Hotel, auf der Suche nach durchgedrückter Schrift vom vorigen, abgerissenen Blatt. Er leerte den Inhalt des Papierkorbs im Spülbecken auf der Suche nach Zetteln, einem Hinweis. Aber er fand nur Abfall, Verpackung von Schokoriegeln, eine leere Chipstüte, in Papier gewickelte Kaugummis und Bierdosen.

Im Kopf ging er zurück zu den Gesprächen, die der Junge an den letzten beiden Abenden mit Chris geführt hatte. Aber die Wahrheit war, dass er nicht wusste, worüber sie gesprochen hatten, weil er nicht zugehört hatte, weil es ihn nicht interessierte.

Teil 3

Seine Schwester saß mit geröteten Augen auf dem Bettrand. Robbert stand mit dem Rücken zu ihr, die Hände in den Hosentaschen, und schaute nach draußen, über den fast verlassenen Hotelparkplatz. Keiner sagte etwas. Auch er nicht. Er ganz bestimmt nicht. Alles, was er sagte, wurde grundsätzlich falsch aufgefasst. Sein Ton war zu locker oder zu schwermütig, seine Bemerkungen waren nicht sensibel genug, seine Antworten zu ausweichend und seine Fragen zu direkt. Er hatte das Gefühl, zum ersten Mal auf Schlittschuhen auf dem Eis zu stehen, zum Ausrutschen verurteilt.

Hanne und Robbert waren am frühen Abend angekommen und gleich zum Polizeipräsidium gegangen, wo Bennet und Karski zwei Stunden lang mit ihnen gesprochen hatten. Inzwischen war der Junge seit fast zweiundsiebzig Stunden vermisst.

Robbert erzählte, dass Karski einen großen Bogen Papier an die Wand gehängt hatte, in der Mitte war ein Kreisdiagramm. All ihre Antworten führten zu einem Stichwort, das irgendwo in diesen Kreis geschrieben wurde. Es war eine Profiling-Methode, hatte Karski erklärt. Sie hatten endlos viele Fragen über seinen Charakter, seine Gewohnheiten, seine Schwächen beantworten müssen. War der Junge ein Optimist oder ein Pessimist, impulsiv oder bedächtig, wie war seine Kondition, trieb er Sport, war er ein Macher oder ein Denker. Bei ihren Antworten waren sie nicht immer einer Meinung gewesen.

»Ich glaube, ich brauche jetzt einen Schnaps«, sagte Robbert. Er drehte sich um und schaute zu Hanne. »Und du?«

Hanne sah ihn an, als wäre sein Vorschlag eine Todsünde.

»Was ist mit dir?«, fragte er Simon.

Simon versuchte, seine Schwester zu ergründen, die unwirsch wegschaute. »Ich weiß nicht«, sagte er.

Robbert ging an Hanne vorbei und nahm seine Jacke von der Garderobe. »Dann gehe ich eben allein.«

Als er die Tür öffnete, schwappte eine Welle kalter Luft ins Zimmer. Hanne verschränkte die Arme vor der Brust und klemmte die Fäuste unter ihre Achseln.

»Wegen mir brauchst du wirklich nicht hier zu bleiben«, sagte sie scharf. Er sagte nichts. Das kam ihm am sichersten vor. »Eigentlich ist mir lieber, du gehst mit Robbert. Ich bin müde. Ich will schlafen.«

»Okay«, sagte er.

Einen Moment später saß Simon zusammen mit Robbert an der Hotelbar. Sie tranken Whisky, der ihnen von dem beleibten Barmann angeboten wurde. Ging aufs Haus. Alle wussten natürlich längst, was los war. Robbert sprach kaum. Mit einer Hand umklammerte er sein Glas, als würde es Halt bieten, die andere hing locker in seinem Schoß, den Rücken hielt er leicht gebogen, wodurch sein Nacken wie ein geknackter Halm hervorragte.

»Habt ihr hier gesessen?«, fragte er.

Simon nickte und zeigte auf das Restaurant, wo sie vor vier Tagen an einem Tisch am Fenster gegessen hatten. Alles schien eine Ewigkeit her und er konnte sich kaum vorstellen, dass da noch alles gut gewesen war. Oder nicht gut, aber normal.

»War er hier glücklich?«, wollte Robbert wissen. Er trank sein Glas mit einem großen Schluck leer und bedeutete dem Barmann, die Gläser nochmal zu füllen. »Er war nicht besonders glücklich, weißt du. Bei uns, meine ich, bei uns zu Hause. Aber das hat Hanne dir bestimmt erzählt.«

Simon nickte vage, weil Hanne ihm in Wirklichkeit überhaupt nichts erzählt hatte.

»Es war nicht meine Idee. Dass er so weit weggehen sollte. Ich hatte an Spanien gedacht, oder Portugal oder so etwas.« Robbert wartete einen Moment. »Aber naja, da kannten wir halt niemanden.«

»Man kann sich überall verlaufen.«

Robbert schaute ihn überrascht an. »Glaubst du, er hat sich verlaufen?«

Simon hob die Schultern. »Vielleicht hat er den Zug genommen und liegt jetzt schnarchend irgendwo in einem Abteil, unterwegs nach Alaska.«

Robbert führte sein Glas zum Mund, aber bevor er einen Schluck nahm, blieb seine Hand in der Luft hängen. »Kontrollieren sie die Züge? Danach habe ich überhaupt nicht gefragt, ob sie die Züge kontrollieren.« Er setzte sein Glas ab und wollte aufstehen »Ich muss diesen Bennet anrufen. Ich muss wissen, ob sie die Züge …«

Simon legte ihm eine Hand auf den Arm. »Daran haben sie ganz sicher gedacht.«

»Meinst du?«

»Natürlich.«

Robbert setzte sich wieder und schaute vor sich hin. »Möchtest du was essen?«, fragte er. »Ich muss was essen. Hanne isst nichts, aber ich wohl, ich muss, ich kann nicht ohne Essen, Hanne wohl, Hanne kann tagelang ohne, dürr wie ein Besenstiel und trotzdem tagelang nicht essen können. Verstehst du das?« Robbert schlug sich auf seinen stattlichen Bauch. »Man sollte meinen, ich hätte genügend

Reserven und könnte durchaus mal einen Tag ohne, aber gib mir ein einziges Mal keine Mahlzeit und ich vergehe vor Hunger. Was nur abermals beweist, dass wir Menschen die misslungenste Tierart sind. Ich sah letztens eine Dokumentation, und da …«

Robbert beendete seinen Satz nicht, sondern fing heftig an zu schluchzen, mit langen Schluchzern, als würde jemand Luftstöße aus einem Luftballon entweichen lassen. Sein Kopf war noch weiter nach vorn geknickt, beide Arme lagen flach vor ihm auf der Bar. Simon wusste nicht, was er tun sollte und schaute zu dem Barmann, der sich diskret abgewandt hatte. Ansonsten war niemand in der Lounge. Mit einer Hand klopfte er sanft auf Robberts Schulter.

»Es ist okay, Mann, es ist okay.«

* * *

Simon wachte vom Telefonklingeln auf. Es war Bennet. Ob er noch kurz aufs Präsidium kommen könnte. Es gäbe da noch ein paar Fragen. Er schaute auf seine Uhr. Es war halb neun.

»Jetzt?«

»Ja, jetzt«, sagte Bennet. »Oder haben Sie was anderes vor?«

»Nein«, antwortete Simon. »Nichts anderes vor heute.«

Nichts anderes vor, außer wieder einen Tag voller Spannung abwarten, ob jemand sich dem Jungen irgendwo einen Schritt näherte.

Um neun Uhr saß er auf dem Polizeipräsidium in dem Vernehmungsraum ohne Fenster. Er hatte noch nicht gefrühstückt. Bennet setzte sich ihm gegenüber und beugte sich über einen Ordner mit Notizen, und Corbo holte gerade Kaffee. Simon zeigte auf die Kamera.

»Läuft die?«, fragte er.

»Immer«, murmelte Bennet, während er ein paar zusammengetackerte Seiten aus dem Ordner zog. Er klappte den Ordner zu und legte ihn neben sich aufs Sofa. Corbo kam mit dem Kaffee herein.

»Das ist das Protokoll Ihrer Vermisstenanzeige.« Bennet tippte auf den Papierstapel in seiner Hand. Corbo reichte erst Bennet und dann Simon einen Kaffee, zog zwei Zuckertütchen aus ihrer Hosentasche und legte sie auf den Tisch vor ihnen. Selbst trank sie Tee oder etwas anderes Wässriges. Simon fragte sich, wie alt Corbo wohl sein mochte. Sie hatte die Art Gesicht, die sowohl von einer Endzwanzigerin als auch einer Anfang-Vierzigerin sein konnte. Keine Falten auf der Stirn, aber kleine Krähenfüßchen um die Augen, eine glatte Haut, aber mit Spuren von Pickeln am Kinn. Kleine dunkelrote Stellen, an denen man sehen konnte, dass sie daran gekratzt hatte.

»Es gibt da ein paar Sachen, die ich nicht begreife«, sagte Bennet.

Simon spürte, wie in seinem Kopf ein leichter Schleier entstand, wie aufziehender Nebel, der versuchte, sein Denken zu bedecken. Die erste Phase einer Panikattacke. Er wollte sich aufrecht hinsetzen, hatte aber Angst, das könnte auf dem Video verdächtig aussehen. Er blieb an die Sofalehne geklebt sitzen, den Kaffeebecher in der Hand. Er wünschte, er hätte ein Löffelchen, um in seinem Kaffee zu rühren, damit er seine Unruhe verhüllen könnte, aber er trank ihn schwarz und ohne Zucker.

»Ich höre«, sagte er lediglich.

Seine Stimme klang zu gelassen. Bennet schaute ihn prüfend an.

»Sie sagten, Sie hätten Ihren Neffen zuletzt am Montagabend gegen neun Uhr gesehen.«

»Stimmt.«

»Was habt ihr davor gemacht?«

Simon sah Bennet ein paar Sekunden an, ohne etwas zu sagen.

»Sie wissen aber schon noch, was Sie an diesem Abend gemacht haben?«

»Wir waren essen.«

Bennet nickte. »Genau. Bei dem Italiener in der Patricia Street. Casa Romana.«

»Wenn Sie es sagen.«

»Sie wissen nicht mehr, dass Sie Montagabend im Casa Romana gegessen haben?«

»Ich wusste nicht, dass dieses Restaurant so heißt.«

»Aha, aber Sie wissen schon noch, dass Sie Montagabend in einem italienischen Restaurant in der Patricia Street essen waren?«

»Ja, natürlich.«

»Und Sie waren in Gesellschaft eines anderen Mannes und eines anderen Jungen.«

»Ja.«

»Ich nehme an, dass das Chris und sein Sohn Quinn waren.«

»Ja.«

»Gut, dann sind wir soweit ja ganz einer Meinung.«

Wieder überkam Simon dieses unbehagliche Gefühl. Wohin führte dieses Gespräch? Was wollten sie von ihm wissen?

»Wir haben mit dem Besitzer des Casa Romana gesprochen, und er hat uns erzählt, dass Sie das Restaurant im Streit verlassen haben.«

Simon seufzte und schüttelte den Kopf.

»Nicht?«, fragte Bennet.

»Doch«, sagte er.

»Könnten Sie uns bitte genau erzählen, was an diesem Abend vorgefallen ist? Ab dem Moment, da der Streit entstand, bis zu dem Moment, da Ihr Neffe das Hotelzimmer an diesem Abend verlassen hat.«

Simon verschränkte die Arme vor der Brust, aber durch die Schmerzen an seinen Rippen musste er sie sofort wieder sinken lassen. Er schwieg. Was um Himmels willen sollte er Bennet erzählen? Er dachte an den Streit mit Chris im Restaurant zurück. Anfangs war es ein kindischer Streit gewesen. So ein Streit, den er früher oft auf dem Spielplatz gesehen hatte. Ein Junge nahm einem anderen eine Murmel weg, um zu sehen, was der dann machte. Oder ein Spielzeugauto oder einen Kreisel oder Aufkleber, die man sammelte, oder Flaggennadeln mit den Fahnen aller Länder der Welt. Der andere hatte nur zwei Möglichkeiten, es sich zurückholen oder akzeptieren, und je nach Wahl hatte er gewonnen oder verloren. Gleichstand gab es nicht. Es war ein Spiel, das Ruud oft mit ihm gespielt hatte.

Simon fragte sich, wer an diesem Abend eigentlich angefangen hatte, was war die erste Provokation gewesen? Chris' Bemerkung über Ruuds Erfolg? Das war etwas, das ihn normalerweise kalt ließ. Wieder schüttelte er den Kopf. Am liebsten wollte er den ganzen Abend vergessen, statt zu versuchen, sich an jedes Detail zu erinnern.

»Worum ging es in dem Streit, wenn ich fragen darf?« Bennet klang ruhig, nicht unfreundlich und sicherlich nicht beschuldigend. Corbo hielt einen Schreibblock auf dem Schoß, in den sie ab und zu etwas schrieb.

»Warum machen Sie eigentlich Notizen?«, fragte er.

»Wie meinen Sie das?«, sagte Bennet.

»Wenn ihr eh alles aufnehmt, warum macht ihr dann noch Notizen?«

»Ist das wichtig?«, fragte Bennet.

Simon schüttelte den Kopf.

»Ich fragte es mich einfach.«

Corbo rieb träge mit den Handinnenflächen über ihre Knie. Genauso, wie sie das fast ununterbrochen während des vorigen Gesprächs getan hatte.

»Erzählen Sie uns jetzt noch etwas über diesen Abend?«

»Wir gerieten in einen Wortwechsel, ich weiß nicht mehr worüber. Ich sagte etwas, das Chris aufbrachte, und da warf er einen Löffel mit Eis durch das Restaurant, und das landete auf dem Kleid einer Dame. Chris ist wütend weggelaufen, ich habe mich bei dem Ober und der Dame entschuldigt, und dann mussten wir das Restaurant plötzlich verlassen.« Er schwieg eine Weile. »Nachdem ich die Rechnung bezahlen musste, natürlich.«

»Und Daan ist mit Ihnen mitgegangen?«

»Ja. Und Quinn auch.«

»War Daan wütend auf Sie?«

Simon sah Bennet erstaunt an.

»Oder waren Sie wütend auf Daan?«

»Nein, natürlich nicht.«

»Keine angespannte Stimmung?«

Simon seufzte. »Mir ist schon klar, dass ich nicht der ideale Onkel bin. Ich bin nicht jovial, ich habe keine starken Geschichten, ich kann nicht mit in die Berge wegen meines Beins.«

»Was ist mit Ihrem Bein?«

Simon seufzte tiefer, und spürte den Schmerz wieder in seinen Rippen. »Was glauben Sie?«, fragte er bissig.

»Ich weiß nicht, was mit Ihrem Bein ist«, erwiderte Bennet.

»Nein, was glauben Sie, ist passiert? Offensichtlich suchen Sie nach etwas. Wollen Sie wissen, ob ich etwas falsch gemacht habe? Ob ich dem Jungen etwas angetan habe? Ist es das, was Sie wissen wollen? Wenn es das nämlich ist, kann ich Ihnen wahrlich erzählen, dass der Junge derjenige war, der aggressiv war. Er hat getreten, nicht ich. Ich habe ihn mit keinem Finger angerührt. Mit keinem Finger.«

»Warum nennen Sie seinen Namen nie?«, fragte Corbo plötzlich. »Es fällt mir auf, dass Sie seinen Namen nie sagen. Sie reden immer von ›dem Jungen‹. Dabei heißt er Daan.«

»Ich weiß, wie er heißt.«

»Und warum sprechen Sie seinen Namen dann nie aus?«

Er zuckte die Schultern. Corbo schrieb etwas in ihren Notizblock. Bennet beugte sich vor und schaute ihn eindringlich an.

»Wir bekommen den Eindruck, dass Sie etwas verschweigen.«

Simon beugte sich auch vor, stellte seinen Kaffee auf das Tischchen vor sich, wartete kurz und sagte dann höhnisch: »Ach ja?«

»Ja«, sagte Bennet.

»Sie denken, ich hätte dem Jungen etwas angetan? Dass ich ihn ermordet habe oder so etwas und dann seinen Körper versteckt habe und jetzt ein Spiel spiele, als wäre er vermisst?«

»Haben Sie das getan?«

»Nein, natürlich nicht!« Simon stand auf. »Was für ein Blödsinn! Sie können den Jungen nicht finden und versuchen, mir die Schuld in die Schuhe zu schieben.«

»Daan«, sagte Corbo.

»Daan, ja, Daan. Ich weiß, wie der Junge heißt, und dieses ganze Theater hier ist ekelerregend und unappetitlich und …« Er suchte nach mehr Wörtern, um die Sachlage zu umschreiben, nach besseren Wörtern, aber ihm fiel kein einziges ein. Er nahm seine Jacke und ging zur Tür.

»Wir sind noch nicht fertig«, sagte Bennet.

»Ich schon«, erwiderte Simon und warf einen kurzen Blick auf die Kamera über ihm. Wieder hatte er die Neigung, den Mittelfinger zu heben, aber er beherrschte sich.

»Wir machen einfach unsere Arbeit«, sagte Bennet.

»Würdet ihr das nur tun«, sagte Simon. »Dann hättet ihr ihn vielleicht schon gefunden.« Er öffnete die Tür zum Wartezimmer und schaute direkt in das Gesicht einer jungen Frau, die auf einem der Plastikstühle wartete. Auf ihrem Schoß saß ein graubraun gefleckter Welpe. Eine rote Hundeleine hing neben ihren Beinen, der Griff lag auf dem Fußboden. Die junge Frau streichelte den Welpen, während sie Simon genau ins Gesicht schaute. Auch der Welpe schaute ihn an. Ein paar Sekunden blieb er stehen, während er abwechselnd zu der Frau und dem Hund sah. Es fiel ihm auf, dass sie beide die gleichen blauen Augen hatten. Die Frau nickte ihm zu, aber er nickte nicht zurück. Im Hintergrund hörte er, wie Bennet seinen Namen rief.

Simon reagierte nicht, sondern zog seine Jacke an und ging nach draußen. Eine blasse Sonne schien ihm ins Gesicht. Der Sportpark vor ihm lag verlassen da. Genau wie die Straßen, durch die er kurze Zeit später Richtung Snowdome fuhr. Simon fragte sich, wie lange er noch in diesem gottverlassenen Kaff bleiben musste. Er wollte nach Hause, in seine eigene Wohnung, seine eigene Umgebung. Er hatte sogar wieder Lust, zu seiner eintönigen Arbeit in der Dreherei zu gehen. Er wollte, dass das alles vorbei wäre, oder noch besser, dass nichts von alldem jemals angefangen hätte.

Simon betrachtete die Leute, die die Treppe zum Snowdome herunterstiegen. Nur wenige trugen eine Tasche voller Wäsche, die meisten kamen, um Kaffee zu holen. Selbst saß er an einem Tisch am Fenster, eine Tasse Kaffee und einen Blaubeermuffin vor sich. Zwei Tische weiter hockte ein Fahrer von Brewster und las ein Buch. Simon erkannte das Logo der Busgesellschaft auf seinem dunkelblauen Spencer. Er trug eine dazu passende dunkelblaue Baseballkappe, unter der sein halblanges blondes Haar strähnig hervorlugte. Er fragte sich, was die echten Ambitionen des Fahrers irgendwann mal gewesen waren, oder welches Leben er sich mit diesem Job ermöglichte. Ihm war schon vor Jahren aufgefallen, wie viele Menschen in Kanada etwas ganz anderes machten als das, wofür sie ausgebildet worden waren oder wovon sie einst geträumt hatten. Vielleicht lag es daran, dass die meisten Leute Immigrantenblut in sich hatten und von klein auf gelernt hatten, dass sich den Umständen anzupassen, den größten Erfolg versprach. Noch nie hatte Simon jemanden über seine Rechte reden hören. Man hielt die Klappe und arbeitete, und wenn es einem nicht gefiel, gab es sicherlich einen anderen, der deine Arbeit übernehmen konnte. Das war ihm hier beigebracht worden. Kriechend vorwärts. Er musste an einen der alten Informationsfilme denken, die er gesehen hatte, bevor er nach Kanada ging. Der handelte von einer Bauernfamilie aus den Niederlanden, die in den fünfziger Jahren die Fahrt über den großen Teich nach Kanada gewagt hatte. Sie zeigten, als wie schwierig sich das Leben im gelobten Land letztendlich entpuppte, in Holzhäusern ohne Strom und fließendes Wasser, die sich im Winter nicht heizen ließen und in denen man im Sommer vor Hitze verging.

Wie viele Träume waren in diesem Land wohl zerbrochen? Und wie viele Menschen trauten sich, das ehrlich zuzugeben?

Simon konnte sich nicht daran erinnern, mit Träumen hergekommen zu sein. Er wollte einfach weg von zu Hause, weit weg. Noch nie hatte ihn jemand in Kanada besucht. Weder in Vancouver noch in Calgary. Hanne war jetzt die erste, und es war klar, dass sie nicht seinetwegen gekommen war. Er nahm es ihr nicht übel. Er war schließlich derjenige gewesen, der geflüchtet war. Dann durfte man sich nicht beklagen, wenn keiner einem folgte.

Sein Handy vibrierte. Auf dem aufleuchtenden Display erschien eine ihm unbekannte Telefonnummer. Aus Angst, es könne Bennet sein, ging er nicht ran. Er wusste nicht, welche idiotische Theorie sie da austesteten, aber er hatte jedenfalls keine Lust, daran mitzuwirken. Er wartete, bis das Handy verstummte. Kurze Zeit später wurde er von derselben Nummer angerufen und wieder ging er nicht ran. Erst beim dritten Mal wurde eine Nachricht eingesprochen. Er hörte sie sich an; sie stammte von Hanne. Sie rief vom Hotel aus an, um zu fragen, wo er war. »Wir müssen reden, Simon«, sagte sie.

Eine halbe Stunde später saß sie mit einem Cappuccino und einem großen Stück Möhrenkuchen neben ihm. Es war das erste Mal seit ihrer Ankunft, dass er sie etwas essen sah. Schnell zeigte sich, dass sie über Robbert reden wollte. In der vergangenen Nacht hatte er sich betrunken neben sie ins Bett fallen lassen, und am nächsten Morgen wollte er über nichts reden. Sie war außer sich vor Wut. Hanne fragte ihn, ob er wusste, was in Robbert vorgeht. Oder was er von Robberts Auftreten hielt.

Simon sah wieder vor sich, wie Robbert schluchzend an der Bar gesessen hatte. Dieser große Körper, der vom

Weinen geschüttelt wurde – es schien endlos zu dauern – und danach minutenlang kraftlos über der Theke gehangen hatte. Simon vermutete, dass Hanne ihn noch nie so gesehen hatte. Robbert war kein Gefühlsmensch. Hanne zufolge kam das, weil er innere Rollläden besaß, die bei der kleinsten Spur eines Gefühls automatisch herunterratterten. Es ärgerte sie, und mit den Jahren ärgerte es sie immer mehr. Wie fast alle Frauen mittleren Alters sich mehr und mehr über ihre Männer ärgerten. Das war Simon schon oft genug aufgefallen. Wahrscheinlich, weil die Männer in all den Jahren immer gleichgeblieben waren, während ihre Frauen wollten, dass sie sich mitbewegten. Nur Gott weiß, wohin. Es schien, als wären Frauen immer damit zugange, aus ihren Männern eine Fassung zu machen, die ihre eigenen Mängel besser verhüllte.

Hanne schabte dünne Scheiben von ihrem Möhrenkuchen, während sie sich über Robbert beklagte. Es sah aus, als hätte sie den Kuchen am liebsten mit einem Käsehobel gegessen. Als würde jeder Minibissen ihr sowohl die Gelegenheit als auch die Entschuldigung dafür bieten, weiterzureden. Simon schaute sie an. Er sah, dass ihre einst widerspenstigen roten Locken grau wurden und die Tränensäcke unter ihren Augen nicht nur von den Tränen herrührten. Wir tauschen uns selbst immer wieder gegen ein älteres Exemplar aus, dachte er. Inzwischen redete Hanne immer weiter. Er begriff nicht, warum sie sich so über Probleme aufregte, die es schon seit Jahren gab.

»Hörst du mir überhaupt zu?«, fragte Hanne.

»Natürlich höre ich dir zu«, sagte er.

Er sah, dass sie ihren Möhrenkuchen erst bis zur Hälfte aufgegessen hatte, und befürchtete, sie würde ihn stundenlang zutexten.

»Noch Kaffee?«, fragte sie.

Er schüttelte den Kopf. Hanne nahm einen größeren Bissen von ihrem Kuchen. Einen Moment lang war es still.

»Sie haben gefragt, ob er Drogen nimmt.«

»Wer? Robbert?«

»Nein, Daan natürlich.« Hanne sah ihn an. »Hat er bei dir Drogen genommen?«

Die Frage überfiel Simon. »Bei mir? Fragst du, ob er bei mir Drogen genommen hat? Er hat verdammt noch mal bei euch Drogen genommen.« Er sagte es laut. Der Busfahrer am anderen Tisch schaute sich kurz zu ihm um.

Hanne wandte ihr Gesicht ab. »Hat er es dir erzählt?«

»Nein«, sagte Simon, »ich habe es von jemand anderem hören müssen, von jemandem, den er kaum kannte.«

»Das tut mir leid«, sagte Hanne. »Ich hätte es dir sagen sollen.« Sie umklammerte ihren leeren Kaffeebecher. »Aber ich hatte Angst, dass er dann nicht mehr zu dir kommen dürfte.« Sie wartete auf seine Reaktion, aber Simon sagte nichts. »Er war von den Drogen weg, als er zu dir kam.«

»Das können wir nur hoffen«, sagte er.

»Er hat geschworen, dass er davon weg war.«

»Jungen in diesem Alter können ihre Eltern ganz gut belügen.«

Hanne biss auf ihren Daumennagel.

»Du hast ihnen aber hoffentlich erzählt, dass er von diesem Zeug abhängig war?«

Sie schüttelte den Kopf. Simon knurrte missbilligend. »Und in der Zwischenzeit tut dieser Bennet, als hätte ich etwas damit zu tun.«

»Du? Wieso?«

»Ach, nichts. Sie probieren einfach eine vage Theorie aus.«

»Was um Himmels willen meinst du damit?«

»Nichts, habe ich doch gesagt.«

»Du hast doch nichts getan?«

»Nein, natürlich nicht. Mensch, Hanne, du glaubst doch nicht etwa, dass ich auch nur das Geringste mit seinem Verschwinden zu tun habe? Ich habe den Jungen ins Schlepptau genommen, ich bin mit ihm in die Rockys gegangen, weil er das so gern wollte, nicht ich, ich wollte das überhaupt nicht, und jetzt ist er verdammt noch mal weg, und ich habe keine Ahnung warum und wohin und …« Zum ersten Mal spürte er Tränen hinter seinen Augenlidern. Mit Daumen und Zeigefinger drückte er gegen seine Augen, um sie zu bezwingen.

Hanne legte ihm die Hand auf den Arm. Er starrte darauf, als wäre sie ein seltsamer Gegenstand, dessen Funktion er herauszufinden versuchte. Der Brewster-Busfahrer stand auf. Ein Teelöffel fiel auf den Boden. Der Mann bückte sich, um ihn aufzuheben und sah Simon entschuldigend an, als wäre er sich bewusst, dass er ein intimes Gespräch störte.

»Wollen wir gehen?«, fragte Simon. »Ich will hier gern weg.«

Er stand auf, ohne ihre Antwort abzuwarten, und ein stechender Schmerz durchzuckte sein Bein. Sein Atem stockte und er musste ein paar Sekunden warten, bevor er vorsichtig einen Schritt machen konnte. Hanne kramte in ihrer Handtasche und merkte nichts. Auf der Treppe nach oben zog er sich hoch, um das linke Bein möglichst stark zu entlasten.

»Wohin gehst du?«, fragte Hanne.

Er zuckte die Achseln. »Keine Ahnung«, sagte er.

»Sollen wir zusammen ein wenig rumfahren? Man kann ja nie wissen.«

Er nickte. Was konnten sie sonst tun, um das verzehrende Warten erträglicher zu machen. Hoffen, dass sie irgendwo ein Zeichen des Jungen auflesen würden. Heute war der letzte Tag, an dem der Naturparkaufseher mit einem Hubschrauber über die Umgebung flog, in der Hoffnung, etwas zu finden, eine ungewöhnliche Spur, eine verlorene Jacke oder Tasche, die Reste eines Feuers. Alle Stellen, an denen sich Leute in der Vergangenheit verlaufen hatten, waren aus der Luft abgesucht worden. Sie hatten zu wenige Hinweise für eine größere Suche. So lautete das feste Protokoll, hatte Karski ihnen erklärt. Das Gebiet war zu groß und der Hubschraubereinsatz zu teuer.

Mit einem Klack öffnete Simon die Autotüren. Als er das Auto startete, sprang das Radio an. Es gab gerade Lokalnachrichten. Sie hörten die Meldung über den vermissten niederländischen Jungen Daan van der Velde. Eine Telefonnummer wurde genannt, die Leute anrufen sollten, wenn sie Tipps hatten. Danach kündigte der Nachrichtensprecher den Wetterbericht an, und sie hörten, dass gegen Ende der Woche Schnee erwartet wurde. Simon sah, wie Hanne neben ihm erstarrte. Sie sagten nichts. Zum ersten Mal hatte er Angst, dass dem Jungen vielleicht doch etwas passiert sein könnte. Er schüttelte den Kopf, um die Bilder dessen, was alles schiefgehen konnte, nicht reinzulassen. Solange sie nichts wussten, gab es eine reelle Chance, dass der Junge einfach so wieder auftauchte. Sich an der Wirklichkeit festhalten, nicht an einer Möglichkeit.

* * *

Medicine Lake war einer der Orte, die auf der Liste des Jungen gestanden hatten. Der Himmel war in allen Grautönen bewölkt und das verdorrte Gras hob sich ockerfarben gegen die großen Felsbrocken ab, die am Ufer des Sees lagen, als hätte sie jemand dort ausgestreut.

Hanne stieg aus und ging zum Ufer. Ihre Arme umklammerten ihren Oberkörper, als würde sie sich selbst festhalten. Sie schaute vor sich hin. Simon lehnte an der Autotür, einen Arm flach auf dem Dach. Um ihn herum nur felsige Gletscher mit ab und zu etwas Schnee, der aussah, als wäre er wie eine Soße über die Gipfel gekleckst worden. Er versuchte sich vorzustellen, dass der Junge dort irgendwo von einem sicheren Ort aus zu ihnen schaute. Wie ein *local*, der wusste, wo er sich verstecken konnte. Ein kleiner Fischreiher glitt über den See und landete nicht weit von ihnen. Mit gebogenem Hals durchwatete der Vogel das seichte Wasser auf der Suche nach etwas Essbarem. Seine behutsamen Schritte erzeugten ein leises Plätschern. Ansonsten war es still. Hanne stand mit dem Rücken zu Simon und schien den Reiher nicht wahrzunehmen. Er sah ihren zuckenden Rücken. Weinte sie? Sie stand gekrümmt da, die Schultern hochgezogen, das Gesicht zum Boden gewandt, die Hände tief in die Jackentaschen geschoben.

Simon ging nicht zu ihr. Was in aller Welt konnte er ihr sagen? Dass alles gut würde? Inzwischen wurde schon seit fast drei Tagen nach dem Jungen gesucht, drei Tage, in denen alles Mögliche unternommen worden war. Ehrenamtliche Helfer hatten in Gruppen die beliebtesten Wanderwege abgelaufen, Spürhunde versucht, die Fährte des Jungen vom Hotel aus aufzunehmen. Sie waren nicht weitergekommen als bis zum Zentrum von Jasper. Ein Hubschrauber kreiste schon seit ein paar Tagen über den Bergen, auf der Suche nach einem Zeichen des Jungen oder nach einer Veränderung in der Landschaft; abgelöste Felsbrocken, Spuren einer Lawine, umgefallene Bäume.

Aber sie hatten noch nichts gefunden. Simon musste an das Poster mit den Vermissten im Polizeipräsidium denken. Keiner von ihnen war jemals wiedergefunden worden. Inzwischen stand das Foto des Jungen in allen Polizeipräsidien des Landes oben auf der Liste. Es würde nicht lange dauern, und andere rückten an diesen Platz.

Noch immer zuckte Hannes Rücken. Simon hörte ihre stockenden und keuchenden Atemzüge und ihr unterdrücktes Schluchzen.

»Unsere gesamte Familie ist verflucht!«, rief Hanne. Sie drehte sich um und sah ihn wütend an. Sie machte eine Wegwerf-Geste. »Warum habt ihr alle Streit?«, rief sie ihm zu.

»Wen meinst du mit alle?«

»Papa und Onkel Gerard, du und Ruud. Daan und Jurre!«

Hanne trat gegen einen Stein. Simon hatte nicht die geringste Ahnung, was sie meinte.

»Das ist der einzige Grund, warum ich ihn zu dir geschickt habe. Um zu verhindern, dass er und Jurre genauso werden wie ihr. Mit euren idiotischen Streitereien und Fehden und eurer Dickköpfigkeit.«

»Ich habe keinen Streit mit Ruud.«

Hanne lachte spöttisch. »Nein, ihr habt wirklich ein richtig gutes Verhältnis. Einmal im Jahr anrufen, sich zehn Jahre lang nicht sehen.«

»Wir haben uns vor fünf Jahren noch gesehen.«

»Ach ja, entschuldige bitte, Papas Geburtstag, das war tatsächlich erst vor Kurzem.«

Sie lief kleine Runden hinter dem Auto.

»Es ist alles meine Schuld. Ich hätte ihn nie herschicken sollen. Ich hätte ihn nie herschicken sollen. Alles ist meine Schuld.«

Er ging zu ihr und fasste sie an den Schultern. Sie versuchte, ihn wegzuschlagen, aber er ließ nicht los, zog sie an sich und schlang seine Arme fest um sie, sodass sie sich nicht rühren konnte. Sie wehrte sich immer weniger, bis sie endlich aufgab und laut anfing zu schluchzen. Ihre Nase drückte gegen seine Jacke.

»Sorry«, sagte sie plötzlich mit dumpf klingender Stimme. »Ich mach deine ganze Jacke dreckig.«

»Das ist egal.«

Sie schaute ihn kurz an und ließ den Kopf dann wieder gegen seine Schulter fallen. Er streichelte sanft über ihren Rücken.

»Alles wird wieder gut«, sagte er.

»Das weißt du nicht«, sagt Hanne.

»Aber das müssen wir glauben.«

Er spürte Hannes Nicken. Er hoffte sehnlichst, dass er Recht haben würde, obwohl positiv denken nicht gerade seiner ersten Natur entsprach. Er hatte sich immer gerne einen Realisten genannt, aber nun fürchtete er das Ergebnis dieser Haltung. Realisten sind Pessimisten, hatte sein Onkel Gerard immer gesagt. Optimisten sind Träumer, war grundsätzlich die Gegenrede seines Vaters.

»Glaubst du wirklich, dass er zurückkommt?«, fragte Hanne, als sie wieder im Auto saßen. Der graue Himmel über dem See konnte sich jeden Moment öffnen.

»Natürlich kommt er zurück«, sagte Simon. Er durchwühlte das Handschuhfach nach einer angebrochenen Tüte Maltesers-Kugeln und gab sie seiner Schwester. Sie nahm sie wortlos an und warf sich schweigend eine nach der anderen ein. Er hörte, wie die Schokohülle zwischen ihren Zähnen zerbrach.

Nicht weit von ihnen entfernt hielt ein Auto an. Ein junges Paar stieg aus. Sie öffneten den Kofferraum, um ihre Bergstiefel herauszuholen. Auf dem Rand sitzend tauschten sie ihr Schuhwerk aus. Danach schulterten sie beide jeweils einen kleinen Rucksack und schraubten ihre Wanderstöcke auf die richtige Höhe. Als sie Simon entdeckten, hoben sie die Hand, als wäre er ein Bekannter, und zogen los. Hanne wollte sich noch eine Maltesers-Kugel in den Mund schieben, überlegte es sich dann aber plötzlich anders. Sie öffnete die Autotür und rannte den beiden Wanderern hinterher. Simon sah, wie sie sie ansprach und ein zusammengefaltetes Blatt aus ihrer Jackentasche zog. Es war der Flyer, den sie am ersten Tag auf Robberts Laptop gemacht hatten, mit einem Foto des Jungen und den Angaben über sein Vermisstsein. Überall hatten sie die Zettel hingelegt und aufgehängt. Bennet hatte gesagt, dass jede Kleinigkeit helfen könnte, wollte ihnen aber auch keine falschen Hoffnungen machen. Die meisten Vermissten wurden nicht von zufälligen Passanten gefunden, sondern durch ausgeklügelte Strategien der Naturparkaufseher. Sie hatten sogar ein Handbuch dafür. Manchmal kamen auch Leute mit dem Ziel zu verschwinden nach Jasper, hatte Karski während ihres ersten Gesprächs fallen lassen. Er machte eine Selbstmordgebärde dazu. Die Berge hatten auch eine unerwünschte Anziehungskraft. Simon hatte die Bemerkung befremdlich gefunden, als wäre der Junge losgezogen, um sich etwas anzutun.

Simon sah, dass die Wanderer Hanne herzlich umarmten. Sie nahm die Umarmung zurückhaltend in Empfang, den Unterleib weit zurückgebeugt, um die beiden nicht zu innig berühren zu müssen. Die Wanderer gingen weiter, ihre Wanderstöcke klopften auf das felsige Ufer.

* * *

Mit einem Kissen unter dem linken Fuß lag Simon im Bett und versuchte, die schmerzhaften Stiche in seinem Schienbein zu besänftigen. Es wurde immer schwieriger, den Ernst seiner Verletzung vor seiner Schwester zu verbergen, die an diesem Morgen schon zwei Mal eine Bemerkung gemacht hatte. Er schaute zwischen den braungestreiften Vorhängen nach draußen. Das Tannengrün hob sich dunkel gegen einen graublauen Himmel ab, aus dem die Sonne sich zurückzog. Es war still, keine zuschlagenden Türen in den Nachbarzimmern. Keine Fernsehgeräusche, die über die Lüftungsroste zu ihm drangen.

Simon dachte über das nach, was seine Schwester an diesem Morgen über all die Streitereien in ihrer Familie gesagt hatte, bereits seit Generationen. Er wusste, dass sein Vater und sein Onkel sich seit Jahrzehnten nicht gesehen oder gesprochen hatten. Und Ruud und er hatten natürlich auch kein inniges Verhältnis. Aber über seinen Opa Ale und dessen Bruder wusste er nicht viel. Sein Großvater war gestorben, bevor er geboren wurde. Im Alter von neunundfünfzig Jahren, an einem Herzinfarkt. Es kam ihm höchst unwahrscheinlich vor, dass hier ein Familienmuster vorliegen sollte, wie seine Schwester suggerierte, oder noch schlimmer: ein Fluch. Typisch Frauen, dachte er, Probleme größer machen, als sie sind. Vorsichtig drehte er sich auf die Seite, die einzige Haltung, in der er einschlafen konnte.

Fast war er eingenickt, als sein Handy klingelte. Es war Bennet. Wanderer hatten eine Mütze gefunden. Ob er zum Präsidium kommen könne, um zu identifizieren, ob die Mütze dem Jungen gehörte. Simon fand es eine merkwürdige Wortwahl. Bennet bat ihn, seiner Schwester nichts zu sagen, er wollte keine falschen Hoffnungen wecken.

Etwas nach vier Uhr fuhr Simon zum zweiten Mal an diesem Tag mit dem Auto auf den Parkplatz des Polizeipräsidiums. Das Gelände war leer, das Präsidium offiziell geschlossen. Er klingelte. Drinnen waren noch viele Leute bei der Arbeit, auch Corbo war noch da. Sie nickte ihm zu.

Simon blieb am Schalter stehen. Im Glas spiegelten sich die Neonröhren. Ein älterer Polizist mit einem grauen getrimmten Bärtchen hämmerte mit zwei Fingern auf die Tastatur, als hätte er eine altmodische Schreibmaschine vor sich. Simon fragte sich, ob alle mit dem Verschwinden des Jungen beschäftigt waren. Er konnte sich kaum vorstellen, dass sich in diesem Moment jemand über einen Ladendiebstahl oder ein Knöllchen für Falschparken beugte.

Bennet trat mit einer durchsichtigen Plastiktüte an den Schalter. Er zeigte auf die Tür zum Vernehmungsraum, in dem sie schon morgens gesessen hatten. Widerwillig ging Simon hinein und setzte sich erneut auf das Sofa, die Beine von sich gestreckt. Als wäre er hier zu Hause. Bennet nahm ihm gegenüber Platz und legte die Plastiktüte auf den Tisch zwischen ihnen. Ein Formular war darin, und etwas Wolliges.

»Wir waren heute Morgen noch nicht ganz fertig mit unserem Gespräch«, sagte Bennet.

»Ich dachte, ich sollte wegen der Mütze herkommen.«

»Unter anderem, ja.«

»Wollen wir dann mal damit anfangen?«, schlug Simon vor. Er schaute zu der Plastiktüte.

Bennet zögerte, zog dann aber Latexhandschuhe an und öffnete die Plastiktüte. Eine dunkelblaue Strickmütze kam zum Vorschein. Sofort erkannte Simon die lächerlichen Kordeln an den Ohrenklappen, mit denen er den Jungen aufgezogen hatte. Er fragte, wo die Mütze gefunden worden war. Bennet zeigte ihm ein Foto eines roten Holzstuhls inmitten einer Berglandschaft. Die Mütze war unter diesem Stuhl gefunden worden. Zwei Mal fragte Bennet, ob er sich sicher war, dass die Mütze dem Jungen gehörte. Simon hatte beim ersten Mal genickt, musste aber beim zweiten Mal auch laut und deutlich »Ja« sagen. »Ja«, sagte er und schaute zu der Kamera.

»Wären wir dann fertig?«, fragte Simon und wollte aufstehen. Aber Bennet bedeutete ihm, noch sitzen zu bleiben. Da war noch etwas. Er griff nach der Mütze und zog unter dem Strickbund ein kleines Plastiktütchen hervor. Gras. Simon erkannte es sofort.

»Wissen Sie, was das ist?«, fragte Bennet.

»Nein«, sagte er.

»Das ist Marihuana.« Bennet wedelte mit dem Tütchen, als hätte er soeben den größten Drogenfang seiner Karriere getätigt.

»Marihuana?«

»Haben Sie eine Ahnung, woher er das hat?«

»Nein, natürlich nicht.«

Bennet hielt das Tütchen mit dem Gras noch immer hoch und tippte hitzig mit seinem hellblauen Latex-Mittelfinger dagegen.

»Das hier nehmen wir sehr ernst«, sagte er.

»Zu Recht«, sagte Simon.

»Wussten Sie, dass Daan Drogen nimmt?«

»Ich wusste nicht einmal, dass er raucht«, erwiderte Simon. »In meiner Gegenwart jedenfalls hat er das noch nie gemacht.«

»Rauchen Sie Marihuana?«

»Ich? Glauben Sie jetzt, ich wäre drogensüchtig? Allmählich reicht es aber. Heute Morgen haben Sie so getan, als hätte ich meinem Neffen etwas angetan und jetzt soll ich Drogen nehmen? Ich frage mich wirklich, was Ihre nächste Beschuldigung ist. Dass ich ein Dealer bin? Oder nein, ein Drogenbaron!«

»Meiner Ansicht nach stelle ich eine normale Frage.«

»Sie wollen wissen, woher er das Gras hat? Da scheint es mir vernünftig, diesen Chris mal aufzutreiben. Meiner Ansicht nach ist das im Moment die einzige verdächtige Person, die sich in der Nähe des Jungen aufgehalten hat.«

»Wir sind noch dabei«, sagte Bennet. Er steckte die Mütze und das Tütchen Gras zurück in die Plastiktüte, die er mithilfe eines weißen Geräts wieder luftdicht verschloss. Danach zog er seine Handschuhe aus.

»Ich glaube, wir haben ein Problem. Mit Ihnen.«

Simon sagte nichts.

»Ein Glaubwürdigkeitsproblem«, fuhr Bennet fort. »Meine Kollegen und ich denken nämlich, dass Sie etwas verheimlichen. Das können unschuldige Informationen sein, die Sie lieber privat halten, aber es könnte auch um etwas Essenzielles gehen. Das Problem ist, dass wir das nicht wissen.«

»Ich verheimliche überhaupt nichts«, sagte Simon. »Was sollte ich verheimlichen? Und warum?«

Bennet zuckte die Achseln. »Leider kann ich nicht in Ihren Kopf schauen.«

»Dann werden Sie mich eben beim Wort nehmen müssen«, sagte Simon und stand auf.

»Ich habe eigentlich einen anderen Vorschlag.« Bennet gebärdete, dass Simon sich wieder aufs Sofa setzen sollte.

»Wir wollen gern einen Lügendetektortest mit Ihnen durchführen.«

Simon schüttelte den Kopf. »Warum? Werde ich verdächtigt?«

»Wir möchten Sie gerne ausschließen. Leider gelingt uns das zurzeit nicht. Es sind ein paar einfache Fragen, und wenn Sie nichts zu verbergen haben, haben Sie nichts zu befürchten.«

Nichts zu befürchten. Diese Worte hatte er öfter in seinem Leben gehört. Vom Zahnarzt, der einen Milchzahn ohne Betäubung zog, der doch fester saß, als er gedacht hatte. Oder von der Arzthelferin, die beim Reinigen seiner Wunde entdeckte, dass die Gaze mit dem Schorf verwachsen war, und mit einer Pinzette eine ruckartige Bewegung machte, um sie loszuziehen. Nichts zu befürchten, hatte auch sein Onkel gesagt, als Simon ihn anrief und von den Gerichtsvollziehern erzählte, die vor der Tür des Copyshops standen. Es war ein Satz, dem er schon im Vorhinein misstraute. Er schaute Bennet unverwandt an.

»Haben Sie nur die geringste Vorstellung davon, was wir durchmachen? Was meine Schwester durchmacht? Und ihr Mann?«

»Wir verstehen, dass es schrecklich ist. Für alle.«

»Ich habe das Gefühl, dass Sie das überhaupt nicht verstehen.«

»Wir bitten Sie nur um einen kurzen Test. Das ist alles. Ehrlich gesagt, verstehe ich nicht, warum Sie das nicht machen sollten. Es sei denn, Sie haben wirklich etwas zu verbergen.«

So läuft das Spiel, dachte Simon, jetzt bin ich verdächtig, wenn ich nicht mitmache. Er spürte, wie die Wut in ihm entfacht wurde. Er schloss die Augen und versuchte, in einer Serie von vier Takten zu denken. Ein Trick, den er von seinem Schlagzeuglehrer in Calgary gelernt hatte. Explosion ist gut, hatte er gesagt, solange du sie im richtigen Takt und im richtigen Rhythmus bringst. *Ka ka bumm bumm kabumm kabumm ka bumm bumm ka bumm ka bumm.*

Simon öffnete die Augen.

»Bin ich offiziell ein Verdächtiger?«, fragte er.

»Nein, Sie machen den Test freiwillig, und das Ergebnis kann niemals als gültiger Beweis verwendet werden.«

»Beweis für was?«

Bennet blieb geduldig. »Wir wollen Sie ja gerade als Verdächtigen ausschließen. Das spart uns eine Menge Zeit. Die können wir dann für andere Hinweise nutzen.«

»Gibt es andere Hinweise?«

Einen Moment schien es, als wollte sich Bennet mit einer verzweifelten Geste an seinen glänzenden Glatzkopf fassen, aber auf Schulterhöhe ließ er die Hände in der Luft schweben und dann mit einem flachen Klaps auf seine Knie fallen. »Gut«, sagte er. »Ich gebe es auf. Ich verstehe wirklich nicht, warum Sie das verweigern, aber es ist Ihre Sache.« Er stand auf. »Sollten Sie es sich anders überlegen, dann …«

Simon unterbrach ihn. »Okay«, sagte er, »dann machen wir diesen verflixten Test. Wenn es nur bald ist.«

Als er einen Moment später draußen stand, zitterte er. Die Sonne war bereits untergegangen, und die abendliche Kühle kroch ihm unter die Haut. Er nahm sein Handy und schickte seiner Schwester eine Nachricht, dass er nicht mit ihnen essen würde, müde war und früh schlafen gehen wollte. Er holte eine Pizza und fuhr zum Patricia Lake, wo er sein Auto auf einem schmalen Streifen am See parkte. Er war der Einzige. Die Ferienanlage, die ein Stück entfernt lag, war schon geschlossen, und auch die Jogger und Angler waren längst nach Hause gegangen.

Simon schaute zu dem Pizzakarton neben sich auf dem Beifahrersitz. Mit rotem Filzstift war sein Name in großen Blockbuchstaben darauf geschrieben. In dem Laden war außer ihm niemand gewesen, aber der alte Mann hinter der Theke hatte unerschütterlich und quälend langsam die fünf Buchstaben seines Namens auf dem Pizzakarton notiert. Er klappte ihn auf und fing an zu essen. Nach ein paar Bissen tropfte das Olivenöl von seinem Kinn herab und hinterließ einen dunklen Fleck auf seiner Jacke. Er suchte nach einer Serviette und fand ein paar Blätter unter dem Pizzakarton. Das Papier nahm kaum Fett auf. Was brachten einem Sachen, die ihren Zweck nicht erfüllten, dachte er. Das war noch schlimmer als nutzlose Sachen. Er schob den Sitz zurück und stellte den Pizzakarton auf seinen Schoß. Zügig machte er sich über die restliche Pizza her. Der verschwenderisch aufgetragene Käse klebte an seinen Zähnen. Mit dem Nagel seines Zeigefingers kratzte er die klebrige Schicht ab. Die Gedanken in seinem Kopf rasten immer weiter. Über den Jungen, über Bennet, über Hanne, Ruud, seine Arbeit, seine Hunde, den Lügentest, sein Bein. Er war in einem großen Zyklon gelandet, in dem sich allmählich alles verformte.

* * *

Am nächsten Tag war Simon um zwei Uhr auf dem Polizeipräsidium, um den Lügendetektortest zu machen. Bennet führte ihn in einen Raum auf der anderen Seite des Gangs, wo eine speziell hierfür ausgebildete Agentin aus Edmonton den Test durchführen würde. Als Simon reinkam, saß sie schon hinter einem schwarzen Laptop. Auf dem Tisch lagen Messgeräte und Kabel. Simon bekam einen schalen Geschmack im Mund. Ihm wurde klar, dass das hier alles kein Spiel mehr war. Seine Empörung über diesen Test hatte ihm letztendlich nicht geholfen. Den Bruchteil einer Sekunde zweifelte er an seinem eigenen Gedächtnis. Wie konnte man sicher wissen, dass sich kein schwarzes Loch in der eigenen Erinnerung befand? Er hatte mal gehört, dass Leute die schrecklichsten Ereignisse verdrängen konnten, zerkratzt wie ein *bad sector*, um Informationen für immer einzukapseln und zu verhüllen. Die Frau stand auf und reichte ihm eine weiche, warme Hand. Sie stellte sich vor als Lana Makarova. Simon schätzte sie auf Mitte vierzig. Sie hatte aschblonde Locken, die wahrscheinlich weder in Farbe noch Form natürlich waren. Ihr Kopf war fast viereckig, als hätte jemand versucht, ihn in einen Karton zu stopfen.

Bennet führte ihn zu dem Stuhl, der um ein Viertel gedreht am Kopfende des Tisches stand. Als er saß, spannte Lana zwei Gummibänder über seinen Bauch und seine Brust und klemmte die Manschette eines Blutdruckmessers um seinen rechten Oberarm. Bei allem, was sie tat, erzählte sie genau, was es war und welche Funktion es hatte. Pneumograf, Galvanometer, Blutdruckmesser, Herzschlagmesser. Um den Ring- und Zeigefinger seiner linken Hand befestigte sie mit Klettband zwei Metallplättchen. Damit wurde der elektrische Schwachstrom gemessen, der über seine Haut lief. Ihr Gesicht war ganz kurz nah an seinem, als sie es erklärte. Einen Moment lang schaute sie ihn an, ihre Augenfarbe ließ sich schwer definieren. Zuletzt legte sie zwei Gummimatten unter seine Füße, die dort den Druck messen würden. »Alles in Ordnung?«, fragte sie leise. Er nickte.

Bennet setzte sich in eine Ecke des Raumes, außerhalb von Simons Blickfeld. An diesem Morgen hatten sie gemeinsam die Fragen durchgenommen. »Weißt du, wo Daan ist?«, war eine dieser Fragen. Und auch »Hast du etwas mit Daans Verschwinden zu tun?« Andere Fragen waren allgemeiner gehalten; ob er ab und zu mal log, schon mal etwas gestohlen hatte, Gewalt angewandt hatte, ob er manche seiner Taten bereute. Simon wusste inzwischen, dass es sich um Kontrollfragen handelte, mit denen seine natürliche Spannung bei Fragen gemessen werden sollte, die ihm unangenehm waren. Bei einer Lüge stieg die Spannung normalerweise über das Niveau dieser Grundspannung hinaus.

Simon wusste, dass sich der Lügendetektor auf zahlreiche Weise in die Irre führen ließ. Das Internet stand voller Tipps, etwa während der Kontrollfragen die Pobacken zusammenkneifen oder an etwas Unangenehmes denken, um die Grundspannung zu erhöhen und bei den wirklich schwierigen spezifischen Fragen möglichst entspannt zu sein. Lügen mit einem positiven Bild vor Augen. Aber Simon hatte nicht vor, zu lügen. Er wollte möglichst schnell von Bennets Verdächtigen-Liste gestrichen werden. Er wusste, dass die Zuverlässigkeit von Lügendetektortests sehr umstritten war und die kanadischen Gerichte die Ergebnisse aus diesem Grund nicht mehr als Beweis verwendeten, aber es kam ihm nicht klug vor, diese Diskussion jetzt vom Zaun zu brechen.

»Okay, dann fangen wir an«, sagte Lana. »Detective Bennet wird die Fragen stellen. Bitte antworten Sie kurz, am liebsten mit Ja oder Nein. Ist das deutlich?«

Simon nickte.

»Heißt du Simon Bekkers?« Bennet sprach laut und mit wenig Intonation. Seine Worte stießen wie kalter Atem aus seinem Mund. Simon wartete ein paar Sekunden und sagte dann erst »Ja«. Das war ein Tipp von Bennet gewesen: nichts übereilen, sich Zeit nehmen, gut weiteratmen.

»Wohnst du in Calgary?«

»Ja.«

»Wurdest du in den Niederlanden geboren?«

»Ja.«

»Bist du verheiratet?«

»Nein.«

»Hast du Kinder?«

»Nein.«

Simon schaute starr vor sich hin. Es war seltsam, seine Antworten in diesen leeren Raum vor sich zu sprechen. Er fühlte sich von einer verborgenen Kamera bespitzelt und fing heftig an zu schwitzen. Ein Schweißtropfen rann an seiner linken Schläfe entlang von seinem Ohr zu seinem Kiefer.

»Es geht prima«, hörte er Lana sagen. Er sah sie an. »Mir ist furchtbar warm«, sagte er.

»Das ist normal«, beruhigte sie ihn. »Es läuft sehr gut.« Sie bat ihn, tief einzuatmen und ganz langsam auszuatmen. »Entspannen Sie Ihre Kiefermuskulatur und Ihre Zunge. Das hilft.«

Bennet machte weiter mit seinen Fragen. Denselben Fragen, die er an diesem Morgen gestellt hatte. Wie in einem Traum antwortete Simon, sich nicht mehr ganz seiner selbst und des Raumes bewusst. Es war, als würde er über sich schweben und wäre ein Zuschauer einer unwirklichen Szene. Wo ist dieser Junge, fragte er sich in dieser Oberposition. Wo ist dieser verflixte Junge!

Als der Test fertig war, koppelte Lana alle Kabel ab. »Habe ich bestanden?«, fragte Simon quasi witzelnd. Aber Lana durfte keine Antwort geben. Bennet würde das Ergebnis später mit ihm besprechen.

Wortlos begleitete Bennet ihn aus dem Raum und reichte ihm im Gang seine Jacke.

»Ich sehe Sie gern um fünf Uhr wieder hier«, sagte er.

Simon bekam nicht die Gelegenheit zu reagieren. Bennet drehte sich um, ging zurück in den Vernehmungsraum und schloss die Tür. Verstört stand er da, die Jacke in der Hand. Die Neonröhre über ihm flackerte. Ansonsten war es still. Sogar hinter dem kugelfreien Glasteil des Büros war niemand mehr zu sehen. Simon schaute auf die Uhr. Halb drei. Noch zweieinhalb Stunden totschlagen.

* * *

Die Kneipe De'd Dog lag an der Durchgangsstraße von Jasper, neben der Take-away-Pizzeria, in der Simon am vorigen Abend seine ziemlich salzige Quattro Stagioni geholt hatte. Die Kneipe gehörte zu dem benachbarten Hotel, und man könnte den unauffälligen Eingang leicht übersehen, als würde sich der Ort zufälligen Passanten lieber nicht preisgeben. Als er erst einmal drinnen war, stellte sich die Kneipe als überraschend groß heraus. Im vorderen Teil gab es eine lange Bar, links standen Reihen mit Holztischen und Stühlen, hinten gab es einen größeren Raum mit weiteren Tischen und Stühlen, einer zweiten Bar und einem Billardtisch. Es waren nicht viele Leute da. An einem der Tische saß eine Gruppe Frauen und unterhielt sich lebhaft, und am Ende der Bar hockte ein alter Mann mit einer Baseballkappe in einem blauen Holzfällerhemd. Er sah sich ein Rugbyspiel auf einem der Fernsehschirme an. Der Ton war abgestellt.

Simon setzte sich ans andere Ende der Bar, ans Fenster. Er trommelte mit den Fingern auf die Steinplatte der Theke und schaute sich um. Überall hingen Fotos von Menschen. Einfache Leute, keine Berühmtheiten. Ein magerer alter Mann mit grauem Bart auf einem Pferd, ein junger

Mann, der mit seinem Hund vor einem See posierte, eine Freundesgruppe in einem Schlauchboot auf dem Fluss, eine andere Gruppe Freunde mit Hockeyschlägern auf dem Eis, eine Familie, die sich lachend an einem Tisch in der Kneipe zuprostete, eine Frau, die stolz einen gefangenen Fisch präsentierte. Zwischen den Fotos hingen Bierreklamen aller möglichen Marken.

Am Tisch wurde ausgelassen gelacht. Eine der Frauen hatte sich auf einen Stuhl gestellt und flatterte mit den Armen. Sie machte das Gackern eines Hahns nach. Aus dem hinteren Teil der Kneipe kam eine junge Frau in seine Richtung. Sie trug einen Bierkasten, den sie hinter die Bar auf den Boden stellte, und räumte die Flaschen in einen Kühlschrank. Danach ging sie zu ihm, stemmte beide Hände auf den Rand der Bar und sah ihn neugierig an.

»Was kann ich für dich tun?«, fragte sie.

Simon erkannte sie vom Polizeipräsidium, wo sie am Tag zuvor mit dem Welpen auf dem Schoß im Flur gesessen hatte. »Wie gehts deinem Welpen?«, fragte er.

Sie hob eine Augenbraue.

»Ein gescheckter mit blauen Augen. Wenn ich raten müsste, eine Mischung aus einem …«

»Kein Mischling«, unterbrach sie ihn. »Ein reinrassiger australischer Schäferhund.«

»Reinrassig«, wiederholte er. »Das ist nicht ohne.«

Sie streckte die Hand aus und stellte sich vor als Alex. Ihre dunklen Augenringe ließen Schlafmangel vermuten.

»Ich bin Simon«, sagte er.

»Ich weiß, wer du bist«, sagte Alex.

Sie zeigte auf die Lokalzeitung, die aufgeschlagen auf der Bar lag. Er wusste, dass jeden Tag über die Suche nach dem Jungen berichtet wurde.

»Ist schon etwas mehr bekannt?«, fragte sie.

Simon schaute weg.

»Sorry«, sagte sie. »Bestimmt wirst du total verrückt von all den Fragen die ganze Zeit. Möchtest du was trinken? Ich lade dich ein.«

Er bestellte ein Guinness. Alex sah zu, wie er den ersten Schluck nahm.

»Woher kommst du?«, fragte Simon.

»Wieso?«

Simon hob die Schultern und nahm wieder einen Schluck Bier.

»Einfach nur so. Mir fiel eben auf, dass du einen Akzent hast. Aber wenn du nichts darüber sagen willst, auch gut. Ich habe auch einen Akzent, wie du schon gehört hast. Niederländisch. Lässt sich nicht austreiben.«

»Ich versuche schon seit Monaten, meinen Akzent loszuwerden.«

»Wir kommen alle irgendwo her. Keiner ist von nirgends«, sagte Simon.

Alex sah ihn erstaunt an.

»Wie lange lebst du schon hier?«, fragte sie.

»Fünfundzwanzig Jahre.«

»Ich erst ein Jahr«, sagte Alex. »An einem Typen kleben geblieben.«

Er nickte. Es erstaunte ihn, dass er es schade fand, zu hören, dass sie einen Freund hatte. Sie zog einen Flyer unter der Bar hervor und legte ihn vor Simon hin. Es war die Ankündigung eines Gigs später am Abend in der Kneipe. Simon schaute auf das Foto von vier perfekt gestylten *angry young men*. »Die sind gut«, sagte Alex und verschwand mit dem leeren Bierkasten nach hinten.

Hanne rief an, um zu fragen, wo er war. Robbert und sie sollten zum Polizeipräsidium kommen. Bennet hatte etwas zu besprechen.

»Möchtest du, dass ich mitkomme?«, fragte er.

»Nein, er will uns allein sprechen.«

Simon spürte, wie sich sein Herz überschlug und ihm leicht schwindlig wurde.

»Bist du noch da?«

»Ja, natürlich«, sagte er mit leicht rauer Stimme.

»Du klingst seltsam.«

»Ich fühle mich nicht wohl.«

»Was fehlt dir?«

»Nichts Ernsthaftes. Hat Bennet gesagt, worüber er mit euch sprechen will?«

»Nein, er hat bloß gesagt, dass er mit uns reden will.«

»Okay, dann höre ich das eben später.«

Simon schob sein Handy zurück in die Hosentasche. Was, wenn das Ergebnis des Lügentests da war und Bennet es erst mit seiner Schwester und seinem Schwager besprechen wollte. Nein. Da war nichts rausgekommen. Er hatte nicht gelogen. Er hatte nichts getan. Die drei Sätze wiederholte er für sich wie ein Mantra.

Da war nichts rausgekommen.

Er hatte nicht gelogen.

Er hatte nichts getan.

Er zog das Handy wieder hervor und rief das Polizeipräsidium an. Er bekam ein Auswahlmenü. Die Eins für Notfälle, die Zwei für Fragen über Protokolle und eine Drei, wenn er mit einem Mitarbeiter sprechen wollte. Er drückte auf die Drei. Ein Anrufbeantworter schaltete sich ein. Er unterbrach die Verbindung und fluchte.

Alex stand wieder hinter der Bar. Er spürte, dass sie ihn musterte.

»Ist was?«, fragte sie.

»Warum denken immer alle, dass was mit mir ist«, sagte Simon bissig.

»Sorry«, sagte sie. »Ich wollte damit nichts sagen.«

»Mach mir noch mal ein Guinness«, sagte er mürrisch.

Alex nahm sein Glas von der Bar und stellte ihm ein voll gezapftes hin. Das dunkle Bier ähnelte Lakritzwasser. Das Zeug, das er als Kind oft gemacht hatte und Ruud zu eklig zum Runterschlucken fand. »Es schmeckt ganz normal nach Lakritz«, hatte er gesagt, aber Ruud hatte beim ersten Schluck gewürgt.

Simon nahm nach seinem zweiten Guinness auch noch ein drittes. Er spürte, wie er angenehm träge wurde. Einen Moment lang schien alles im Lot zu sein. Er saß in einer Bar in Jasper und trank Bier. Er war allein. Heute Abend trat eine Band auf. Er würde unbemerkt im Publikum sitzen, mit dem Fuß den Takt mitklopfen und in Gedanken seine linke Hand über die Saiten gehen lassen. Er hatte Talent zum Schlagzeugspielen, hatte sein Musiklehrer in Calgary gesagt, aber Simon wollte lieber Gitarre lernen, obwohl er dafür weniger Veranlagung hatte. Das war ihm egal. Er spielte für sich selbst, niemand hörte jemals zu, in seinem eigenen Kopf klangen seine Kompositionen professionell, und darum ging es schließlich. Sein eigener Maßstab, nicht der eines anderen.

Um halb fünf hatte er noch immer nichts von seiner Schwester gehört. In einer halben Stunde wurde er selbst auf dem Polizeipräsidium erwartet. Er fragte sich, ob Bennet ihm eine Falle gestellt hatte. So eine hinterhältige, die nicht tötete, sondern verwundete, damit das Opfer nicht sofort tot war und der Fleischgeschmack erhalten blieb. Was würde Bennet seiner Schwester weiszumachen versuchen? Dass man Simon nicht vertrauen konnte? Dass er mehr wusste, als er zugab? Dass etwas nicht stimmte? Es war nicht schwierig, Argwohn zu wecken. Eine achtlose Bemerkung, eine unerwartete Frage. Mehr brauchte es nicht.

* * *

Simon parkte das Auto auf der Straße vor dem Polizeipräsidium. Die Welt schwankte vor seinen Augen. Die träge machende Wirkung der drei Guinness war noch nicht ganz verschwunden. Er sah den Mietwagen seiner Schwester auf dem Parkplatz des Polizeipräsidiums. Sie war noch immer drinnen.

Lana trat aus dem Gebäude. Mit kräftigen Schritten ging sie die Auffahrt hinab, zwei schwarze Rollkoffer hinter sich herziehend. Fast war es eine Art Trab, weil die Ausfahrt abschüssig war und die Koffer sie mit ihrem Gewicht vorwärts schoben. Gleich würde sie die Straße überqueren und dann ganz nah an seinem Auto vorbeigehen. Er ließ sich so weit wie möglich sacken, um sich unsichtbar zu machen. Seine Knie verhakten sich unter dem Lenkrad. Wenn sie ihn so sah, würde das einen seltsamen Eindruck machen. Aber ihr Blick war auf etwas konzentriert, das vor ihr lag. Weit weg von ihm. Langsam schob er sich wieder hoch.

»Shit«, sagte er. Er schlug auf sein Lenkrad. »Shit, Shit, Shit!« Er schlug fester. Es hatte keinen Sinn, wütend zu werden, das wusste er, aber die Wut musste raus aus seinem Körper. Er schlug noch ein paarmal, aber er war schon weniger aufgebracht, gefasster als zuvor. Er spürte eine seltsame Distanz zwischen dem Simon, der da auf das Lenkrad eindrosch und dem Simon, der das registrierte. Ein Gefühl, das er nur ein einziges Mal früher gehabt hatte, nachdem er LSD genommen hatte. Zusammen mit Gwenn, der Schottin mit den schlohweißen Haaren, die er in Nanaimo kennengelernt hatte. Die Einzige, mit der er jemals eine Beziehung hatte. Neun Tage lang. Am neunten Tag war sie mit seinem Ersparten durchgebrannt, das er zusammengerollt zwischen seinen Unterhosen und Socken versteckt hatte.

Er schüttelte den Kopf. Nicht an Gwenn denken. Er klappte die Sonnenblende hoch und drehte sie zum Seitenfenster. Der Schatten auf der linken Seite seines Gesichts beruhigte ihn. Er stellte sich Lanas kleinen Hände vor, die die Messgeräte des Lügendetektors behutsam an seinem Körper befestigt hatten. Ihre leise Stimme, die ihm empfahl, ruhig ein und aus zu atmen. Alles war in Ordnung. Er hatte nicht gelogen. Er hatte nichts getan.

Er startete das Auto und fuhr weg vom Polizeipräsidium, durch die lange Straße. Am Ende entschied er sich für die Route nach oben, zum See, wo er am vorigen Abend Pizza gegessen hatte. Er fuhr langsam, wie ein alter Mann, für den das Tempo der Welt um ihn herum schon seit Jahren viel zu hoch war. Plötzlich tauchte ein Wapitibulle auf, kurz nach einer Kurve. Simon trat auf die Bremse. Trägen Schrittes ging das Tier mitten auf die Straße und blieb dort stehen. Es drehte den Kopf mit dem massiven Geweih zu ihm und sah ihn an. Das Geweih war mindestens anderthalb Meter breit. Simon klemmte die Hände ums Lenkrad und hielt den Atem an. Der Wapiti hielt den Kopf leicht gesenkt, als hätte er schwer an dem Gewicht seines Kopfschmucks zu tragen, den Blick noch immer auf Simon gerichtet. Die rotbraunen Haare auf seiner Nase waren dunkler als der Rest seines Fells. Als hätte er die Nase in einen Eimer Wasser getaucht. Simon spürte, wie sich sein Körper entspannte. Seine Hände glitten vom Lenkrad in seinen Schoß. Er bekam den seltsamen Drang zu reden. Als wäre der Wapiti ein alter Freund. Aber er wusste nicht, was er sagen sollte. Reden hatte er längst verlernt. Wenn er es überhaupt jemals gelernt hatte.

»Ich bin Simon«, sagte er nur. Und als wäre damit alles gesagt, setzte sich der Wapiti wieder in Bewegung, Schritt für Schritt über den Asphalt, und stieg zwischen dem Grün der Tannenbäume die Böschung hinunter. Ganz kurz noch sah Simon sein weißes Hinterteil über dem hohen Gras hinausragen. Dann war er verschwunden.

Er hatte den Fuß noch immer auf der Bremse, den Schaltknüppel des Automatikautos im Drive-Stand. Er ließ das Bremspedal los und fuhr im Schritttempo ein paar hundert Meter weiter, bis er am See war. Dieses Mal hielt er nicht an, sondern fuhr gleich zum nächsten See, bis die Straße aufhörte und er an einem kleinen Parkplatz nur noch umkehren konnte. Er wartete. Wie er früher gewartet hatte, bis sein Bruder aus dem Zimmer war, oder seine Mutter das Haus verließ. Er wartete, um allein sein zu können. Als könnte sein Leben erst danach weitergehen.

Die Uhr auf dem Armaturenbrett zeigte fünf Uhr an. Bennet erwartete ihn jetzt. Simon wendete das Auto und fuhr langsam zurück. Aber nicht zum Polizeipräsidium. Wenn er etwas falsch gemacht hatte, sollten sie ihn nur holen. Er parkte das Auto an einer Bucht am See. Über einen schmalen Wanderpfad gelangte er zu einer Holzbrücke, die zu einer kleinen Insel führte. Mitten auf der Brücke blieb er stehen und lehnte sich an das Geländer. Das Wasser war klar, er konnte die großen runden Steine auf dem Boden liegen sehen. Etwas weiter weg stand ein Angler in Langschäftern im Wasser, seine Angel eine Armlänge entfernt. Er holte die Schnur ein, schwang seine Angel mit einer geschmeidigen Bewegung nach hinten und anschließend wieder nach vorn. Das wiederholte er ein paarmal, bis die Schnur zehn Meter vor ihm ins Wasser tauchte. Er hatte als Kind mal mit einer Bambusangel und einem knallgelben Schwimmer mit orangefarbener Spitze geangelt. So eine Angel, mit der auch Gwenn angelte, als er sie zum ersten Mal in Nanaimo sah.

Er kniff die Augen fest zusammen, um das Bild von Gwenn zu vertreiben. Er wollte nicht an sie denken, er hatte seit Jahren nicht an sie gedacht, er begriff nicht, warum sie heute schon zwei Mal in seinem Kopf aufgetaucht war.

Das Handy in seiner Hosentasche vibrierte. Er sah, dass es Bennet war. Er ging nicht ran. Nach einer kurzen Pause vibrierte es erneut. Bennet gab nicht auf. Wieder ging er nicht ran. Nach dem vierten Mal drückte Simon lange auf die Ausschalttaste. Das Display des Handys wurde schwarz. Er wünschte sich, im Schwarz des Handys verschwinden zu können, aber es schien, als würde jeder Schritt ihn verdächtiger machen.

* * *

»Wo warst du denn bloß?« Hanne hatte die Tür ihres Hotelzimmers geöffnet, nachdem Simon viermal rhythmisch geklopft hatte, wie er es früher tat, um sie wissen zu lassen, dass er es war und nicht ihre Eltern. »Wir haben dich schon ein paarmal angerufen.«

»Das Akku von meinem Handy war leer.«

»Du weißt doch, dass wir erreichbar sein müssen?«

»Ja, tut mir leid.«

Robbert saß hinter seinem Laptop. Er schaute nicht auf, als Simon reinkam.

»Was macht ihr?«, fragte Simon.

»Wir schreiben einen neuen Aufruf«, sagt Hanne. »Für zu Hause.«

»Ich dachte, ihr würdet diesen ganzen Medienzirkus nicht wollen.«

»Wir haben es uns anders überlegt.«

Robbert tippte mit zwei Fingern auf der Tastatur. »Hanne hat es sich anders überlegt«, sagte er. »Ich bin mir nicht sicher, ob es richtig ist.«

»Was willst du denn?«, stieß Hanne hervor. »In aller Seelenruhe zusehen?«

»Nein, natürlich nicht, aber …«

Sie ließ ihn nicht ausreden. »Bennet hat dich gesucht«, sagte sie zu Simon.

»Oh«, sagte er. Er versuchte, erstaunt zu klingen. »Was hat er gesagt?«

»Sie ziehen den Hubschrauber zurück.«

Die Chance, dass der Hubschrauber etwas finden würde, sei minimal, und es sei zu teuer, ihn weiter kreisen zu lassen.

»Minimal«, wiederholte Hanne. Das Wort hatten sie benutzt. Bennet und Karski hatten ihnen diese schlechten Neuigkeiten gemeinsam gebracht.

»Haben sie sonst noch was gesagt?«

»Worüber?«

»Über irgendwas, was weiß ich.«

Hanne schaute ihn prüfend an. »Ist da etwas, was wir wissen sollten?«

Robbert hörte auf zu tippen.

»Habt ihr der Polizei erzählt, dass er süchtig war?«

»Was hat das denn damit zu tun?«, sagte Hanne.

»Woher weißt du das?«, fragte Robbert und sah Hanne wütend an.

»Nicht von euch, leider.«

Simon dachte an das Gespräch mit Nancy an dem Abend, bevor er mit dem Jungen in die Rockys gezogen war. Es war erst anderthalb Wochen her, aber es kam ihm vor wie ein anderes Leben.

»Wäre es nicht witzig, zur Abwechslung mal ehrlich zueinander zu sein«, sagte Simon.

Einen Moment war es still.

»Das ist bestimmt eine bizarre Idee?«

»Ich bin die ganze Zeit ehrlich«, schnauzte Hanne.

»Ach ja«, sagte Simon höhnisch.

»Ich auch«, sagte Robbert.

Hanne lachte laut auf.

»Was?«

»Du sagst einfach nichts, das ist etwas anderes als ehrlich sein.«

»Was soll denn das schon wieder?« Robbert sah Simon mit erhobenen Händen an, auf der Suche nach Beifall, den er ihm nicht gab.

»Ich sage nichts«, sagte Simon.

»Was das angeht, ähnelt ihr euch wie ein Ei dem anderen«, schnaubte Hanne. »Fast sollte man meinen, ihr seid die eineiigen Zwillinge.«

Simon hatte aus Versehen den Deckel der Jauchegrube geöffnet, und Gestank erfüllte den Raum im Bruchteil einer Sekunde. Robbert klappte den Laptop zu und ging unruhig zwischen den beiden Sesseln am Fenster hin und her.

»Warum gehen wir nicht kurz was essen?«, schlug Simon vor. »Das ist besser, als hier so …«

»Ich habe keinen Hunger«, unterbrach Hanne ihn.

»Aber ich«, sagte Robbert. Er nahm seine Jacke von der Garderobe. Die Tür fiel laut hinter ihm ins Schloss.

Hanne wickelte ihre Strickjacke fester um sich. Sie war ihr viel zu groß. Der Schultereinsatz fiel bis über ihre Oberarme, und die Hände verschwanden in den Ärmeln. Zum ersten Mal sah Simon ihre Mutter in ihr. Dieselbe betroffene Haltung, die Schultern ein wenig vorgebeugt, sodass das Leid leicht abtropfen konnte. Simon musste sich selbst zur Ordnung rufen; das hier war nicht seine Mutter, das war seine Schwester. Ihr Sohn wurde vermisst. Sie hatte allen Grund zu trauern.

»Hanne?«

Sie reagierte nicht. Er wartete.

»Ich glaube, ich habe keine Tränen mehr. Ich wusste nicht, dass das geht, aber das geht also.«

Schweigend schauten sie sich eine Weile an. Ihre Augen waren stumpf, als wäre jegliche Farbe daraus gewaschen worden, und ihre Augenlider schienen gegen die Schwerkraft ankämpfen zu müssen.

»Hast du eigentlich mal eine Freundin gehabt? Oder eine, mit der du …«, sagte Hanne plötzlich. Sie zögerte. »Naja, du weißt schon, was ich meine.«

Simon sah sie verständnislos an.

»Du siehst so … Wie soll ich das sagen. So unberührbar aus.«

»Unberührbar?«

»Ja.«

»Thanks.«

»Du hast doch hoffentlich ab und zu mal Sex?«

»Was ist denn das für eine idiotische Frage«, schnaubte Simon.

»Sorry, wenn ich müde bin, sage ich die verrücktesten Sachen. Das sagt Robbert auch immer.« Hanne ging an ihm vorbei und nahm ihre Jacke.

Vor Jahren hatte Ruud ihm diese Frage auch gestellt.

Obwohl er damit meinte, ob Simon überhaupt jemals Sex gehabt hatte. Die Antwort auf diese Frage kannte Ruud verdammt gut. Kurz bevor er nach Kanada gegangen war, hatte Ruud ihn zu einem Sexclub gleich hinter der Grenze in Deutschland mitgenommen, weil er fand, sein Bruder könne nicht als Jungfrau nach Kanada. »Du hast maximal eine halbe Stunde«, hatte Ruud gesagt, bevor er sich mit einer vollbusigen Blondine in ein Zimmer zurückzog. »Aber das solltest du ja wohl schaffen.« Sein Lachen war laut und gönnerhaft gewesen, und Simon hatte sich schon im Vorfeld für seine Leistungen geschämt. In Wirklichkeit hatte er noch nicht mal fünf Minuten gebraucht. Nach dem Akt versuchte er, einen Schwatz mit seiner Entjungferin zu halten, aber sie hatte das Interesse an ihm bereits verloren und huschte aus dem Zimmer. Er war ein paar Minuten nackt auf dem Bett liegen geblieben, hatte sich dann angezogen und war an die Bar zurückgekehrt, wo Ruud ihn mit einem süffisanten Lächeln beglückwünschte.

Hanne stand in ihrer Jacke im Türrahmen und wartete auf ihn. »Kommst du jetzt mit, um was zu essen?«, fragte sie. »Bevor ich es mir anders überlege.«

Simon folgte ihr auf die Galerie. Unten auf dem Parkplatz stand Robbert und rauchte. Er konnte sich nicht erinnern, ihn jemals mit einer Zigarette gesehen zu haben.

* * *

Sie saßen in einem koreanischen Restaurant. Hanne wollte etwas Gesundes essen, und ihr zufolge war Koreanisch gesund. Simon musste an die zahlreichen Plastikdosen denken, die die Koreaner auf seiner Arbeit immer zum

Mittagessen dabeihatten und in denen sich ein undefinierbarer Mix aus Häppchen befand. Das Essen hatte ihn nie angesprochen. Aber Hanne war fest entschlossen. Ohne Widerrede war Simon zu ihr und Robbert ins Auto gestiegen.

Sie saßen an einem kleinen Tisch im hinteren Bereich, und er schaute auf fuchsiarote Wände, an denen Bilder mit gemalten Blumen wohl einen beruhigenden Effekt haben sollten. Im Hintergrund ertönte klassische Musik. Etwas mit viel Klavier. Er vermutete Bach.

Die Speisekarte war ein laminiertes Blatt Papier mit Abbildungen der Gerichte und Nummern darüber. Das Essen stand innerhalb von fünf Minuten auf dem Tisch. Robberts Huhn wurde auf einem glühend heißen Steinteller serviert. Die junge Kellnerin warnte ihn, aber er verbrannte sich trotzdem fast die Finger, als er den Teller näher ranzog.

Am Fenster saß ein älterer asiatischer Mann allein vor einer großen Schüssel, aus der er langsam Suppe löffelte. Ansonsten war das Restaurant leer. Robbert aß, als wäre er ausgehungert, und bestellte schon bald eine zweite Portion Huhn. Die Kellnerin nickte. Der Pferdeschwanz oben auf ihrem Kopf tanzte mit.

»Reden wir noch über etwas?«, fragte Simon nach einer Weile. Hanne tauchte ihr letztes Stück Sushi in die Sojasoße, der Reis saugte die dunkelbraune Feuchtigkeit rasch auf. Sie ließ das Sushi über einem Schüsselchen abtropfen.

»Hast du eine Ahnung, wie ich mich fühle?«, sagte Hanne. Sie legte das Sushi zurück auf ihren Teller. Robbert hörte auf zu essen.

»Es ist nicht seine Schuld, Hanne«, sagte er.

»Ach nein?«

Simon starrte sie fassungslos an.

»Warum hast du uns nichts von der Mütze erzählt?«, fragte sie.

Es war einen Moment still. »Die Mütze hatte er schon eher verloren«, sagte Simon. »Auf der Wanderung mit Chris und Quinn.«

»Und warum erzählst du uns das nicht?«

Hanne saß zusammengekauert in ihrem Stuhl. Flügellahm. Simon dachte an die Babykrähe, die irgendwann mal gegen sein Fenster geflogen und wie tot auf dem kleinen Balkon liegen geblieben war. Als er sie aufhob, entdeckte er, dass das Vögelchen noch lebte. Er wunderte sich über die hellblauen Krähenaugen, die ihn panisch ansahen. Er hatte nicht gewusst, was er damit machen sollte und legte das Tierchen schließlich zurück. Als er später wiederkam, war es weg. Am nächsten Morgen fand er den kleinen Vogel tot unter seinem Balkon.

»Woher wissen wir eigentlich sicher, dass es diesen Chris und diesen Quinn überhaupt gibt?«

»Glaubst du, ich denke mir das alles hier aus?«

Simon wollte aufstehen, aber Robbert hielt ihn zurück. Was hatte Bennet seiner Schwester und seinem Schwager über ihn erzählt?

»Sie bekommen es nicht in den Griff«, sagte Robbert, als hätte er seinen Gedanken erraten. »Es gibt zu viele Fragen, auf die sie keine Antwort haben.«

Die Kellnerin kam und fragte, ob sie noch etwas trinken wollten. Hanne bat um ein Wasser. Die Kellnerin notierte die Bestellung, als würde sie es sonst vergessen.

»Es könnte natürlich sein, dass er nicht gefunden werden will«, sagte Simon plötzlich.

»Mach dich nicht lächerlich«, reagierte Hanne.

Robbert legte sein Besteck neben seinen Teller. Glasig schaute er vor sich hin. Es war seltsam, diesen kolossalen

Mann so zerbrechlich werden zu sehen. Hanne legte ihre Hand auf seinen Unterarm. Die erste zärtliche Geste, die Simon zwischen ihnen wahrnahm. Die Kellnerin brachte das Glas Wasser. Hanne zog ihre Hand nicht zurück. »Keine seltsamen Sachen denken, Robbert. Das hat keinen Sinn.«

»Ich denke nur seltsame Sachen«, sagte Robbert. »Die ganze Zeit. Genau wie du.«

Hanne sagte nichts.

»Ich meinte es positiv«, murmelte Simon.

Sie sahen ihn erstaunt an.

Er dachte an den Abend vor dem Verschwinden. Wie der Junge ihn vom Sessel aus von sich weggetreten und ihn knapp über seiner Wunde getroffen hatte. Wie er auf dem Boden zusammengesackt war, stöhnend vor Schmerzen, und der Junge nichts getan hatte, um ihm zu helfen, sondern ihn sogar zum zweiten Mal getreten hatte, in die Seite.

»Wir wissen alle, dass er kein Engel war. Ist«, verbesserte sich Simon schnell. »Ihr habt ihn nicht umsonst weggeschickt.«

»Daan ist einfach ein Junge, der lernt, indem er Fehler macht«, sagte Robbert. »Daran ist nichts falsch.«

»Das ist jetzt aber sehr leicht gesagt«, sagte Hanne.

»Wieso?«

»Weil du nie da bist.«

»Wie kommst du denn darauf?«

»Du weißt, was ich meine.«

»Nein, ich weiß nicht, was du meinst.«

»Du bist nie wirklich da. Sogar nicht, wenn du zu Hause bist. Du bist immer mit etwas für dich selbst beschäftigt. Du hast keine Ahnung, wie es ihm geht, oder was in ihm vorgeht, oder wovor er Angst hat.«

»Angst hat?« Robbert lachte abfällig.

»Ja«, sagte Hanne, »Daan ist sterbensbang.« Sie rief es fast durch das Restaurant. »Und du weißt von nichts.«

Einen Moment lang hatte Simon Mitleid mit Robbert. Hanne hatte ihm vor zwei Tagen von seiner Anwesenheit in ihrer Familie erzählt. Sie hatte das Wort Anwesenheit mit zwei Zeigefingern in der Luft in Anführungszeichen gesetzt. Simon hatte an ihren eigenen Vater denken müssen. Der Mann, der sich hinter allem Möglichen verschanzte. Seiner Arbeit, seiner Zeitung, einer Frau. Er konnte sich nicht erinnern, dass sich sein Vater jemals um ihn gekümmert hatte. Erziehung war wohl nichts für ihn. Alles, was Simon von seinem Vater gelernt hatte, hatte er selbst entdeckt, indem er genau beobachtete.

Robbert schob seinen Stuhl zurück, die Rückenlehne schrammte an der Wand entlang. Beim Aufstehen klirrten zwei Gläser auf dem Tisch.

»Es kommt der Moment, da habe ich genug von deinen Beschuldigungen«, fuhr er Hanne an.

Mit großen Schritten ging er nach draußen. Die Kellnerin folgte ihm mit seiner Jacke, die er ohne aufzusehen entgegennahm. Simon sah ihn am Fenster vorbei weggehen, Richtung Hotel. Er traute sich nicht, Hanne anzusehen.

»Wie kann es sein, dass du immer alles für alle versaust«, sagte Hanne giftig.

»Ich?«

»Solange ich mich erinnern kann, versaust du es für uns alle. Was das betrifft, hat Mama einfach recht. Du bist wirklich eine schlechtere Version von Ruud.«

Simon verspürte die Neigung aufzustehen und Robbert zu folgen. Aber er blieb sitzen. Er wollte sitzen bleiben. Er tat sein Bestes, sitzen zu bleiben.

»Es gibt da sehr viele Sachen, von denen du nichts weißt«, sagte er.

»Das ist nicht so verwunderlich, wenn du mir nie etwas erzählst«, gab Hanne zurück.

»Ich wüsste nicht, wo ich anfangen sollte.«

»Vielleicht solltest du es einfach mal probieren.«

* * *

Minutenlang schaute Hanne schweigend nach draußen. Sie hatten Kaffee bestellt, und Simon wartete geduldig ab, bis sie etwas sagen würde. Er hatte nicht vor, als Erster den Mund aufzumachen.

»Weißt du, was ich echt gern wissen möchte?«, fragte Hanne. Argwöhnisch schüttelte er den Kopf. »Ich will wissen, wann es zwischen dir und Ruud schiefgegangen ist.« Sie fragte es zwingend, wie in einem Verhör.

»Tut das was zur Sache?«

»Siehst du denn kein Muster? Papa und Onkel Gerard, du und Ruud, Opa und sein Bruder.«

»Das sind nicht deine Angelegenheiten.«

»Ich habe zwei Söhne und ich will nicht, dass sie enden wie ihr alle.« Hanne wartete einen Moment. »Wie Gegner, die sich gegenseitig das Leben sauer machen.« Sie versuchte, seinen Blick zu fangen, aber Simon schaute an ihr vorbei zu den Blumenbildern.

»Weißt du, was Ruud gesagt hat?«

»Ich kann mir schon denken, was Ruud gesagt hat.« Er nahm einen Schluck Kaffee und stellte die Tasse brüsk zurück auf den Unterteller. Er lehnte sich zurück und faltete die Hände hinter den Kopf. Spöttisch sah er sie an. »Habt ihr schön über mich gelästert?«

»Ihr seid beide meine Brüder. Ob dir das nun gefällt oder nicht. Du kannst dich zwar Tausende von Kilometern entfernt niederlassen und so tun, als hättest du keine Familie, aber so funktioniert das nicht.«

»Für mich schon«, antwortete Simon.

Hanne ließ den Kopf in die Hände sinken. Nach ein paar Sekunden sah sie zu ihm auf. »Wir haben alle Narben, Simon. Keiner kommt unversehrt durchs Leben. Jeder trägt sein Päckchen. Aber statt die ganze Zeit darüber zu jammern, kann man es auch mit Würde tragen.«

Mit Würde tragen. Simon kaute auf diesen letzten Wörtern. In seinen Augen wollte Hanne etwas kitten, was kaputt war. Aber was ist das gekittete Alte wert? Wenn es krampfhaft zusammengehalten werden muss, um sich dem Druck der einzelnen Teile zu widersetzen, was bedeutet es dann?

»Ich will einfach deine Seite der Geschichte hören«, sagte Hanne, »aber wenn du nicht möchtest, gut, ich kann dich nicht zwingen.«

»Was hat Ruud gesagt?«, unterbrach Simon sie.

»Ich sage erst, was Ruud gesagt hat, wenn du mir eine Antwort gibst.«

»Verhandeln wir jetzt?«

»Offensichtlich ist das die einzige Möglichkeit, einander unsere Bedürfnisse mitzuteilen«, sagte Hanne.

Simon wollte sagen, dass er überhaupt keine Bedürfnisse hatte. Sie sollten ihn einfach in Ruhe lassen, wie sie das in den vergangenen fünfundzwanzig Jahren auch getan hatten. Er war kein Teil des Familienstammbaums mehr. Er hatte sich abgeschnitten und konnte nicht wieder angeklebt werden.

»Ist es so schwierig, Simon, dich etwas weniger wichtig zu machen?«

Er klemmte die linke Hand um seine geballte rechte Faust und drückte auf seine Fingerknöchel. Er hörte es ein paarmal knacken.

»Ich habe keine Lust auf diese Litanei.«

»Wenn du das für eine Litanei hältst, kann ich wohl besser gehen.«

Hanne schob ihren Stuhl zurück, um aufzustehen. Ihr Mund war ein strenger schmaler Strich.

»Mach das nicht«, sagte Simon. Aber sie winkte der Kellnerin, bat um die Rechnung und stand auf.

»Weißt du, was ich am allermeisten bereue?«, sagte sie, während sie ihren Stuhl wieder an den Tisch schob. Sie beugte sich leicht vor, bereit, die Antwort auf ihre eigene Frage auf ihn abzufeuern. »Dass ich meinen Sohn zu dir geschickt habe.«

»Dann sind wir uns ja auf jeden Fall in einem Punkt einig«, entgegnete er.

Einen Moment lang hatte er Angst, sie würde ihm ins Gesicht spucken. Aber Hanne blieb totenstill stehen, sie zwinkerte nicht mal mit den Augen.

»Du bist ein Arschloch, weißt du das? Ein asoziales Arschloch.«

Die Kellnerin stand ein paar Meter von ihrem Tisch entfernt und traute sich nicht näher.

»Er hat mich getreten, Hanne, er hat mich zwei Mal sehr fest getreten. Einmal auf mein Schienbein und einmal in die Rippen.«

»Du lügst«, schnauzte sie.

»Möchtest du es sehen?«

Er zog seinen Pullover hoch und zeigte ihr die blauen Flecken auf seinem Rippenkasten. Sie hatten sich in den vergangenen Tagen von lila-blau nach gelb verfärbt. Hanne schaute ihn mit offenem Mund an. Er zog seinen

Pullover wieder runter. Die Kellnerin stand perplex da und sah zu. Blitzschnell schnellte sie vor und stellte das Tellerchen mit der Rechnung auf den Tisch.

Hanne wollte sich wieder setzen.

»Ich glaube, es ist besser, wenn wir gehen«, sagte er und schob ihr die Rechnung zu. Als sie das Restaurant ein paar Minuten später verließen, drückte die Kellnerin die Tür fest hinter ihnen zu. Ganz kurz dachte Simon, sie würde sie abschließen.

Draußen kramte Hanne in ihrer Handtasche nach den Autoschlüsseln. Die Straße war fast leer. Ab und zu fuhr ein Auto in Schneckentempo vorbei. Es war kalt geworden, viel kälter als in den vergangenen Tagen. Simon schlug den Jackenkragen hoch und steckte die Hände tiefer in die Taschen. Er bedauerte, seine Mütze und seine Handschuhe nicht mitgenommen zu haben, hatte aber nicht vor, hier extra neue zu kaufen. Er dachte an die gefundene Mütze des Jungen und das Tütchen mit dem Gras. Keine Ahnung, von wem er das bekommen oder gekauft hatte. Die Einzige in seiner Umgebung, die das Zeug rauchte, war Nancy, und er konnte sich nicht vorstellen, dass sie ihm nach seiner Geschichte über seine Ecstasy-Sucht Gras gegeben hatte.

Hanne durchsuchte ihre Tasche immer noch. Es sah mehr aus wie Herumrühren. Dann schaute sie zu ihm auf.

»Ich weiß nicht, was ich sagen soll.« Ihre Tasche hing wie ein Fender zwischen ihnen. »Bist du beim Arzt gewesen?«

Er schüttelte den Kopf.

»Solltest du das nicht?«

Er hob die Schultern.

»Ich weiß nicht, was in letzter Zeit mit Daan los ist.

Manchmal sehe ich ihn an, und es ist, als wäre er ein völlig Fremder. Das ist so ein schreckliches Gefühl, den eigenen Sohn anzusehen und überhaupt nichts mehr von ihm zu begreifen.«

Simon erinnerte sich an die weinerlichen Ausrufe seiner Mutter bei ihren verzweifelten Versuchen, ihn zu begreifen. Es hatte etwas Pathetisches, fand er. Als hätte sie das Recht, alles über ihn zu wissen und zu verstehen.

»Sagst du nichts?«, fragte Hanne.

Simon drückte das Kinn tiefer in den Kragen und spürte seinen eigenen Atem im Gesicht. »Du musst ihn einfach in Ruhe lassen.«

»Ich bin seine Mutter!«

»Du bist nicht der Mittelpunkt seiner Welt, Hanne.«

Sie schluckte ein paarmal auffällig, während sie versuchte, ihre Tränen zu bezwingen.

»Mir ist kalt«, sagte sie. »Sollen wir ins Hotel zurück gehen?« Sie öffnete ihre Tasche und fischte den Autoschlüssel heraus.

»Ich glaube, ich gehe hier um die Ecke noch was trinken.«

»Wir können auch im Hotel noch was trinken«, sagte Hanne.

»Ich gehe lieber hier um die Ecke.«

Hanne zweifelte. »Was ist denn da?«

»Einfach eine Kneipe«, sagte er. »Gleich spielt dort eine Band.«

»Ich bin nicht wirklich in der Stimmung für einen geselligen Abend«, sagte Hanne und ging zu ihrem Auto. Simon spürte, wie die Energie aus seinem Körper floss.

»Vielleicht solltest du dir Mama mal ansehen, wenn du wissen willst, was zwischen mir und Ruud schiefgelaufen ist«, sagte er laut.

Hanne stand mit der geöffneten Autotür in der Hand da. »Vielleicht solltest du mal aufhören, anderen die Schuld zu geben. Das ist, was Ruud gesagt hat, als er über euch gesprochen hat.«

Ohne seine Reaktion abzuwarten, stieg sie ein und fuhr davon.

* * *

Alex hob sofort die Hand, als Simon ins De'd Dog kam. Es war viel mehr los als am Nachmittag, er sah vor allem junge Leute. Auf den Tischen standen große Bierkrüge. Es wurde viel gelacht und laut geredet. Die Band hatte noch nicht angefangen. Er ging zur Bar und setzte sich auf einen der hohen Barhocker, in der Nähe des Spielautomaten, der sich in einer Nische verbarg und dem spielenden Besucher ein wenig Privacy gönnte. Ein vierschrötiger Mann warf ununterbrochen Münzen in den Automaten. Das Gebimmel war im Stimmengewirr der Kneipe kaum hörbar. Bei jedem Druck auf den Knopf murmelte der Mann etwas zu sich selbst.

»Das erste geht auf mich«, sagte Alex, während Simon noch zu dem Spielautomaten schaute. Sie beugte sich vor und gab ihm einen Kuss auf die Wange. Das rote Sweatshirt von heute Nachmittag hatte sie gegen eine blütenweiße frische Bluse getauscht, deren Knöpfe so weit offenstanden, dass er den Rand ihres hellblauen BHs sehen konnte. Er passte gut zu ihrer Augenfarbe.

»Guckst du mir jetzt auf die Titten?«

Schnell drehte Simon den Kopf weg.

»Ich mache nur einen Scherz, Mann.«

Einen Moment später stellte sie eine Bierflasche und einen Krug vor ihn auf die Bar. »Dann hast du einen kleinen Vorrat«, sagte sie und zwinkerte ihm zu. Sie sprang zur anderen Seite der Bar, um die Whiskygläser von drei Männern im Anzug nochmal zu füllen. Er hörte sie mit ihnen scherzen und ganz kurz überkam ihn ein unangenehmes Gefühl, als ihm klar wurde, dass ihre charmante Art nicht exklusiv ihm vorbehalten war.

Im Hintergrund fingen der Gitarrist und der Bassist an, ihre Instrumente zu stimmen. E-A-D-G-H-E. Eine Alte Dame Ging Hering Essen, eine einfache Eselsbrücke. Er schenkte Bier in sein Glas. Die Flasche war noch dreiviertelvoll. Der Mann vom Spielautomaten hatte sich neben ihn gesetzt.

»Viel verloren?«, erkundigte sich Simon.

»Nur Geld«, antwortete er.

Simon lächelte. Er wünschte, er könnte dasselbe von sich behaupten, aber er wusste, dass das nicht wahr war. Er hatte im Leben viel mehr als Geld verloren. Das Geld war schlimm gewesen, vor allem am Anfang, aber im Nachhinein was es nicht das Geld, das wehtat. Er dachte an den Nachmittag, an dem zwei Gerichtsvollzieher mit dem Beschluss, alle Güter zu pfänden, in den Copyshop in Nanaimo gekommen waren. In Panik hatte er seinen Onkel angerufen, aber der hatte nur gesagt, dass alles wieder gut würde. Er ignorierte Simons Fragen und lud ihn an diesem Abend in das teuerste Restaurant der Stadt ein. Das war seine Art, ihn zu beruhigen. Beim Abschied hatte er ihm beide Hände auf die Schultern gelegt und gesagt, er solle sich keine Sorgen machen. Sorgen waren für Verlierer und sie waren Gewinner. Simon hatte genickt. Aber in seinem Magen tollte der Argwohn herum. Er schenkte ihm zu wenig Beachtung. Einen Tag später bekam er eine Vorladung – der Konkurs würde vor Gericht kommen. Dann erst stellte sich heraus, dass der Copyshop nur auf seinen Namen eingetragen war und nicht auf den seines Onkels. Der Einzige, der Konkurs gemacht hatte, war er. Sein Onkel war weit und breit nirgendwo mehr zu finden. Simon redete nicht gern darüber, weil es sich noch immer wie sein eigenes Versagen anfühlte, und mehr noch als die Wut auf seinen Onkel nährte die Erinnerung die Scham über seine eigene Naivität. Geld verlieren war eine Sache, sein Vertrauen verlieren eine ganz andere. Es war nicht deine Schuld, hatte die Rechtsanwältin gesagt, die ihn gerettet hatte, aber er wusste, dass das nicht stimmte.

Die Band fing an zu spielen. Die vier Musiker standen hinter dem Billardtisch unter zwei Fernsehbildschirmen. Alex kam zu ihm, um seinen Bierkrug wieder zu füllen.

»Soll ich deinem Nachbarn auch was einschenken?«, fragte sie. Sie legte ihre Hand auf seinen Unterarm. »Allein ist nur allein, oder?«

Simon nickte. Sein Nachbar nahm das Bier dankbar an. Simon hob den Daumen und drehte sich mit dem Rücken zur Bar, um sich die Musiker ansehen zu können. Sie spielten eine Art Folk Pop und sangen von langen Autofahrten, auf denen viel gesucht und wenig gefunden wurde.

Die längste Autofahrt, die er jemals gemacht hatte, war von Vancouver nach Calgary, ein paar Monate nach dem Fiasko mit dem Copyshop. Fast tausend Kilometer in einem alten Ford gen Osten. Eine einsame Fahrt durch eine nahezu menschenleere Landschaft, auf der Muskees Stimme ihn wachhielt.

I'm feeling like a suitcase
Travelling town to town
But when your suitcase is empty
People always turn you down

Die Kassetten hatten in einem Schuhkarton neben ihm auf dem Beifahrersitz gelegen. Die Texte schürften Kratzer in seine Seele. Diese vier Jungs aus Edmonton klangen geschliffener. Ihre Reisen führen offensichtlich über geebnete Wege.

Der Auftritt dauerte gut zwei Stunden mit drei kurzen Pausen. Die ganze Zeit war Simon auf seinem Barhocker sitzen geblieben. Der Mann am Spielautomaten war weg, ebenso die Männer im Anzug. Alex spülte Gläser. Die Tische waren leerer. Eine Freundesgruppe teilte die Rechnung. Sie legten Geldscheine und Münzen auf einen Stapel. Einer von ihnen zählte, wie weit sie kamen. Ein anderer zückte seine Brieftasche, um mehr hinzulegen.

»Bis wann habt ihr geöffnet?«, fragte Simon Alex.

»Bis eins«, sagte sie.

Er schaute auf seine Armbanduhr. Es war fast zwölf Uhr.

»Und danach?«

»Was danach?«

»Was hat danach noch offen?«

»Hast du Pläne?« Sie zwinkerte ihm zu. Einer der jungen Männer brachte Alex das Geld. Es war so ein Typ, der wusste, dass er gut aussah. Alex zählte das Geld nach und gab ihm danach einen langen Kuss.

»So ein Glückspilz«, sagte Simon.

»Mein Freund«, sagte Alex.

Natürlich, dachte er.

»Danke fürs Trinkgeld, Männer!«, rief Alex der Gruppe zu. Es wurden neckische Bemerkungen zurückgerufen. Alex lachte schallend. Sie lachte oft schallend. Simon fragte sich, ob man das lernen konnte oder ob es angeboren war. Er vermutete Letzteres. Die jungen Männer standen auf und polterten betrunken Richtung Ausgang. Der gutaussehende Freund setzte sich auf einen Hocker an die Bar. Nah genug, um ihn im Auge zu behalten, aber zu weit weg für ein Gespräch.

Simon stand auf und setzte sich an einen der leeren Tische. Rechts von ihm war die Wand mit den Fotos. Sie waren ihm am Nachmittag schon aufgefallen. Alex kam herbei und fragte, ob er noch etwas trinken wollte. Aufs Haus. Er schüttelte den Kopf. Sie setzte sich ihm gegenüber. Der Freund behielt ihn mit gedrehtem Kopf im Blickfeld.

»Darfst du auch mal von der Leine?«, fragte Simon und zeigte mit dem Kinn zu ihrem Freund.

»Er ist lieb«, sagte sie. »Und er sieht gut aus, findest du nicht?«

»Davon hat man nichts«, brummte er.

»Du bist doch nicht etwa eifersüchtig?«, sagte Alex. Er fühlte sich ertappt, wie das leibhaftige Klischee eines Mannes über fünfzig.

»Wer sind all die Leute?«, fragte er, um das Thema zu wechseln. Er zeigte auf die Fotos an der Wand.

Alex zögerte. »Das ist die Totenwand«, sagte sie, ohne ihn anzusehen.

»Die Totenwand?«

»Stammgäste, die nicht mehr leben.«

Simon kniff die Augen ein paarmal zusammen. »Das sind viele«, sagte er nur.

Alex zeigte auf ein paar Fotos. »Die ist bei einer Lawine ums Leben gekommen, der ist ertrunken, als er mit seinem

Pferd den Fluss überqueren wollte, und der hier ist in einem Hubschrauber abgestürzt, aber das ist sehr lange her. Und diese hier hatte glaube ich Krebs, und der …« Sie schwieg abrupt. »Sorry«, sagte sie.

»Das macht nichts«, sagte er nur. Er dachte an seine Schwester, die mit tausenden Angstgedanken über ihren Sohn in ihrem dunklen Hotelzimmer lag. Die Suche war eingestellt. Nur der Zufall konnte ihn noch finden.

»Wir haben auch eine Glückswand. Die ist da um die Ecke. Mit Gästen, die heiraten, oder gerade ein Baby bekommen haben oder etwas anderes feiern.«

Simon reagierte nicht. Ihr Freund trat mit seinem Whiskyglas in der Hand an ihren Tisch.

»Alles okay?« Alex bedeutete ihm, er solle weggehen, aber er blieb stehen. Simon klopfte mit beiden Händen auf den Tisch. »Zeit zu gehen«, sagt er und versuchte aufzustehen. Er musste sich am Tischrand festhalten.

»Geht's?«, fragte Alex.

»Ist hier in der Gegend noch irgendwas offen?«, fragte er nur.

»Der Nachtladen«, sagte der Freund. »Hier um die Ecke. Aber da verkaufen sie keinen Alkohol.«

»Ich trinke nur noch Wasser, dank dir für den guten Tipp und auf Wiedersehen.« Er hob die Hand und ging langsam zum Ausgang. Der Alkohol hatte ihn noch wackliger gemacht. Als wäre er ein frisch geborenes Fohlen.

»Bis morgen«, rief Alex, kurz bevor er zur Tür hinausging.

»Morgen«, murmelte er.

* * *

Pizza, Hotdogs, belegte Brötchen, Chips, Schokolade, Eis, Kaffee. Das alles konnte man in dem Nachtladen kaufen, der vierundzwanzig Stunden am Tag geöffnet war. Simon sah sich das Leuchtdisplay über der Theke an und bestellte ein Stück Pizza bei der asiatischen Frau an der Kasse. Sie sagte, es würde ein paar Minuten dauern. Er schlenderte durch die Regale mit Lebensmitteln. Eine Gruppe ausgelassener Männer kam rein. Einer von ihnen trug eine lange blonde Perücke und hatte einen goldenen BH über sein Sweatshirt gezogen. Simon musterte sie über die Konserven mit Thunfisch und Erbsen hinweg. Die Männer riefen nach Bier. Die Kassiererin lächelte angespannt und warf Simon einen Blick zu. Er ging zurück zur Ladentheke.

»Ach, da sieh nur, ein Mann, bestimmt stehst du auf mich?«, sagte der verkleidete Kerl und zeigte auf ihn. Er fing an zu singen »You're a dirty, dirty old man.« Seine Kameraden brachen vor Lachen fast zusammen.

»Du könntest glatt bei den Three Degrees mitmachen«, sagte Simon.

»Oh, danke schön«, sagte der Perückenmann und stellte ein Bein vor, als wollte er ihn mit dieser weiblichen Pose verführen. Wieder lachten seine Kameraden. Simon hob einen Daumen. Ein Piepsen ertönte. Die Kassiererin ging zur Mikrowelle und reichte ihm sein aufgewärmtes Pizzastück auf einem Pappteller. Er sah, wie sie sich allmählich entspannte.

»Wir haben keinen Alkohol«, sagte sie zu den Partygängern. »Nur Kaffee, Tee, heißen Kakao und Erfrischungsgetränke. Oder was zu essen.« Sie zeigte auf die erleuchteten Abbildungen über ihrem Kopf. Der Perückenmann rief, er wolle einen Hotdog.

Simon ging mit seinem Teller zu der Sitzecke am Kaffeeautomaten. An einem der runden Tischchen saß Lana, vom Lügendetektortest, mit einem Becher Kaffee und einem halb aufgegessenen Brownie. Er wollte umkehren, aber sie hatte ihn bereits entdeckt und schob den Stuhl neben sich einladend zurück.

»Du bist also Fan von den Three Degrees«, sagte sie leicht amüsiert. Im Hintergrund wurden die Hotdogs jubelnd in Empfang genommen.

»Ich mag eher Blues«, sagte er und setzte sich neben sie. Er sah, dass sie sich gemeinsam im Schaufenster widerspiegelten.

»Das sieht man, ja«, sagte Lana.

Simon zog eine Augenbraue hoch. Lana berührte mit ihrem kleinen Finger ganz kurz seine Hand. »Ich meine es nett«, erklärte sie.

Er nahm einen Bissen von seiner Pizza und verbrannte sich den Gaumen. Hinter seinen Vorderzähnen entstand eine schmerzhafte Blase. Wenn er zu viel mit der Zunge darankäme, würde sich die äußere Haut lösen und wie ein nerviges Läppchen an seinen Zähnen kleben bleiben. Er legte seine Pizza hin.

»Nicht lecker?«, fragte Lana.

»Zu heiß«, sagte er.

»Sie legen sie viel zu lange in die Mikrowelle und danach auch noch unter den Grill. Das ist fatal.«

»Du kennst dich sehr gut aus«, sagte Simon.

»Ich habe hier schon oft gesessen«, sagte Lana.

Neben ihnen sprang der Kaffeeautomat an.

»Ich schlafe schlecht«, erklärte sie. »Und du?«

»Ich hatte keine Lust zu schlafen.«

»Schlechtes Gewissen?«

Simon rieb sich abgespannt über die Stirn. Lana fasste ihn beim Arm. »Ich mache nur einen Scherz. Ich weiß doch, dass du prima durch diesen Test gekommen bist.«

Er schaute zu ihr auf und versuchte, seine Erleichterung zu verbergen.

»Das weißt du doch, oder?«, sagte Lana.

Er nickte schweigend. Er hatte bestanden.

Ein Polizeiwagen hielt vor dem Laden. Corbo stieg aus, gefolgt von einem schlaksigen Polizisten. Mit schnellen Schritten ging sie vor ihm in das Geschäft. Die Partygäste dämpften ihre Stimmen, sobald sie reinkamen.

»Junggesellenfeier?«, fragte Corbo den verkleideten Mann. Es wurde verhalten gelacht. »Ihr belästigt doch niemanden, oder?« Sie schaute zu der Kassiererin, die sich nicht rührte. Wieder wurde verhalten gelacht. Als sie sich umdrehte, entdeckte sie Simon und Lana. Sie ging auf sie zu und stellte sich breitbeinig vor ihren Tisch. Eindringlich sah sie Lana an.

»Und wen haben wir hier?«

»Hallo, Janet«, sagte Lana.

»Und Sie?« Corbo wandte sich an Simon.

»Wieso?«, fragte er. »Ist es verboten, nachts in einem Nachtladen Pizza zu essen?«

Corbo stemmte beide Hände in die Hüften. Der schlaksige Polizist stellte sich mit zwei Kaffeebechern in den Händen dazu. Corbo reichte ihm nur bis an die Schultern.

»Ich habe gehört, ihr seid noch immer nicht weitergekommen«, sagte Simon.

»Sie wissen, dass ich darüber nichts sagen darf«, entgegnete Corbo. Sie drehte sich um und ging weg. Der junge Polizist folgte ihr, langsam, um keinen Kaffee zu verschütten.

»Wenn ihr Neuigkeiten habt, nehme ich an, dass wir sie als Erste erfahren«, rief er Corbo nach. Ohne sich umzudrehen winkte sie mit der Hand. »Stümper«, sagte er laut, in der Hoffnung, dass sie es doch hörte. Aber sie reagierte nicht. Simon nahm seinen Pappteller mit den Pizzaresten und stopfte ihn in den überquellenden Abfalleimer. Die Gruppe Männer verließ den Laden, manche mit ihrem Hotdog noch in der Hand. Durch das Fenster sah er, wie Corbo und ihr Kollege zum Auto gingen. Herr und Hund, dachte Simon.

»Ihr kommt mir auch nicht gerade vor wie die besten Freundinnen«, sagte er.

»Sie ist die neue Frau von meinem Ex«, sagte Lana.

Ai, dachte Simon. Er duckte sich entschuldigend.

»Kein Problem«, sagte sie. »Ich habe ihn verlassen, nicht umgekehrt. Ich verstehe mich mit meinem Ex inzwischen wieder gut, aber sie benimmt sich, als könnte ich ihn mir jeden Moment zurückklauen.«

Sie lachte. Er lachte auch.

»Bist du von hier?«, fragte Simon.

»Hier geboren und hier aufgewachsen. Jung geheiratet. Jung geschieden. Jung bei der Polizei. Alles jung. Ich war Mitte zwanzig, als ich hier auf der Straße den Eltern meiner früheren Klassenkameraden Knöllchen fürs Falschparken verpassen musste. Furchtbar. Und wenn ich dann irgendwohin ging, in eine Kneipe, ganz normal in meiner Freizeit, und sie boten mir was zu trinken an, dann traute ich mich nicht, es anzunehmen, weil ich dachte, sie würden hoffen, dass ich beim nächsten Mal meinen Strafzettelblock in der Tasche lassen würde. Ich konnte nicht damit umgehen. Mein Mann sagte, ich müsse lernen, dass Leute einfach nur nett sein wollten, und ganz bestimmt nicht vorhatten, mich zu bestechen. Schließlich sei ich doch auch einfach eine von ihnen. Naja, das konnte ich nicht. Nach ein paar Jahren habe ich aufgehört mit dem Streifendienst, saß nur noch am Schreibtisch, was sterbenslangweilig war, und als ich mich von meinem Mann trennte, habe ich die Versetzung beantragt. Ich habe es hier nicht mehr ausgehalten. Ein kleines Dorf ist nett, wenn alles Friede, Freude, Eierkuchen ist, aber wenn es schief geht, ist es die Hölle.«

Simon versuchte sich eine Vorstellung von der Hölle in Jasper zu machen.

»Ich konnte nach Edmonton und habe mich da auf Lügendetektortests spezialisiert.«

Sie schwieg.

»Das machst du gut«, sagte er. »Ohne dich wäre ich da nicht durchgekommen. Du hast mich beruhigt. Das kann ich von Bennet nicht behaupten.«

Sie lächelte, und wieder spürte er ihren kleinen Finger an seiner linken Hand. Dieses Mal etwas länger als beim vorigen Mal. Er beantwortete ihre Berührung mit einem leichten Streicheln über ihren Zeigefinger. Er spürte ein Kribbeln im Unterbauch. Das war ihm lange nicht mehr bei jemandem passiert.

»Ich habe Lust auf was Stärkeres«, flüsterte Lana ihm ins Ohr. Es kitzelte. »Du nicht?«

Er nickte.

»In meinem Zimmer habe ich eine Flasche Schottischen stehen. Wenn du Lust hast?«

Sie hielt ihren Mund noch immer nah an sein Ohr. Ihr warmer Atem erregte ihn. Lana wartete einen Moment und stand dann auf. Fügsam folgte er ihr. Die Kassiererin wünschte ihnen eine angenehme Nacht. Er tat sein Bestes, nicht zu grinsen.

Teil 4

»Die haben deinen Chris gefunden.«

Mit dieser Mitteilung weckte Hanne ihn am Telefon. Er drehte sich langsam zum Bettrand und richtete sich auf. Neben ihm schlief Lana noch. Ihr auberginefarbener BH lag auf dem knallroten Teppich. Leise stand er auf, zog die Rollläden ein kleines Stück rauf und schaute genau auf ein Restaurant auf der anderen Straßenseite. Die Heizung unter dem Fenster blies warme Luft gegen seinen nackten Körper. Er hörte, wie Lana sich stöhnend umdrehte. Laken, Bettdecken und die geblümte Tagesdecke lagen in einem wirren Haufen über ihr.

»Bist du noch da?«

»Ja, natürlich, warum fragst du das nur immer?«

»Weil ich nichts höre.«

»Ich bin schon fast unterwegs.«

»Bennet ist in einer halben Stunde da.«

Lana war wach. Sie schaute ihn frohgemut an, die Arme über sich gegen das Kopfende ausgestreckt. Ihre Hände reichten knapp bis an die dunkelrosa gestreifte Tapete.

»Ich muss gehen«, sagte Simon zu ihr. »Meine Schwester hat angerufen, es gibt Neuigkeiten.«

Lana schnellte auf. »Gute oder schlechte?«

»Keine Ahnung«, sagte er und suchte nach seiner Unterhose und seinen Socken.

»Möchtest du, dass ich mitkomme?«

»Besser nicht, glaube ich.«

Gehetzt zog Simon sich an. Lana stieg aus dem Bett und ging zu ihrer Handtasche. Sie zog ihr Portemonnaie hervor.

»Das erste Mal ist umsonst«, sagte Simon trocken. Lana griff nach seinem Arm und nahm ihn in den Polizeigriff.

»Gnade, Gnade!«, rief er.

Lana ließ seinen Arm los.

»Das hast du jedenfalls nicht verlernt«, sagt er und rieb sich vorsichtig das Handgelenk.

»Komm her«, sagte sie.

Sie griff nach seinem Handgelenk und gab einen Kuss darauf. Mit seiner anderen Hand umschloss er eine ihrer Brüste.

»Ist das auch noch umsonst, oder muss ich dafür jetzt bezahlen?«, fragte Lana.

Er lächelte.

Sie gab ihm ihre Visitenkarte.

»Ich fahre gegen zehn Uhr los nach Edmonton, aber du kannst mich jederzeit anrufen.«

Er beugte sich vor, um sie zu küssen, aber sie hielt ihn zurück. »Wo ist dein Handy?« Er zog es aus seiner Hosentasche. Sie nahm es an und tippte eine Telefonnummer ein. Er hörte ihr Handy klingeln.

»Jetzt habe ich deine Nummer auch«, sagte sie. Sie zeigte auf ihren Mund, um ihm zu verstehen zu geben, dass er sie küssen durfte und schob ihn danach sanft aus dem Raum.

»Ich rufe dich auf jeden Fall an«, sagte sie, bevor er die Tür hinter sich schloss.

Simon ging die Treppe runter, sich am Geländer festhaltend. Eine junge Hotelmitarbeiterin kam ihm mit einer Packung Toilettenpapier in der Hand entgegen. Sie begrüßte ihn freundlich und fragte, ob er gut geschlafen habe. Er nickte nur und dachte zurück an die vergangene

Nacht, wie selbstsicher Lana ihn dirigiert hatte, als würde sie jede Nacht einen Mann aufgabeln. Sie hatte genau gewusst, wie sie seinen unerfahrenen Körper lenken musste. Er dachte an die neun Nächte mit Gwenn auf dem Dach seines Apartments in Nanaimo. Beim ersten Mal hatte sie ihn dort beritten, als wäre er ein willenloses Opfer. Sein Genuss war unbeschreiblich gewesen. Der Preis, den er später dafür bezahlte, leider auch. Bei Lana war sich Simon nicht wie ein willenloses Objekt vorgekommen. Lana hatte ihn begleitet, wie ein Hund sein blindes Herrchen begleitet, schweifwedelnd und mit weichem Nasse-Nasen-Druck.

Unten in der Lobby fiel Simon ein, dass sein Auto noch an seinem Hotel stand. Er erwog, seine Schwester anzurufen, um sich abholen zu lassen, aber die würde wissen wollen, warum er nicht ganz normal in seinem eigenen Zimmer war. Er beschloss, ein Taxi zu nehmen und ging zur Rezeption. Zwei ältere Frauen checkten gerade aus. Sie trugen lange Wachsmäntel und kabbelten sich wegen der Rechnung. Die Rezeptionistin wartete ihr Geplänkel in Ruhe ab und hatte kein Auge für Simon, der ungeduldig mit dem Zeigefinger auf die Theke tickte. Einen Moment lang hielten die beiden den Mund und musterten ihn von Kopf bis Fuß.

»Ich bräuchte ein Taxi zur Marmot Lodge«, sagte Simon schnell zu der Rezeptionistin. »Würden Sie mir bitte eins bestellen?« Die Rezeptionistin zögerte, sah die beiden Frauen an, als bräuchte sie ihre Zustimmung und griff dann nach dem Telefon.

Simon setzte sich in einen der Sessel in der Lobby. Er schaute sich die goldfarbenen östlichen Motive auf der Tapete an, während das Gezeter der Frauen unvermindert weiterging. Über ihm hing ein ausgestopfter Elchkopf.

»Kannst du nicht Abschied nehmen?« Lana stand vor ihm und sah ihn breit lachend an. Simon spürte einen Hüpfer im Bauch.

»Ich warte auf ein Taxi zu meinem Hotel«, sagte er. Er zeigte auf sein Bein.

»Soll ich dir ein Croissant holen?« Sie zeigte auf den Raum hinter ihnen, wo das Frühstück serviert wurde. Bevor er auch nur ein Wort sagen konnte, war sie schon weg und kehrte kurze Zeit später mit einem Croissant zurück. Dankbar nahm er es an. Lana setzte sich in den Sessel neben ihn. Er traute sich nicht, sie nach der vergangenen Nacht zu fragen. Eine Weile schwiegen sie.

»Ich will nicht, dass du glaubst, dass das meine Gewohnheit ist«, sagte Lana plötzlich.

»Ich auch nicht«, sagt er.

Als der Taxifahrer in die Lobby kam, gab Lana ihm einen Kuss auf den Mund, als wäre es die normalste Sache der Welt.

»Sei vorsichtig, ja?«, sagte sie.

* * *

Chris war in Calgary ausfindig gemacht worden. Simon war kurz vor Bennet angekommen und saß in Hannes und Robberts Hotelzimmer. Die beiden hockten dicht nebeneinander am Fußende des Bettes. Bennet lehnte gegen die Anrichte der Küchenzeile. Er hatte ihnen gerade ausführlich erzählt, wie sie Chris auf die Spur gekommen waren. Sein Tonfall verriet, dass er es als hervorragende Kriminalarbeit betrachtete. Chris werde heute in Calgary verhört, und Bennet hoffte auf neue Informationen über den Jungen. Welche auch immer.

»Wie meinen Sie das?«, fragte Robbert.

»Wir können nichts ausschließen«, entgegnete Bennet.

»Ist er ein Verdächtiger?«, wollte Hanne wissen.

»Vorläufig nicht«, sagte Bennet.

Seine vagen Worte ärgerten Simon. Man könnte glatt glauben, die Schwachmaten des kanadischen Polizeiapparats würden grundsätzlich in Jasper eingesetzt.

»Und was sollen wir machen, was meinen Sie?«, fragte Hanne.

»Zurzeit können wir nur abwarten.«

Hanne schaute vor sich hin. Simon sah ihr regloses Gesicht im Spiegel. Sie wirkte erschöpft, nicht einmal mehr in der Lage, ihre Gesichtsmuskeln zu bewegen.

»Ich verstehe, wie schwierig das für Sie ist«, sagte Bennet. Er rieb sich mit einer Hand über den kahlen Schädel und ließ den Blick durchs Zimmer wandern, ohne jemanden wirklich anzusehen. »Aber ich verspreche Ihnen, dass wir unser Allerbestes tun, um Ihren Sohn zu finden.«

»Natürlich, das wissen wir«, sagte Robbert. Mühsam rappelte er sich auf und gab Bennet die Hand. »Wir schätzen sehr, was Sie alles tun.« Er begleitete Bennet aus dem Raum und setzte sich wieder aufs Bett. Danach war es eine ganze Weile still. Hanne und Robbert schauten beide vor sich hin. Sollten sie froh sein? Mit dem Zeigefinger folgte Hanne langsam den Motiven auf der Tagesdecke.

»Ich fahre zurück nach Calgary«, brach Simon das Schweigen. Er stand von seinem Stuhl auf.

»Wieso?«, fragte Hanne.

»Ich will selbst mit diesem Chris sprechen.«

»Ich weiß nicht, ob das so klug ist«, sagte Robbert.

»Wir werden sehen«, sagte Simon.

»Was zum Kuckuck denkst du?«, fragte Hanne. »Dass

du auf eigene Faust jemanden verhören kannst? Bleib mal auf dem Teppich, Mann. Außerdem, du hast doch keine Ahnung, wo dieser Chris ist.«

»Das finde ich schon heraus«, sagte er.

Hanne nickte spöttisch. »Das findest du schon heraus, ja, klar.«

»Ich muss auch wieder zurück zur Arbeit. Wenn ich den Job nicht verlieren will.«

Hanne sah ihn entsetzt an.

»Du glaubst doch nicht, dass ich unbezahlten Urlaub habe? Wenn ich mehr als zwei Wochen nicht antanze, kann ich gleich zu Hause bleiben.«

»Du kannst deinen Chef doch anrufen und es erklären«, sagte Hanne.

»Nein, das kann ich nicht.«

»Und wir? Was machen wir dann?« Robberts Stimme klang hoch und gehetzt. Er sah Hanne an.

»Solange wir nichts wissen, bleiben wir hier«, sagte Hanne. »Das hier ist der Ort, an dem er zuletzt gesehen wurde, also ist das der Ort, an dem wir vorläufig bleiben.« Robbert gab sich offensichtlich geschlagen. Hanne sah zu Simon. »Woher bist du da heute Morgen mit dem Taxi gekommen?«

»Das geht dich nichts an.«

»Ich glaube, du betrachtest das alles hier ein wenig wie einen Urlaub, oder?«

»Jahrelang schaut sich keiner nach mir um und jetzt soll ich plötzlich Rechenschaft ablegen über jeden Schritt, den ich mache?«

Robbert stand auf und stellte sich zwischen Hanne und Simon.

»Sie meint es nicht so«, sagte er.

»Doch, genau so meine ich es«, sagte Hanne.

Robbert hob beide Hände. »Okay, wenn ihr euch streiten wollt, bitte, aber ich habe keine Lust, dabei zu sein.«

Er nahm seine Jacke von der Garderobe und ging aus dem Zimmer.

»Lauf du nur weg, ja!«, rief Hanne ihm nach. »Ich regle das hier wieder mal alleine!« Mit einer abrupten Armbewegung fegte sie das Wasserglas vom Nachtschränkchen. Das Glas sprang auf dem Teppich auf, blieb aber heil. Sie presste die Finger fest auf ihre Augen.

»Womit haben wir das alles doch bloß verdient!«, sagte sie mit belegter Stimme.

Simon hatte das Gefühl, sie könnte jeden Moment in Tränen ausbrechen. Er setzte sich neben sie und drückte seine Schulter gegen ihre. Hanne drückte zurück. Er drückte noch einmal. Es war ein Spiel, das sie als Kinder oft gemacht hatten. Drücken, bis einer von ihnen beiden umfiel. Aber Hanne drückte nicht weiter.

»Du weißt nicht, warum Dinge sind, wie sie sind, wenn du mitten drin steckst«, sagte er. »Es hat keinen Sinn, dir den Kopf über das Warum zu zerbrechen. Du siehst es erst, wenn du es siehst. Nicht eher.«

Sie sah ihn mit rot geränderten Augen an.

»Du warst immer lieb zu mir«, sagte sie.

Er nickte.

»Warum?«

»Warum nicht?«

Sie ließ sich rücklings aufs Bett fallen und stieß einen verzweifelten Laut aus. Ihre Arme lagen ausgestreckt über ihrem Kopf.

»Ich habe das Gefühl, irgendwo eine falsche Ausfahrt genommen zu haben«, sagte sie.

»Du glaubst, es gibt den Weg zum Paradies?«

»Ein kleines Paradies wäre schön, oder?«

»Eines, in das nur du passt, meinst du.«

Hanne drehte sich auf den Bauch, weg von ihm, ihr Gesicht lag flach auf der Tagesdecke. Ihm wurde bewusst, wie schlecht sie sich kannten. Wie wenig sie außerhalb der oberflächlichen Tatsachen voneinander wussten. Als hätten sie jahrelang wie Gefangene nebeneinander gelebt, in ihren eigenen Zellen, und von einer besseren Zukunft geträumt, in der der andere keine Rolle spielte.

»Findest du mich egoistisch?«, fragte Hanne.

Sie rappelte sich auf und kroch auf Händen und Füßen rückwärts vom Bett.

»Nicht mehr als andere«, sagte er.

Sie zupfte ihre Strickjacke zurecht und stellte sich vor ihn. Ihre Knie berührten seine fast. Er spürte einen unangenehmen Druck auf der Brust und schaute auf den Boden. Im Teppich waren Brandflecken.

»Du findest, dass wir alle Egoisten sind?«

»Das würde eine Menge erklären, oder?«

Hanne drehte sich zum Fenster, presste die Hände und den Kopf gegen die Scheibe.

»Ich habe eher das Gefühl, dass ich ständig nur für andere sorge«, sagte Hanne.

»Du sorgst nicht für andere, du kittest.«

»Ist es falsch, wenn man versucht, eine Familie zusammenzuhalten?« Sie klang zerbrechlich. Als würde sie plötzlich an allem zweifeln, was sie ihr gesamtes Leben lang als ihre Mission betrachtet hatte: das Harmonisieren ihrer Familie.

Er dachte an seinen ersten Tag im Kindergarten. Er stand an der Hand seines Vaters am Tor. Ruud war schon vorgerannt zum Sandkasten. Sein Vater ließ seine Hand los und schob ihn sachte nach vorne, zu den anderen

Kindern, die alte Reifen über den Hof hopsen ließen. Er wollte nicht, er wollte zurück zu der Hand seines Vaters, aber die hatte sich schon zu einer unbezwingbaren Faust zusammengeballt.

»Die Tatsache, dass wir ein wenig DNA teilen, macht uns nicht automatisch zu einer Einheit«, sagte Simon.

»Was meinst du damit schon wieder?«

»Meine Sichtweise ist, dass du zusammenzubringen versuchst, was niemals zusammen war.«

Hanne schwieg eine Weile. »Familie ist für dich eine Sichtweise? Das ist der deprimierendste Gedanke, den ich jemals gehört habe«, sagte sie leise.

Er ging zu ihr und wollte seine Hände auf ihre schmalen Schultern legen. Die verletzlichen Träger der Aufgabe, die sie sich selbst zugewiesen hatte. Er versuchte sich vorzustellen, was sie alles bewegte, mit einem vermissten Sohn und einer krampfhaft aufrechterhaltenen Ehe, an einem Ort, der nicht ihr Zuhause war. An welchem Gedanken hielt sie sich fest? Oder waren da nur Sorgen, im Voraus projektierte Bilder über alles, was schiefgehen konnte? Tausende mögliche Wege zu einer Katastrophe.

»Ich bin mir sicher, dass er wiedergefunden wird. Dass er okay ist«, sagte Simon.

»Ich auch, ich auch«, flüsterte Hanne. Ihre Stimme klang gepresst.

Er legte ihr beide Hände auf die Schultern.

»Nicht so an mir hängen, bitte«, sagte sie erschöpft. Er ließ die Hände wieder fallen. »Gehst du weg?«, fragte sie nur.

»Ja«, sagte er.

»Rufst du an, wenn du da bist?«

»Natürlich.«

Er gab ihr einen Kuss auf die Wange. Ihm wurde bewusst, dass er das seit ihrem Zusammensein hier noch nicht gemacht hatte.

* * *

Schnell packte Simon seine Sachen zusammen. Den Rucksack des Jungen ließ er bei Hanne zurück. Von der Galerie aus sah sie zu, wie er in sein Auto stieg und wegfuhr.

An der Tankstelle auf der Hauptstraße tankte er und kaufte zwei belegte Brötchen und Wasser für unterwegs. Lana hatte ihm Chris' Adresse besorgt. Wenn er gut durchkam, war er am späten Nachmittag zu Hause. Sein Zuhause. Das Wort tönte ihm wie verlorenes Land in den Ohren. Der Himmel war bewölkt. Als er aus Jasper herausfuhr, brach die Sonne durch ein kleines Loch in der Wolkendecke und fächerte gefiltertes Licht vor ihm auf die Straße. Das Thermometer in seinem Auto zeigte elf Grad an. Am Mauthäuschen des Naturparks sah er, dass die Wetterbedingungen für den Icefields Parkway gut waren. Kurz nach der Kontrolle fuhr er an dem verlassenen Parkplatz vorbei, an dem die Wanderung durch das Tal der Fünf Seen anfing. Dort irgendwo war die Mütze des Jungen unter einem roten Holzstuhl gefunden worden. Bennet hatte ihm das Foto gezeigt, zwei knallrote Adirondack-Stühle mitten in der rauen Landschaft. Es war ein seltsamer Anblick, als wäre die Natur keine Natur, sondern das Produkt von Menschenhänden, sorgfältig gestaltet und eingerichtet. Er war sich sicher, dass der Junge die Mütze bei seiner Wanderung mit Chris und Quinn verloren hatte. Die Vorstellung, dass er irgendwo in den Bergen herumirrte, oder gar verunglückt war, ging ihm noch immer nicht in den Kopf. Wenn der Junge ihm auch nur im Geringsten ähnelte, war er abgehauen. So weit wie möglich weg von allem und allen hier. Es war nicht schwierig, in Kanada zu verschwinden, so lange man sich außerhalb der gebahnten Wege aufhielt, in Bewegung blieb und allein sein konnte.

Die Straße schlängelte sich in sanften Kurven durch die dunstige Berglandschaft, in der große Teile der verschneiten Gipfel im Nebel verborgen blieben. Ein einsamer Radfahrer fuhr ihm in einem ärmellosen T-Shirt entgegen. Er stand im krassen Kontrast zu den tiefschwarzen Wolken, die vor ihm hingen. Nach einer Viertelstunde fing es an zu regnen und die Temperatur sank im Handumdrehen auf drei Grad. Lana hatte ihn vor plötzlichen Wetterumschwüngen gewarnt, die keine einzige Wetterstation vorhersagen konnte. Er drosselte das Tempo und hielt am Parkplatz vom Parkers Ridge an. Die Scheibenwischer wischten rhythmisch den Regen von der Windschutzscheibe. Ein gelber Schneepflug stand arbeitslos in einer Ecke. Zwei Raben waren auf der Suche nach essbaren Resten über das Gelände. Auf dem Parkplatz stand noch ein anderes Auto mit eingeschalteten Lichtern. Genau vor Simon führte ein schmaler Pfad den Berg hinauf. Er beugte sich vor, um zu sehen, ob es weiter oben schneite, aber er hatte zu wenig Sicht. Jemand kam mit einem Regenschirm den Pfad hinunter. Flüchtig glaubte er den Jungen zu sehen, aber es war eine junge Frau. Ihre hellbraunen Wildlederstiefel waren unten dunkelbraun durchweicht. Aus dem anderen Auto stieg ein älterer Mann und ging ihr entgegen. Seinen wilden Armgebärden entnahm Simon, dass er wütend war.

Simon stieg auch aus und ging zu dem gezimmerten Toilettengebäude. Die Bretter auf dem Fußboden waren mit Maschendraht bespannt. Die Toilette entpuppte sich als nicht mehr als eine Klobrille zwischen ein paar Holzbrettern über einem Loch in der Erde. Er betrachtete die eingekerbten Schriftzüge an den Holzwänden. Manche waren schon Jahre alt. Zwischen den Ausrufen, Herzen und Namen sah er frisch geritzt DAAN stehen, daneben ein Herzchen und ROXANNE. Mit den Fingern tastete er über die eingekerbten Buchstaben der beiden Namen. An dem hellen Holz konnte er sehen, dass es erst vor kurzem passiert war. Hatte der Junge das auf dem Hinweg gemacht? Oder war er später noch einmal hier gewesen? Er konnte sich nicht erinnern, dass sie auf dem Hinweg hier angehalten hatten. Simon zog sein Handy aus der Jackentasche und machte ein Foto. Seine Hände zitterten. Er wollte seiner Schwester das Foto schicken, merkte aber, dass er keinen Empfang hatte. Draußen vor der Toilette versuchte er es noch einmal, die Arme weit hochgestreckt, um ein Signal aufzufangen. Aber das Foto ging nicht raus. Er steckte das Handy wieder ein und ging zum Auto. Auf dem Dach saß ein Rabe. Er erschrak vor seiner Größe. Das Tier flog nicht weg, als er sich näherte, auch nicht, als er es mit wedelnden Händen zu verscheuchen versuchte. Der Rabe blieb unerschütterlich sitzen, drehte den Kopf mal nach links und dann wieder nach rechts. Simon zischte ein paarmal laut zwischen den Zähnen. Der Rabe sah ihn nur mit stechendem Blick an. Simon zischte noch ein paarmal und klatschte in die Hände. Schließlich drehte der Rabe eine Runde auf dem Autodach, hüpfte träge zur Rückseite und sank mit zwei Flügelschlägen auf den Boden. Schnell stieg Simon ein. Als er die Autotür zuzog, entwich ihm ein tiefer Seufzer. Sein Herz hämmerte wie wild. Im Seitenspiegel sah er, wie der Vogel entspannt mit dem Schnabel in einem Spalt im Asphalt herumpickte. Er zog das Handy aus der Jackentasche und sah sich noch einmal das Foto von den eingekerbten Namen an. Senden fehlgeschlagen stand unter dem Foto. Er legte das Handy in die Ablage unter dem Armaturenbrett und fuhr los.

Die neblige Bewölkung hatte die Berggipfel verschluckt. Wo Simon auch hinschaute, überall sah er Grau. Nach ein paar Kilometern kam er am Big Bend vorbei, einer großen Schleife, die wie ein Lasso an der steilen Bergwand lag. In Schneckentempo fuhr er die Haarnadelkurven hinab. Auf dem Hinweg hatten sie zu viert oben auf dem kleinen Parkplatz angehalten. Er hatte sich über das weite Tal gewundert, das hundert Meter unter ihnen lag und mit Tannen bedeckt war. Ein vereinzelter Laubbaum brachte herbstlich gelbe Tupfer in das Grün. Der Icefields Parkway schlängelte sich wie eine graue Riesenschlange durch die grüne Landschaft. Bei der Aussicht hatte der Junge einen Urschrei ausgestoßen. Es war das erste Mal, dass sie gleichzeitig beeindruckt von etwas waren. Diese jahrhundertealte Landschaft, die sich schon unzählige Male erneuert hatte. Wo kein Baum derselbe war wie vor ein paar hundert Jahren, wo Gräser wuchsen, die nach einem einzigen Winter bereits wieder verschwunden waren, wo Waldbrände hektarweise Natur verwüstet hatten, die jungen Pflanzen und neuen Arten. Alles war ständig in Bewegung, und doch schien es, als hätte die Zeit keine Macht über sie. Das konnte man von Menschen nicht behaupten. Jeden Tag starben mehr seiner Zellen ab, als hinzukamen. Ihm war nur allzu bewusst, dass in ein paar Jahrzehnten nichts mehr von ihm übrig wäre. Nichts würde er weitergeben, keine Kinder, keinen Nachlass. Alles, was er hinzufügte, war für den Moment. Wenn er überhaupt etwas hinzufügte. Hanne hatte ihn vor ein paar

Tagen einen Maulwurf genannt. Einen Maulwurf, der ans andere Ende der Welt gekrochen war. Aber ein Maulwurf hinterließ sichtbare Spuren. Unerwünschte Spuren, aber sichtbare. Er wusste nicht, welche wahrnehmbaren Spuren er auf seiner Tour hinterlassen hatte.

Er fuhr an einem fast ausgetrockneten Flussbett vorbei, in das das Wasser ein Schlangenliniennetz aus Rinnsalen gewaschen hatte. In ein paar Monaten war hier alles, was nicht strömte, weiß und gefroren, und es würde bis tief in den Juni dauern, bis das Eis geschmolzen war. Er mochte diese extreme Kälte, die seine Augenbrauen und Wimpern und alle Härchen auf seinem Gesicht einfror.

Der Himmel färbte sich heller, und die Temperatur stieg an. Er erkannte wenig von der Landschaft, die er jetzt in umgekehrter Richtung betrachtete. Ein Hinweisschild zeigte an, dass er zehn Kilometer vom Lake Louise entfernt war. Nicht mehr lange, und er konnte die Fernstraße nach Calgary nehmen.

Kurz bevor er auf die zweispurige Straße wechselte, piepte sein Handy ein paarmal. Er sah, dass er einige Anrufe verpasst und eine Textnachricht von Hanne bekommen hatte. Den Blick halb auf die Straße gerichtet öffnete er sie.

Kann dich nicht erreichen. Daan ist gefunden worden!!!! Ruf mich asap an X h

* * *

Hanne hatte den Jungen noch nicht gesprochen, aber Bennet zufolge war er mit Chris mitgefahren nach Edmonton und von dort aus weiter nach Calgary. Aber wo in Calgary konnte der Junge hin? Er hatte den Schlüssel vom Apartment nicht mitgenommen, als sie loszogen.

»Wo ist er denn jetzt?«

»Chris sagt, er sei zu irgendeiner Nancy gegangen.« Hanne schrie es fast durchs Telefon.

Simon atmete erleichtert auf. Wenn er bei Nancy war, dann war alles gut.

»Kennst du die?«

»Ja.«

Er hörte, wie seine Schwester in Weinen ausbrach. »Sorry«, sagte sie, »sorry, ich bin so erleichtert, dass er wieder da ist.«

Simon traute sich nicht zu sagen, dass sich noch zeigen musste, ob Chris die Wahrheit gesagt hatte und der Junge wirklich wieder da war.

»Ich rufe sie sofort an und fahre dann zu ihr, okay?«

»Ja, mach das, mach das, sofort.«

Simon legte auf. Es fühlte sich an, als hätte ihm jemand einen schweren Rucksack abgenommen, von dem er nicht wusste, dass er ihn getragen hatte. Er rief Nancy an, aber es wurde nicht abgenommen. Dreimal ließ er das Handy so lange läuten, bis eine automatische Stimme sagte, die Nummer sei nicht erreichbar. Nancy hatte keine Mailbox, wusste er.

Er rief seine Schwester an, um sie wissen zu lassen, dass Nancy nicht rangegangen war. Er würde sie anrufen, wenn er bei ihrem Haus war.

Gehetzt fuhr er weiter nach Calgary, viel schneller als die erlaubten neunzig Stundenkilometer. Zwischendurch versuchte er, Nancy zu erreichen. Vergeblich. Als er zwei Stunden später vor dem Tor ihrer Hundepension stand, am Ende eines halb befestigten Landwegs, zeigte sich, dass das Tor abgeschlossen war.

Als er auf die Klingel drückte, ertönte auf dem Hof drei Mal ein lauter Summer. Hunde fingen an zu bellen. Er glaubte, das Bellen von Bo und Zita herauszuhören. Wie gern würde er die beiden mit nach Hause nehmen. Er klingelte noch einmal und wartete ein paar Minuten, aber niemand kam. Das Bellen ließ nach. Nancy ließ ihre Hunde nie lange allein zurück, aber er hatte keine Lust, zu warten.

Er beschloss, zu Chris zu fahren, zu der Adresse, die Lana ihm am Morgen gegeben hatte. Ein schickes Viertel im Westen der Stadt. Er war noch nie dort gewesen.

Mehrmals blieb er in der Sackgasse einer Wohnstraße stecken, bevor er Chris' Haus gefunden hatte. Es war groß und auffällig rot gestrichen, dreistöckig und mit einer Doppelgarage. Neben der Auffahrt stand ein Basketballpfahl. Das Haus wurde zu beiden Seiten von einem schmalen Rasenstreifen von den Nachbarhäusern getrennt. Er parkte sein Auto auf der Auffahrt, genau vor der Doppelgarage. Über eine kleine Treppe ging er zur Haustür. Er klingelte. Es dauerte eine Weile, bis eine Frau ihm öffnete. Sie war eindeutig jünger als Chris und sah aus, als würde sie jeden Moment einen Fotografen erwarten. Hinter ihr stand ein Mädchen. Er erkannte in ihr das Mädchen mit dem Heliumballon aus der Kaffeebar, in der er Chris kennengelernt hatte. Die Frau schaute ihn fragend an.

»Ich möchte zu Chris«, sagte er.

»Er ist nicht da.«

»Oder eigentlich möchte ich zu Dan.« Er hasste es, dass er den Namen des Jungen aussprach, wie Chris es tat.

»Dan?«

»Ja.«

»Und wer sind Sie?«

»Ich bin sein Onkel.«

Er streckte die Hand aus, aber sie nahm sie nicht an. Er zog sie wieder zurück.

»Es tut mir leid, dass ich Sie so überfalle, aber …«

»Er hat der Polizei schon alles erzählt. Er hat Ihren Neffen letzten Freitag bei einer Nancy abgesetzt. Mehr weiß er nicht. Ihr Neffe ist nicht hier.«

Sie wollte die Tür schließen.

»Ist Quinn hier?«

Sie kniff die Augen zusammen.

»Quinn wohnt hier nicht. Der wohnt bei seiner Mutter, in Edmonton.«

»Darf ich kurz reinkommen?«

Er trat einen Schritt vor, aber die Frau machte die Tür ein Stück weiter zu. Das kleine Mädchen fing an zu weinen und fragte ihre Mutter, wer dieser Mann sei. Sie zog das Kind an sich und streichelte ihm über den Kopf.

»Der will zu Papa, aber Papa ist nicht da.« Sie sah ihn an. »Sie hören es. Es tut mir leid, dass ich nichts für Sie tun kann. Und es tut mir auch leid wegen Ihres Neffen. Hoffentlich wird er bald gefunden.«

»Wie meinen Sie das? Ich dachte, er sei gefunden worden?«

»Oh? Naja, das sind dann sehr gute Neuigkeiten.« Sie drückte die Tür jetzt fast ganz zu.

»Wie spät kommt Ihr Mann nach Hause?«, fragte er schnell.

»Das weiß ich nicht.«

Die Tür fiel ins Schloss. Als er sich umdrehte, sah er einen Pick-up mitten auf der Straße stehen. Ein Mann mit Cowboyhut beobachtete ihn auffällig. Simon zeigte ihm seinen erhobenen Daumen. Ganz langsam fuhr der Pick-up weiter und blieb ein Stück entfernt mit laufendem

Motor stehen. Zweifelsohne wurde er im Rückspiegel beobachtet.

Ihm blieb nichts anderes übrig als zurück zu Nancy zu fahren. Als er wieder klingelte und die drei Summer auf dem Hof hörte, kam eine junge Frau zum Tor. Er kannte sie nicht.

»Ich bin auf der Suche nach Nancy«, sagte er, als sie näherkam.

Sie musterte ihn prüfend. Ihre halblangen Haare hatte sie mit zwei Haarspangen zu beiden Seiten ihres Gesichts festgeklemmt. Es sah kindisch aus.

»Ich bin Simon. Ein Freund. Meine Hunde sind hier untergebracht. Bo und Zita.«

»Wollen Sie sie abholen?«, fragte die Frau.

»Nein, nein, ich bin auf der Suche nach Nancy. Und nach meinem Neffen. Der soll hier sein.«

»Nancy ist bei einer Hundeshow in Edmonton. Das ganze Wochenende schon.«

»Wann kommt sie zurück?«

»Irgendwann im Laufe des Tages.« Simon ließ den Kopf hängen. »Ist es dringend?«, fragte sie.

»Ja, das ist es.«

»Sie können sie besser anrufen.«

»Das habe ich schon hundertmal gemacht, aber sie geht nicht ran.«

Die Frau legte den Kopf ein wenig schief. »Ich habe sie vor ein paar Stunden noch gesprochen«, sagte sie.

Simon starrte sie einen Moment lang glasig an. Wenn Nancy erreichbar war, hatte sie seine Anrufe absichtlich ignoriert. Er bekam das Gefühl, in einem seltsamen Spiel gelandet zu sein, dessen Regeln er nicht kannte und bei dem niemand wusste, dass er mitmachte. Der obligatorische, aber unerwünschte Spielkamerad, wie er es früher als Kind immer gewesen war, wenn Ruud gefragt wurde, ob er in der Straße hinter ihrem Haus Fußball oder Schlagball spielen wollte, und seine Mutter ihn in Form eines Pauschalangebots mit rausschickte. Das letzte Kind, das in die Mannschaft gewählt wurde.

»Wer bist du eigentlich?«, fragte er. »Ich habe dich noch nie gesehen.«

»Chloe. Ich passe auf die Hunde auf, wenn Nancy wegmuss. Schon eine ganze Weile.«

»Würdest du sie bitte anrufen?«

Chloe schaute ihn argwöhnisch an.

»Ich will nur wissen, ob mein Neffe bei ihr ist. Wir suchen ihn schon tagelang. Mit Polizei und allem Drum und Dran.«

Chloe zog ihr Handy aus der Jackentasche, entsperrte das Display und tippte eine Nummer ein. Sie wartete kurz.

»Hey, Nancy!«, hörte er sie rufen. »Nein, alles okay. Hier ist jemand für dich.«

Sie reichte ihm das Handy durch die Gitterstäbe.

»Nancy? Hier ist Simon. Ist Daan bei dir?«

Es blieb eine Weile still. »Er sagt, dass ihr Streit habt«, sagte Nancy.

»Ist er bei dir?«

Wieder blieb es eine Weile still.

»Er wird vermisst!«, fuhr er fort. »Wir suchen ihn schon seit fünf Tagen, mit Polizei und Hunden und einem Hubschrauber. Seine Eltern sind in Jasper, die sind krank vor Sorgen!« Er rief es fast ins Handy.

»Himmel«, sagte Nancy, »das wusste ich nicht.«

»Also, ist er bei dir?« Er sagte es nachdrücklich, Wort für Wort, fast drohend.

Wieder war es still.

»Nancy, bitte?«

»Er sitzt neben mir.«

Simon zitterte und wusste nicht, ob er wütend oder froh sein sollte. Er holte ein paarmal tief Luft. Chloe sah ihn an, als würde sie auf das Ergebnis einer Lotterie warten. Er drückte sich das Handy wieder ans Ohr.

»Kann ich mit ihm sprechen?«

»Ich glaube nicht, dass er das möchte.«

Er seufzte. »Würdest du ihm dann sagen, dass er seine Mutter anrufen soll? Die stirbt in diesem Moment tausend Tode in Jasper.«

»Er hat sein Handy nicht dabei.«

»Warum nicht?«

»Etwas mit seinem Ladekabel?«

Simon konnte es kaum glauben. Die ganze Zeit hatte der Junge an seinem Handy geklebt, und jetzt hatte er es nicht dabei. Er hörte Nancy murmeln. Das Geräusch war verzerrt. Wahrscheinlich hatte sie das Mikrofon abgedeckt, als müsste sie den Jungen gegen ihn beschützen.

»Er fragt, ob du seine Mutter anrufen könntest.«

»Gib ihn mir einfach.«

»Er will nicht, Simon.«

Er spürte, wie die Wut in seiner Brust hochkroch. Am liebsten würde er den Jungen an den Ohren durchs Telefon zu sich ziehen. Dann würde er schon merken, welche Folgen »Nicht-wollen« hat.

»Ich glaube nicht, dass dir so ganz klar ist, was hier in den vergangenen Tagen los war. Wie sich alle fühlen«, knurrte er gereizt.

»Wir sind in einer halben Stunde zu Hause, okay? Dann kannst du mit ihm reden.« Nancy unterbrach die Verbindung. Er starrte auf das Display, auf dem er gerade noch sah, dass die Dauer ihres Gesprächs angegeben wurde. Zwei Minuten und drei Sekunden. Chloe streckte den Arm aus, um das Handy zurückzufordern. Er legte es in ihre Hand.

»Sie sind schon in der Nähe«, sagte er. »Ich warte im Auto.«

Dort rief er seine Schwester an, um ihr zu sagen, dass der Junge tatsächlich bei Nancy war und sie sich in einer halben Stunde treffen würden. Sie weinte unablässig. Robbert übernahm das Gespräch. Er sagte, sie kämen sofort nach Calgary. Simon wollte ihnen von einer Fahrt im Dunkeln durch die Rockys abraten, aber er wusste, dass dieser Rat sinnlos war. »Fahrt vorsichtig«, sagte er nur.

Er schob den Autositz zurück und schloss die Augen. Das Einzige, was er tun konnte, war warten. Heute Abend wären sie alle zusammen, Hanne, Robbert, der Junge und er. Und wahrscheinlich Nancy, die den Jungen offensichtlich wie eine zweite Mutter in ihre Obhut genommen hatte. Er fühlte sich von ihnen allen zum Narren gehalten.

* * *

Die Lichter von Nancys Transporter blendeten ihn. Er stellte den Sitz wieder hoch und wartete, bis sie durch das Tor gefahren war, das Chloe ihr offenhielt. Schnell fuhr er auf die Auffahrt. Chloe war schon dabei, das Tor zu schließen und zögerte, als er ankam. Er hupte, um klar zu machen, dass er da durchwollte. Langsam drückte sie das Tor wieder auf. Er fuhr auf den Hof, am Wohnhaus vorbei, wo zwei Baulampen den Innenhof hell erleuchteten, und parkte sein Auto vor dem Schuppen mit den Hundezwingern. Er hörte die Hunde ausgelassen bellen. Nancys Transporter stand ein Stück weiter im Carport. Sie war schon dabei, die Hunde aus ihren Transportboxen zu lassen. Als er ausstieg, rannten zwei von ihnen mit aufgerichteten Ruten bellend auf ihn zu. Er streichelte sie über ihr langes schwarzes Fell. Den Jungen sah er nicht. Nancy stieg aus dem Laderaum des Transporters, einen jungen Corgi unter den Arm geklemmt. Sie trug ein moosgrünes Kostüm mit roten Borten und Doppelrevers. Der Rock umgab sie wie ein Reifen und ihre kräftigen Beine waren in eine fleischfarbene dicke Strumpfhose gehüllt. Die robusten halbhohen Wanderschuhe an ihren Füßen bildeten einen seltsamen Kontrast zu dem, was offensichtlich ihr Show-Outfit war.

»Wo ist er?«

Nancy zeigte auf die Fahrerkabine. »Und sagen wir noch Hallo?«

Simon umarmte sie halbherzig, ihre Körper berührten sich kaum. Er spürte den Leib des Welpen kurz an seinem Arm. »Ich bring den hier gerade mal rein«, sagte Nancy. Sie streichelte dem Welpen über den Rücken. Das Tier winselte leise. »Ein Kunde hat es sich nach einer Woche anders überlegt. Ich habe ihn gerade wieder abgeholt.«

Simon kraulte den Kopf des Welpen, der versuchte, in seine Finger zu beißen. »Pass auf«, sagte Nancy. »Der hier kann ganz anständig zuschnappen. Wir haben ihn im Nest schon das Krokodil genannt.« Er zog die Hand zurück.

Nancy nickte zum Transporter. »Ich lass euch dann mal kurz.« Sie schloss die Türen des Wagens und ging zum Wohnhaus, ihr moosgrüner Jackenschoß stieß auf ihrem Hintern auf. Die erwachsenen Corgis trippelten ihr nach.

Simon lehnte am Transporter und holte tief Luft. Sein Hinterkopf berührte das kalte Metall. Er hatte keine Ahnung, was er als Erstes zu dem Jungen sagen würde. Er hatte sich vorgenommen, ruhig zu bleiben, nicht mit Vorwürfen anzufangen, kein Wortgefecht, er wollte froh sein, ihn zu sehen, und er war froh, ihn zu sehen, natürlich, froh für seine Schwester und auch für Robbert, für alle, die sich Sorgen gemacht hatten. Er versuchte, sich vorzustellen, dass es sein Sohn war. Die Erleichterung, ein verloren gewähntes Kind wiederzusehen.

Er hörte eine Autotür zuschlagen und trat hinter dem Transporter hervor. Drei Schritte von ihm entfernt stand der Junge und zog den Reißverschluss seiner Daunenjacke zu.

»So, da bist du dann«, sagte er.

Der Junge sah erschrocken auf. Sein Bärtchen war verschwunden. »Ich dachte, du wärst mit Nancy drinnen.«

»Nein, ich bin hier.«

Der Junge blieb mit hochgezogenen Schultern stehen. Seine Hände waren tief in die Jackentaschen geschoben. Er schaute Simon nicht an.

»Hast du deine Mutter schon gesprochen?«

Er schüttelte den Kopf.

Simon nahm sein Handy und wählte die Nummer seiner Schwester. Sie ging direkt dran.

»Hast du ihn?«, fragte sie nur.

»Ja. Ich gebe ihn dir.«

Er reichte dem Jungen das Handy. »Deine Mutter.«

Der Junge nahm das Telefon an und ging damit weg, über den dunklen Pfad neben dem Carport. »Mam?«, hörte Simon nur. Der Rest des Gesprächs verflüchtigte sich in der immer größer werdenden Entfernung zwischen ihnen.

Simon dachte an seine Mutter und fragte sich, wie sie eigentlich auf den vermissten Jungen reagiert hatte. Oder hatte seine Schwester sie wohlweislich nicht informiert? Er stellte sich vor, wie sie jammernd durch ihre kleine

Wohnung schlurfte. Die Wohnung, in die sie vor ein paar Jahren vorsorglich gezogen war und in der sie bis an ihr Lebensende wohnen bleiben konnte. Noch keinen Monat nach ihrem Umzug wollte sie schon wieder weg, weil sie Streit mit einem Nachbarn unter ihr hatte, der ihr vorwarf, zu viel Lärm beim Laufen zu verursachen, und dass es, wenn sie nachts die Toilettenspülung betätigte, bei ihm im Schlafzimmer klang, als stünde er neben den Niagarafällen. Seine Mutter hatte Simon in einem ihrer Telefongespräche gefragt, was um Himmels willen sie mit diesem Nachbarn machen sollte, aber seine Antwort, sie sollte dann nachts eben besser nicht die Spülung ziehen, war völlig falsch gewesen. Es war doch nicht ihre Schuld, dass es so hellhörig war? Und anschließend zählte sie auf, was sie nicht alles von ihrem Nachbarn ertragen musste. Als sie zum dritten Mal sagte, er habe eine mindestens zwanzig Jahre jüngere Freundin, und sie könne alles hören, was sie im Schlafzimmer anstellten, hatte er sie gefragt, ob sie nicht vielleicht einfach neidisch war. Bei dieser Frage hatte sie aufgelegt. Danach hatte sie nie wieder etwas über den Nachbarn von unten gesagt. Die Tatsache, dass sie noch immer in ihrer Wohnung wohnte, war für ihn genügend Beweis dafür, dass alle Probleme mit dem Nachbarn überwindbar waren.

Simon betrat den Schuppen mit den Hundezwingern. Chloe ging mit einer Schubkarre, auf der zwei große Eimer Hundefutter standen, an den Boxen vorbei. Sie sprach zu jedem Hund, bevor sie mit einem Maßbecher Brocken in die Näpfe schöpfte. Manche Corgis sprangen mit allen vier Pfoten gleichzeitig vom Boden, wenn Chloe ihren Zwinger erreichte. Andere warteten bedächtig ab, bis sie an der Reihe waren, oder winselten leise bei der Vorfreude auf ihre Mahlzeit.

Langsam ging Simon an den Boxen vorbei, auf der Suche nach Zita und Bo. Die meisten Hunde schauten nicht mal auf und hatten nur Augen für ihr Futter. Er hörte sie schlingen. In der fünften Box sah er Zita und Bo. Er blieb stehen.

Zita schaute kurz auf, ohne ihr Mahl zu unterbrechen, aber Bo merkte sofort, dass er es war, sein altes Herrchen. Simon öffnete die Box und Bo kam ausgelassen schwanzwedelnd auf ihn zu. Er beugte sich vor, um ihm über den Kopf und die Ohren zu streicheln. Jetzt kam auch Zita heraus. Sie schnüffelte erst an seinen Haaren und dann an seinem Ohr. Er hörte ihr leises Schnauben und spürte ihre nasse Schnauze. Er streichelte über ihren Rücken und drückte seine Nase in das Fell hinter ihrem Kopf. Bo wollte gegen seine Waden springen, aber er drückte ihn vorsichtig weg, um zu verhindern, dass er sein schmerzhaftes Bein erwischte. Bo biss kleine Häppchen in seine Jacke. Simon versuchte, beide Hunde gleichzeitig aufzuheben und an sich zu drücken.

»Die Hunde dürfen nicht aus den Boxen«, hörte er Chloe im Hintergrund rufen. Sie schob ihren Schubkarren vor sich und kam zu ihm.

»Die beiden gehören mir«, sagte er, als sie fast vor ihm stand.

»Sie dürfen nicht aus der Box.«

»Ich nehme sie mit.«

Zita sprang Chloe an, bettelte um Aufmerksamkeit, und als das nicht gelang, fing sie an, sie zu umkreisen.

»Du kannst besser woanders hingehen«, sagte Chloe streng und zeigte auf die Boxen. Einige der Corgis waren unruhig geworden. Manche standen mit den Vorderpfoten gegen die Gitter ihrer Box. Sie ging mit der Schubkarre zu den Tonnen neben der Tür, um das restliche Futter zurück zu schütten. Bo und Zita rannten hinter ihr her. Er rief sie zurück, aber sie hörten nicht auf ihn.

Chloe stellte die Schubkarre umgedreht hin und nahm zwei Hundeleinen von der Wand. Sie leinte Bo und Zita an und brachte sie zu ihm zurück. »Ich würde mal ein Hundetraining machen.«

Simon sagte nichts und nahm die Leinen an, die sich sofort fast verhedderten, weil seine Hunde so unruhig rumtrippelten. Chloe ging nach draußen. An der Tür stieß sie fast mit dem Jungen zusammen.

»Hi«, sagte sie.

»Hi«, antwortete der Junge.

Ihre Hände berührten sich kurz im Vorbeigehen.

Zita und Bo fingen begeistert an zu bellen, als sie den Jungen entdeckten, und zogen an der Leine. Simon ließ sie gehen. Mit federnden kleinen Sprüngen rannten sie auf ihn zu. Der Junge kniete sich hin, um sie zu streicheln. Sie sprangen auf seine gebeugten Knie und leckten sein Gesicht.

»Ich nehme sie mit nach Hause«, sagte er, als der Junge näherkam.

»Guter Plan«, sagte der Junge und gab Simon sein Handy zurück. Simon konnte sehen, dass er geweint hatte.

»Und?«, fragte er.

»Sie sind auf dem Weg hierher«, sagte der Junge. »Zusammen mit jemandem von der Polizei. Die wollen offensichtlich mit mir reden.«

Sie sahen einander lange an. Simon hatte keine Ahnung, was im Kopf des Jungen vor sich ging.

»Worüber?«, fragte Simon.

Der Junge zuckte die Achseln.

»Weißt du, wer?«

Wieder zuckte der Junge die Achseln. »Es sind zwei, glaube ich«, sagte er.

Bennet und Corbo natürlich. Simon fragte sich, was sie in Calgary wollten. Der Junge war wieder da, es war kein Verbrechen verübt worden, es gab weder Opfer noch Täter. Es gab nichts mehr zu untersuchen.

»Sie haben ein Zimmer im Sandman Hotel reserviert und fragen, ob du mich dorthin bringen kannst.«

Simon nickte. Er kannte das Hotel. Er war früher einmal dort gewesen, um irgendein hohes Tier einer amerikanischen Ölgesellschaft abzuholen, der die Maschinenfabrik besichtigen wollte. Der Amerikaner hatte sich hinten ins Auto gesetzt, als wäre er ein Taxifahrer, und die ganze Fahrt über kein einziges Wort gesagt.

»Wie willst du das machen?«, wollte der Junge wissen. Er schaute zu Bo und Zita, die sich vor ihre offene Box gelegt hatten und abwarteten, was jetzt passieren würde.

»Ich lasse mir schon was einfallen.«

Sie schwiegen beide. Der Junge drehte mit seinem Fuß Halbkreise über den Betonboden.

»Wie geht es dir eigentlich?«, fragte Simon nach einer Weile.

Der Junge zuckte die Achseln.

»Wie kann es sein, dass du bei allen redest wie ein Wasserfall, außer bei mir?«

Wieder zuckte der Junge die Achseln. »Ich glaube, die anderen reden vor allem mehr.«

»Mehr als ich, meinst du?«

»Das ist nicht so schwer, oder?« Er lachte vorsichtig. »Du sagst nie was.«

Simon nickte und schwieg. Er hatte natürlich recht. Seine Schwester hatte mal zu ihm gesagt: »Wer wenig gibt, wird wenig empfangen.« Er mochte dieses »eine Hand wäscht die andere« nicht. Aber seiner Schwester zufolge sah er das falsch. Ihrer Meinung nach ging es nicht um

Wechselseitigkeit, sondern um einen natürlichen Kreislauf, wie Pflanzen unser Kohlendioxyd brauchten, und wir ihren Sauerstoff. Simon hatte das bestritten. Pflanzen brauchen nicht so sehr unser Kohlendioxyd. Dafür gibt es genügend andere Quellen. Wir brauchen vor allem ihren Sauerstoff.

»Wie geht es deinem Bein?«

»Geht so«, antwortete er.

»Ich hätte dich nicht treten dürfen.«

»Nein, das hättest du nicht tun dürfen.«

Eine Weile schwiegen sie.

»Ich hätte vielleicht netter zu dir sein können«, sagte Simon.

»Ja, das hättest du.«

»Ich kann nicht so gut mit Menschen umgehen.«

»Nein, merkt man.«

Zita stand auf und legte sich zwischen sie, den Kopf auf die Schuhe des Jungen. Der holte ein Leckerli aus seiner Hosentasche und gab es ihr.

»Warst du die ganze Zeit bei Nancy?«

Der Junge nickte.

»Warum?«

»Du warst nicht da«, sagte er. »Ich war zu deinem Apartment gegangen, aber du warst nicht da. Dann hat Chris mich zu Nancy gebracht.«

»Und da dachtest du nicht: Komm, ich rufe meinen Onkel mal an?«

»Mein Handy war leer. Und ich hatte mein Ladekabel verloren.«

Simon war fassungslos.

»Hast du denn nicht gewusst, dass wir …«

»Nein«, unterbrach ihn der Junge.

Simon seufzte. Er dachte an den Moment, da sie vor anderthalb Wochen gemeinsam aus seinem Apartment die Treppe hinuntergingen zu seinem Auto, um eine Tour zu den Rockys zu machen. Der Junge vor ihm, schnell, immer zwei, drei Stufen auf einmal nehmend. Er hinter ihm, vorsichtig, um sein linkes Bein zu entlasten. Es war kein wichtiger Moment gewesen, sicherlich nicht in Anbetracht dessen, was später noch alles passieren würde. Dennoch stand ihm das Bild glasklar vor Augen. Vielleicht, weil sich dieser Moment als der Anfang dieser ganzen Geschichte entpuppt hatte. Wo liegt die Grenze zwischen einem guten und einem schlechten Ende? Wie weit zurück muss man in die Geschichte, um wieder eine saubere Weste zu haben?

Bo war aufgestanden und ging an den Boxen vorbei, die Nase schnüffelnd am Boden. Seine Leine schleifte hinter ihm her. Simon schnalzte mit der Zunge, um ihn zu sich zu rufen, aber er stellte sich taub. Ein paar Hunde fingen an zu bellen. Schon bald wurden es mehr.

»Wir können sie besser ins Auto bringen«, sagte Simon. Er gab dem Jungen Zitas Leine und ging selbst hinter Bo her. Einen Moment später lagen beide auf ihren alten Decken auf der Rückbank, die liegen geblieben waren, nachdem sie fort waren. Simon hatte sie nicht einmal gewaschen.

Nancy kam nach draußen. Sie hatte ihr Kostüm gegen ihre vertrauten Jeans mit Holzfällerhemd ausgetauscht.

»Geht ihr?«

»Seine Eltern sind unterwegs. Ich bringe ihn jetzt zum Sandman Hotel und warte mit ihm dort, bis sie da sind.«

Sie nahm den Jungen in die Arme und drückte ihn an sich. Der Junge schwankte bereitwillig in ihrer Umarmung mit. »Nicht vergessen, was ich gesagt habe, ja?«

Der Junge nickte und öffnete die Autotür. Als er in den Wagen stieg, stellten sich Bo und Zita auf dem Rücksitz auf und fiepten um seine Aufmerksamkeit.

»Nimmst du sie mit?«, fragte Nancy.

»Ja.«

»Das ist gut. Ich höre schon, wenn es nicht klappt.«

Sie gab ihm einen kräftigen Klaps auf die Schulter. »Wir sprechen uns bald wieder, oder?«

Er wusste nicht so genau, ob das eine Einladung oder eine Drohung war.

Nancy schaute zu dem Jungen. Zita war ihm auf den Schoß gesprungen. »Bist du ein wenig nett zu ihm?« Sie legte ihm eine Hand auf den Arm. »Und auch zu dir selbst?«

»Ich tue mein Bestes.«

»Mehr brauchst du nicht zu tun.«

Ganz plötzlich spürte Simon, wie Traurigkeit ihn erfasste. Er drückte die Zunge gegen den Gaumen, um nicht weinen zu müssen. Es stach in der Nase und seine Augen füllten sich trotzdem mit Tränen. Nancy hielt noch immer seinen Unterarm fest und zog ihn vorsichtig an sich. Er drehte das Gesicht weg.

»Das ist nichts«, sagte er. »Ich bin einfach nur müde.«

»Türlich«, sagte Nancy.

Er löste sich von ihr und wischte sich die Tränen mit dem Jackenärmel ab, zog die Nase hoch und stieg neben dem Jungen ein. Beim Wegfahren hupte er zweimal kurz. Im Rückspiegel sah er Nancy im hellen Licht der Außenlampen stehen. Sie schaute ihnen nach, bis sie außer Sichtweite waren.

* * *

In der Lobby vom Sandman Hotel war es still. Simon saß in einem Sessel direkt gegenüber dem Aufzug und wartete auf den Jungen, der von einem Mitarbeiter zu seinem Zimmer begleitet worden war. Bei jedem Ping schaute er auf. Rechts von ihm ging es zum Restaurant.

Die Hunde saßen unten in der Garage in seinem Auto. Er hatte zwei Fenster ein Stück heruntergekurbelt, um frische Luft reinzulassen. Sie waren völlig geschafft. Bo hatte nur kurz den Kopf gehoben, als sie aus dem Auto gestiegen waren, und sich dann wieder zusammengerollt. Am liebsten hätte sich Simon zu ihnen auf die Rückbank gelegt.

Es war fast Viertel nach acht.

Noch vier Stunden Warten, bis sie alle wieder zusammen waren. Er freute sich vor allem auf den Augenblick, wenn alle morgen ins Flugzeug zurück in die Niederlande stiegen.

Er wollte Lana anrufen, um ihr zu sagen, dass der Junge gefunden worden war, aber sie ging nicht ans Handy. Er fragte sich, wie sie über ihr nächtliches Zusammensein dachte. Nichts hoffen, dachte er, dann kann auch nichts schiefgehen. Das war nach Gwenn sein Wahlspruch geworden. Eigentlich nach der ganzen Nanaimo-Sache. Aus den Klauen der Erwartungen bleiben. Nichts verlangen, nichts verlieren. Nach morgen wäre alles wieder normal. Er würde Hanne, Robbert und dem Jungen am Flughafen nachwinken. Er würde auf die elektronischen Tafeln mit den Abfluginformationen schauen, um sich sicher zu sein, dass sie auch wirklich abgeflogen waren. Und danach würde er ganz normal wieder zur Arbeit gehen. Drei Ölbohrer in zwei Tagen fräsen. Und wenn er wieder nach Hause kam, würden Zita und Bo sich freuen, ihn zu sehen. Er würde sie mit in den Park nehmen, sich auf eine Bank setzen und zuschauen, wie sie mit anderen Hunden spielten. Er würde langsam gehen. Er würde sich nach einem anderen Hausarzt für sein Bein umsehen, nach einem, der ihm half. Lana zufolge sollte er um Zinkleimverbände bitten. Und danach zur Akupunktur gehen, um seine Durchblutung in Schwung zu bringen. Dann würde alles gut werden. Es hatte beruhigend geklungen. Ratschläge, die er glauben wollte.

Wieder ertönte das Ping. Der Junge stieg zusammen mit dem Hotelmitarbeiter aus dem Aufzug.

»Sie sagen, dass wir hier nebenan was essen können«, sagte der Junge. »Dann schreiben sie es auf die Rechnung für mein Zimmer.«

»Gut«, sagte Simon und er stand auf. Der Junge ging vor ihm her. Im Restaurant ertönte brave Klaviermusik, so eine Musik, bei der man nicht merkte, dass sie in ein anderes Stück übergegangen war. Der Junge zeigte auf eine Sitzecke mit roten Bänken. Auf dem Tisch brannte ein Teelicht in einem Glas. In der Ecke daneben saßen zwei Polizisten und aßen. Ihre Kappen lagen auf dem Tisch. Eine blondierte Kellnerin lehnte mit einer Hand gegen die Kopfstützen ihrer Bank und sprach kumpelhaft mit ihnen.

»Können wir uns nicht besser dort hinsetzen«, sagte Simon und zeigte auf eine Sitzecke am anderen Ende des Restaurants. »Da ist es ruhiger.« Ohne die Antwort abzuwarten, ging er an der Bar vorbei quer durch das Restaurant und rutschte in die Zweiersitzbank, die ihm Aussicht auf die Polizisten gab, ohne sie hören zu müssen. Der Junge setzte sich auf die Bank ihm gegenüber. Es dauerte lange, bis die Kellnerin gemerkt hatte, dass neue Gäste eingetroffen waren. Sie legte zwei Tischsets und Speisekarten auf ihren Tisch und leierte die Tagesspezialitäten herunter. Der Junge bestellte Spareribs mit Bratkartoffeln und eine Cola und er Lachs mit Risotto und ein Weißbier.

Obwohl das Restaurant fast leer war – außer den beiden Polizisten saßen nur noch ein paar Männer allein an der Bar und schauten fern –, dauerte es lange, bis ihr Essen kam. Je leerer der Laden, desto träger läuft alles.

»Wer ist eigentlich Roxanne?«, fragte Simon, während sie auf ihr Essen warteten.

Der Junge wurde rot.

»Woher weißt du das?«

Simon nahm sein Handy und zeigte ihm das Foto, das er in dem Toilettenhäuschen am Parker Ridge gemacht hatte. Der Junge betrachtete das Display aufmerksam.

»Seid ihr ein Paar?«

»Noch nicht.«

»Weiß sie davon?«

Er schüttelte den Kopf und nahm einen großen Schluck Cola. Simon musste über seine Verlegenheit lachen.

»Kannst du mir das Foto schicken?«

Er gab ihm sein Handy. »Bestimmt kannst du das viel besser als ich.«

Blitzschnell fing der Junge an zu tippen.

»Ganz kurz dachte ich, du hättest was mit dieser Chloe«, sagte Simon.

Der Junge schaute ihn erstaunt an. »Chloe? Die ist total alt. Die ist fast dreißig!«

Simon grinste. »Ah, ja, das ist echt total alt.«

»Die ist fast schon Rentnerin«, sagte der Junge.

»Was bin ich dann eigentlich, ein überreifer Rentner?«, fragte Simon grinsend.

»Du bist eher eine lebendige Leiche.«

Der Junge lachte laut. Die Polizisten schauten zu ihm.

Endlich brachte die Kellnerin das Essen. Simon inspizierte seinen Lachs, der eine krosse Kruste hatte, von innen aber übergar zu sein schien. Er stach sein Messer in die knusprige Haut und nahm einen Bissen. Der Junge sägte eine Rippe ab und tauchte sie in eine rotbraune Soße. Mit den Zähnen riss er das Fleisch vom Knochen.

»Ich habe jemanden kennengelernt.« Simon sagte es einfach so gerade heraus.

Der Junge sah auf. Von seinem Kinn tropfte Soße. »Eine Frau?«

Simon nickte mit gesenktem Kopf. Er verstand nicht so recht, warum er das hier erzählte.

»Wie heißt sie?«

»Lana. Und sie arbeitet übrigens bei der Polizei. In Edmonton, in einer Sonderabteilung für … Naja, das ist auch egal.«

»Du bist verliebt!« Der Junge zeigte mit seinem gezackten Messer auf ihn.

»Naja, sie ist nett. Sehr nett. Oder eigentlich bin ich vor allem netter, wenn ich bei ihr bin. Das ist übrigens schon komisch«, sagte er. »Dass man jemanden nett findet, weil man dann bei dieser Person selbst netter ist.«

Der Junge nickte. »Ich finde mich selbst bei netten Menschen auch netter.«

»Ich kriege von netten Leuten meist schlechte Laune.«

»Ich glaube, du bekommst schlechte Laune von Leuten, die nett tun.«

Simon kniff die Augen zusammen. »Psychologisierst du hier jetzt rum?«

Der Junge lachte und erzählte von seinen Erfahrungen mit einer Psychologin, zu der ihn seine Eltern geschickt hatten, als sie von seiner Sucht erfahren hatten. Sie hatte ihm das Visualisieren beigebracht. Seitdem visualisierte er sich mit Roxanne im Bett. Es hatte noch nicht geholfen.

»Einfach immer weiter probieren«, sagte Simon. »Da gibt es schlimmere Dinge, an die man denken könnte, oder?«

Der Junge lachte wieder.

»Wollt ihr noch ein Dessert?« Die Kellnerin nahm die leeren Teller vom Tisch und stapelte sie auf ihrem Unterarm. Sie hielt die rechte Hüfte in einer verführerischen Pose nach außen gedreht. Der Trinkgeldstand, dachte Simon. Beide schüttelten sie gleichzeitig den Kopf.

»Oder noch etwas zu trinken?«

Sie bestellten Kaffee. Die Kellnerin griff nach ihren leeren Gläsern. Sie klirrten zusammen.

»Ich bin mal kurz pissen«, sagte Simon.

»Soll ich eine Runde mit den Hunden gehen?«

»Nein, die liegen da unten gut. Da ist es schön ruhig, und um diese Zeit schlafen sie doch nur.«

Simon rutschte aus der Bank und ging langsam an der Bar vorbei Richtung Toiletten. Nur zwei Männer saßen noch da, einer in Trainingsjacke und der andere im Anzug. Beide schauten zu einem anderen Fernsehbildschirm.

Als er zurückkam, stand der Kaffee schon auf dem Tisch. Der Junge riss zwei Zuckertütchen auf und rührte bedachtsam mit einem Löffelchen. Simon wusste, dass das hier der Moment war, wenn er noch etwas sagen wollte, oder wissen oder fragen. Aber es fehlten ihm die richtigen Worte. Da war nur ein Gefühl des Versagens, ein verfehlter Schlag beim Hau den Lukas.

Der Junge kratzte mit dem Kaffeelöffel Streifen in das Tischset aus Stoff.

»Also fliegst du morgen nach Hause?«, sagte Simon.

»Yep.«

»Froh?«

Der Junge hob die Schultern. Simon trank seinen Kaffee aus und winkte der Kellnerin, um noch mal nachschenken zu lassen. Sie füllte seine Tasse fast bis zum Rand. In aller Seelenruhe ging sie zurück zur Bar. Sie machte sich nicht einmal mehr die Mühe, sie anzulächeln.

»Sie haben in deiner Mütze Gras gefunden«, sagte Simon.

Der Junge schaute erstaunt auf.

»Ich dachte nur, ich sage es dir lieber. Sollten sie dich danach fragen. Damit du eine Antwort parat hast. Nicht, dass es mir was ausmacht.« Er wartete einen Moment. »Gras ist doch unschuldiger als Ecstasy, oder?«

Der Junge wollte etwas sagen, aber Simon hob die Hand. »Es ist mir wirklich egal. Auch das Ecstasy. Ich will nur, dass du weißt, dass ich es weiß. Obwohl es gut gewesen wäre, es nicht nur Nancy zu erzählen.«

»Ich habe es dir nicht absichtlich nicht erzählt«, sagte er.

»Es ist egal«, sagte Simon.

»Ich bin schon eine Weile weg davon.«

»Das ist gut.«

»Und ich fange auch ganz bestimmt nicht mehr damit an.«

»Noch besser.«

»Und …«

Simon unterbrach ihn. »Ich brauche kein Gespräch hierüber. Wirklich nicht. Ich wollte es nur gesagt haben. Okay?«

Der Junge nickte. Es schien, als wäre er ihm dankbar.

Simon lehnte sich zurück und versuchte, ein Gähnen zu unterdrücken.

»Bist du müde?«, fragte der Junge.

»Ja.«

»Wir könnten nach oben gehen«, sagte der Junge. »Dann kannst du dich kurz hinlegen.«

Simon sah ihn erstaunt an.

»Was?«, sagte der Junge.

»Nichts.«

* * *

»Sie sind da.« Der Junge rüttelte ihn wach. »Sie sind unten in der Lobby.«

Er lag im Hotelzimmer des Jungen auf dem Bett. Die Tagesdecke lag noch darauf. Das Zimmer war hell erleuchtet, und die Vorhänge waren offen. Der Junge stand schon an der Tür.

»Ich geh schon mal vor, ja?«

Simon nickte und drehte sich auf die Seite. Der Wecker auf dem Nachtschränkchen zeigte Viertel nach zwölf an. Er hatte anderthalb Stunden geschlafen. Er legte sich wieder auf den Rücken. Er sehnte sich nach dem ersten Schnee, der Kälte, dem Kürzerwerden der Tage. Im Winter fühlte sich der Unterschied zwischen ihm und der Welt kleiner an. Alles war dann mehr nach innen gekehrt. Im Sommer hatte er oft den Eindruck, er sei eine ausgesetzte Tierart. Ein Exot mit einem begrenzten Anpassungsvermögen.

Es wurde an die Tür geklopft. »Ich komme«, sagte er. Er stand auf, streckte den Rücken und strich sich mit den Händen über die Haare. Es wurde noch einmal geklopft, diesmal fester. »Ich komme«, rief er jetzt. Er zog die Tür halb auf und sah Lana mit einem breiten Lachen im Flur stehen.

»Überraschung«, sagte sie.

Er wusste nicht, wie er reagieren sollte.

»Ich dachte, du kannst bestimmt ein paar Hilfstruppen gebrauchen.« Sie drückte die Tür weiter auf.

Er trat einen Schritt zurück. »Sorry, ich bin gerade erst wach geworden.«

Sie umarmte ihn, und ohne nachzudenken schlang er die Arme um sie. Er roch denselben Geruch wie in der vergangenen Nacht. Der hatte etwas Beruhigendes. Beruhigt. Das war das beste Wort, um zu beschreiben, wie er sich bei Lana fühlte.

»Kommst du mit runter?«, fragte sie.

In der Lobby war es, als sähen sie sich eine Folge von *Vermisst* an. Die Sendung hatte er sich früher ab und zu mal zusammen mit seiner Mutter angeschaut, die bei jeder Wiedervereinigung in Tränen ausbrach. Jetzt gehörten die tränennassen Gesichter Hanne, Robbert und dem Jungen. Bennet saß in einem der Sessel und beobachtete die Familienzusammenführung. Er stand auf, als er Simon sah.

»Ist der Knacker jetzt noch immer nicht fertig mit mir«, sagte Simon zu Lana.

»Nun warte mal eben«, sagte sie.

Hanne ging mit offenen Armen auf Simon zu und umklammerte ihn. Sie drückte ihr verweintes Gesicht an seine Schulter und konnte kein Wort hervorbringen. Robbert umarmte ihn noch derber. »Mannomann«, sagte er und kniff fast blaue Flecken in Simons Oberarme. Eine Weile kippten sie ihren Unglauben mit Schulterklopfen und -klapsen und Geflenne über ihm aus.

»Und jetzt?«, fragte er, als sich die erste Euphorie gelegt hatte.

»Schlafen«, sagte Hanne. »Und dann morgen mit dem ersten Flug zurück nach Hause.«

Robbert nickte. Hanne fing wieder an zu weinen. Sie wedelte mit den Händen vor ihrem Gesicht. »Ich bin müde. Wir sind alle müde. Oder?«

»Dann gehe ich jetzt auch nach Hause«, sagte Simon, erleichtert, dass alle zu erschöpft waren, Fragen zu stellen oder Antworten zu erwarten.

Hanne und Robbert rollten ihre Koffer zum Aufzug. Der Junge zauderte. »Wir sehen dich morgen früh noch, oder?«, fragte er.

»Natürlich«, erwiderte Simon. »Und wenn es nur aus dem Grund wäre, sicher zu wissen, dass ihr wirklich abfliegt.« Der Junge grinste.

»Kommst du, Daan?«

Der Junge drehte sich um. Robbert hielt die Aufzugtür für ihn offen.

»Ich glaube, ich muss mich bei Ihnen entschuldigen«, sagte Bennet, als der Aufzug raufgefahren war. Er trat zwei Schritte vor. Simon zählte drei glänzend weiße Bodenfliesen zwischen ihnen.

»Warum? Haben Sie etwas falsch gemacht?«

»Nein.«

»Was bringt mir Ihre Entschuldigung dann?«

Simon ging zum Aufzug und drückte auf den Pfeil nach unten.

»Ich hoffe, Sie lassen uns ab jetzt in Ruhe. Keine elenden Verhöre mehr.«

»Ich mache einfach meine Arbeit«, sagte Bennet.

»Ja«, sagte Simon, »das habe ich öfter gehört.«

Das Pingen des Aufzugs erklang. Lana stellte sich neben ihn. »Ich komme mit dir, wenn du das okay findest. Und auch, wenn du's nicht okay findest.«

»Meine Wohnung ist ein einziges Chaos. Also, wenn dich das nicht stört …«

»Dann hast du meine Wohnung noch nicht gesehen«, sagte sie und griff nach seiner Hand. In einem Reflex wollte er sie zurückziehen, aber er tat es nicht.

* * *

Simon konnte nicht schlafen. Er schaute zu Lana, die neben ihm lag, den Kopf unter seiner Bettdecke verborgen. Letzte Nacht hatten sie gemeinsam die Hunde ausgeführt und danach das Bett frisch bezogen. Er hatte vorgeschlagen, auf dem Sofa zu schlafen. Lana sah ihn verwundert an, sagte dann aber, das solle er entscheiden. Nach einer Viertelstunde kroch er zu ihr ins Bett. Sie drehte sich zu ihm und kuschelte sich an ihn. Als würde sie das schon seit Jahren machen.

Leise stieg er aus dem Bett und schlich im Dunkeln zur Tür. Er tastete sich an der Wand entlang, vorbei am Vorhang und dem Schrank. Im Flur trippelte Zita ihm entgegen. Bo blieb in seinem Korb an der Wohnungstür. Ohne zu zögern hatten sie ihre alten Plätze wieder eingenommen. Zita auf dem Sofa und Bo im Korb. In der Küche knipste er das Licht an. Es war greller, als seine Augen vertragen konnten. Er machte heißen Kakao in der Mikrowelle und verbrannte sich fast die Finger an dem Becher. Im Wohnzimmer schob er den Vorhang ein Stückchen zur Seite und setzte sich auf die Rückenlehne des Sofas. Er schaute auf den Parkplatz unten. Ein halber Mond warf ein schwaches Licht auf den Asphalt. Im Hintergrund sah er ab und zu die Lichter eines Autos auf der Umgehungsstraße. Das leise Rauschen klang wie eine Windböe, die aufkam und wieder abflaute.

Er dachte an Ruud, der jetzt achttausend Kilometer weiter in einem neuen Tag herumlief. Wie hätte sein Leben ohne ihn ausgesehen? Früher waren Kinder manchmal neidisch gewesen, dass Simon die Hälfte eines Zwillingspaars war. »Dann bist du nie allein«, hatte ein Klassenkamerad gesagt. Nichts war weniger wahr. Niemand war so allein wie die unsichtbare Hälfte eines eineiigen Zwillingspaars.

Er spürte Lanas warmen Körper an seinem Rücken, ihre Hände lagen auf seinen Schultern. Sie küsste ihn in den Nacken.

»Du und ich. Glaubst du, das hat eine Chance?«, fragte er.

»Wenn wir das wollen, schon.«

Er wünschte, es könnte so einfach sein. Dass er morgen seiner Schwester, seinem Schwager und dem Jungen am Flughafen nachwinken würde und mit Lana in ein neues Leben steigen konnte. Alles vergessen und vergeben. Aber er wusste, dass es so etwas nicht gab. Man baut kein neues Haus mit kaputten Steinen.

»Kommst du mit zurück ins Bett?«, fragte Lana.

»Vielleicht später«, sagte er.

Sie ließ die Hände von seinen Schultern gleiten.

»Soll ich dich allein lassen?«

Er nickte.

Wieder gab sie ihm einen Kuss in den Nacken und verschwand geräuschlos im Schlafzimmer. Zita kam zu ihm und setzte sich neben ihn. Den Kopf in den Nacken gelegt sah sie ihn an und fiepte ein paarmal leise.

»Hattest du was zu melden?«

Sie stand auf und leckte seine Hand.

»Jaja, ist ja schon gut«, sagte er und schob sie sanft zurück. Sie ließ sich langsam in eine liegende Haltung sacken und rollte sich neben ihm zusammen. Ihr Kopf berührte seine Füße. Er starrte nach draußen, an der Umgehungsstraße vorbei, sein Kopf war leer, keine Bilder, keine Gedanken. Einen Moment lang wusste er nicht, wo er war. Es fühlte sich seltsam an. Frei. Plötzlich wurde ihm schwindlig, und alles um ihn herum schien sich zu drehen. Er schloss die Augen und senkte das Kinn auf die Brust. Er öffnete den Mund. Er spürte, wie sich erst sein Kiefer entspannte, dann seine Zunge. Nach einer Weile folgte der Rest. Als er aufschaute, war die Welt um ihn herum zum Stillstand gekommen. Er war wieder da.